KB004335

크리피
스크리치

CREEPY
SCREECH

**마에카와 유타카 장편소설 | 이선희 옮김**

창해

**creepy**
(공포로 인해) 온몸의 털이 곤두설 만큼 오싹한, 섬뜩할 정도로 기이한

**screech**
귀에 거슬리는 날카로운 소리, 괴성, 비명

/ 차례 /

# 프롤로그

느닷없이 장대비가 쏟아졌다.

굵은 빗방울이 연구실 유리창을 세차게 때리더니 부두에서 부서지는 파도처럼 흩어졌다. 쾌청한 여름 하늘은 순식간에 사라지고 무거운 검은 구름이 하늘을 뒤덮었다. 새카만 그림자가 연구실 안까지 침투해 어둡고 음침한 색체를 만들어냈다.

다카쿠라 고이치는 유리창에서 노트북 화면으로 시선을 돌렸다. 냉방 시스템이 가동되는 소리에 섞여 천둥소리가 멀리서 희미하게 들려왔다.

히노 시 교외에 있는 류호쿠 대학 캠퍼스. 한가운데에 8층짜리 연구동이 있고, 4층의 맨 안쪽에 그의 연구실이 있다. 부임한 지 아직 세 달밖에 안 돼 학내의 시시콜콜한 일들은 알지 못한다.

그의 눈에는 군데군데 전원풍경이 남아 있는 넓은 캠퍼스가 매우 신선하게 느껴졌다. 오랫동안 근무했던 도라쿠 대학은 도심 한복판인 신주쿠에 있어, 학생 수에 비해 부지가 상당히 좁았다. 그 후 특임교수로 부임한 규슈의 여자대학도 하카타라는 대도시에 있었다.

반면, 류호쿠 대학은 JR 히노역에서 버스를 타고 30분이나 들어가는 곳에 있었다. 출퇴근은 다소 불편했지만, 밀집된 도시의 혼잡함에서 벗어나고 싶었던 그로서는 안성맞춤이었다.

다카쿠라는 과거의 사건을 전부 잊어버리고 연구에만 매진하기로 결심했다. 범죄심리학자로서 경찰에 협조하며 흉악한 사건과 대치했던 악몽 같은 시간은 기억의 어둠 속에 영원히 묻어버리고 싶었다.

그는 컴퓨터 화면에 있는 두 백인 남성의 흑백사진을 바라보았다. 조지 요크와 제임스 레이섬이란 미국인으로, 1961년 강도짓을 하기 위해 남녀 일곱 명을 잇달아 해친 끔찍한 살인자들이었다.

'요크 레이섬 사건'이라 불리며 미국 사회를 떠들썩하게 만들고 세계 범죄사에 이름을 남겼는데, 정작 이 사건이 유명해진 데는 다른 이유가 있었다. 두 사람 모두 키가 크고 반듯하게 생긴 미남이었기 때문이다. 젊은 여성들이 그들을 보기 위해 미국 전역에서 몰려들었다고 한다.

다카쿠라는 범죄심리학 전문지에 실을 '요크 레이섬 사건'에 관한 논문을 구상 중이었다. 사진상으로도 요크와 레이섬은 이목구비가 뚜렷한 미남이었다. 겉모습만 봐서는 플로리다와 테네시, 일리아노, 캔자스, 콜로라도 등에서 살인행각을 벌인 자들이라곤 상상하기 힘들었다. 그들은 1965년 캔자스 주에서 교수형에 처해졌다.

어느새 천둥소리가 멈추고 창밖으로 밝은 햇살이 되살아났다. 실내의 디지털시계가 오후 3시 10분을 가리켰다.

오늘은 7월 17일. 다음주에 전기(우리나라의 1학기에 해당) 마지막 수업이 있고 기말고사가 대기 중이다. 시험이 끝나면 여름방학이다. 하지만 여름방학 기간에도 그는 매일 연구실에 나올 생각이었다. 논문을 한 편 완성하기 위해서다.

그는 불현듯 생각이 나, 출입구 옆에 놓인 소형 냉장고에서 차가운 캔커피와 하얀 종이상자를 꺼냈다. 그리고 연구실 가운데에 위치한 진갈색 소파에 앉아 캔커피를 딴 뒤 종이상자를 열었다. 그 안에는 딸기 쇼트케이크가 들어 있었다.

어젯밤 아내 야스코가 쇼트케이크를 두 개 사왔다. 하나는 본인이 먹고 하나는 그에게 권했지만, 막 저녁식사를 마친 터여서 손대지 않았다. 그러자 오늘 아침 아내가 현관 앞까지 그것을 가지고 나왔다.

"학교에 가서 먹어. 달콤한 걸 먹으면 마음이 안정돼 살벌한 생각에서 벗어날 수 있거든."

다카쿠라는 아내의 말을 떠올리며 쓴웃음을 지었다. 살벌한 생각을 하는 게 그의 일이다. 그러나 현실에서 사건과 얽히는 건 이제 지긋지긋하다. 아내의 말에도 그런 마음이 담겨 있음을 알고 있다.

점심을 걸러서인지 배가 고팠다. 달콤한 케이크를 싫어하는 것도 아니다. 캔커피를 한 모금 마시고 쇼트케이크를 먹으려는 순간 노크 소리가 들렸다. 그는 자리에서 일어나 천천히 문으로 향했다.

도어스코프를 들여다보았다. 과거의 사건으로 몸에 밴 습관이다. 그는 작게 고개를 끄덕이고는 문을 열었다.

밖에는 문학부 업무부 주임인 시마모토 다쓰야가 서 있었다. 30대 중반의 살집이 있는 남자였다. 코안경처럼 보이는 은테 안경이 특징적이다. 키가 다카쿠라의 턱 정도밖에 되지 않았다.

"연락도 없이 불쑥 찾아와 죄송합니다. 사무적인 일로 잠시 의논드릴 게 있어서요."

"네. 들어오세요."

다카쿠라는 시마모토를 정중하게 맞이하며, 캔커피와 케이크 상자를 창가의 책상 위로 옮겼다.

시마모토는 진갈색 소파에 앉자마자 용건을 꺼냈다.

"실은 3학년에 미소노 유리나란 학생이 있는데, 후기(우리나라의 2학기에 해당)부터 교수님의 토론수업을 듣고 싶어해서요."

"청강을 원한다는 말인가요?"

"아니요. 정식으로 듣고 싶어합니다."

"그게 가능한가요?"

아직 류호쿠 대학의 사무규칙을 숙지하지 못한 다카쿠라가 되물었다.

"보통은 불가능합니다. 이미 후기 수업의 등록기간이 지났고, 토론수업인 경우 1년 단위로 이수하는 게 원칙이라 후기에는 등록할 수 없죠. 그런데 이 학생에겐 특별한 사정이 있습니다……."

시마모토는 잠시 말을 멈추었다. 어쩌면 골치 아픈 일이 생길지도 모른다. 불길한 예감에 휩싸인 다카쿠라의 단정한 얼굴에 순간 그늘이 드리웠다.

1장

비명

1

평소와 똑같이 출근했다. 사무실의 디지털시계는 9시 29분을 가리켰다.

'칼 시마모토'라는 고등학교 시절의 별명이 떠올랐다. 하지만 지금 직장에선 그 별명을 아는 사람이 아무도 없다. 애초 지각이 용납되지 않는 세계이므로 대부분의 사무직원은 출근시간을 칼같이 지켰다.

그에 비해 교수들의 시간개념은 어이가 없을 지경이었다. '수업개선 앙케트'가 도입된 후로는 그나마 많이 나아졌다. 그러나 회의에 늦는 일이 다반사였다. 재적인원 과반수 이상이 참석하지 않으면 회의 자체가 성립되지 않았다. 그럼에도 불구하고 지각하는 교수가 많아, 매번 안절부절못하는 학부장의 모습을 보아야 했다.

오늘은 7월 15일 수요일. 한 달에 한 번 교수회의가 있는 날이다. 나는 퇴근이 늦어질 것을 각오했다. 오후 3시 반에 시작해 밤 8시에 끝난 날도 있었다. 그래도 교수들은 태연했다. 늦다고 화내는 사람도 없고, 끝날 때 없다고 뭐라는 사람도 없다. "잠시 볼일이 있어서 말이야"라는 한마디면 끝이다.

그러나 업무부 직원 중 유일하게 교수회의에 참석하는 나는 지각도 조퇴도 마음대로 할 수 없다. 뿐만 아니라 교수회의 한 시간 전 회의실로 가서 이런저런 준비를 해야 한다.

일단 입구의 긴 탁자에 교수들에게 나눠줄 자료를 올려놓고 녹음용 마이크를 설치한다. 그리고 계절에 맞게 냉난방 온도를 설정하고 커튼을 올린다. 교수회의가 끝난 후에도 마지막까지 남아 문을 잠그고, 관리실에 열쇠를 반납해야 한다.

교수회의는 밤 8시가 넘어 끝났다. 나는 교수회의가 열린 연구동 5층의 제1회의실에서 엘리베이터를 타고 1층으로 내려가 관리실 경비원에게 열쇠를 반납했다. 회의실 사용기록을 일일이 써야 하므로 보통 귀찮은 일이 아니었다.

눈은 흐리멍덩하고 얼굴에는 아무런 의욕도 느껴지지 않는 젊은 경비원이 내민 장부에 이름과 소속학부를 썼다. 그리고 연구동과 나란히 위치한 강의동 1층의 문학부 사무실로 가서, 책상 서랍에 중요한 서류를 넣고 자물쇠로 잠갔다. 컴퓨터를 켜고 직원번호와 패스워드를 입력한 뒤 근무 종료시간을 기록하면 오늘 일은 끝이다.

집이 있는 오기쿠보에 도착하자 밤 9시가 넘었다. 전철 출구의 편의점에서 도시락을 사고 10분쯤 걸어 집에 도착했다.

현관문을 열자 후끈한 공기가 나를 맞이했다. 일단 에어컨을 켜고 다다미 6개(9.9㎡) 크기 방의 좌탁에서 TV를 보며 도시락을 먹었다. 식사가 끝난 후에는 그대로 누워 TV를 보았다. 특별히 보고 싶은 프로그램은 없었지만 딱히 할 일이 없었다.

대학에 진학하지 않은 순간 내 인생은 끝났다. 공부를 싫어했던 것은 아니다. 그럭저럭 괜찮은 도립 고등학교에서 항상 톱클래스에 속했다. 나 자신도 부모님도 내가 대학에 진학하는 걸 당연하게 생각했다.

더구나 나처럼 아무 매력 없는 사람은 학력으로 승부하는 수밖에 없다는 사실을 잘 알고 있었다. 그런데 상사원이었던 아버지가 갑자기 뇌일혈로 쓰러지더니 일주일 만에 병원에서 숨을 거두었다. 어머니와 나는 패닉 상태가 되었다. 외아들인 나는 기댈 수 있는 형제자매도 없었다. 어머니는 결국 슈퍼마켓 계산대에서 일하고, 나는 대학 진학을 포기한 채 류호쿠 대학에 취직했다.

36세에 주임이면 고졸치고는 승진이 빠른 편이다. 대학에서는 일 잘하는 사람으로 소문이 났다. 하지만 아무리 발버둥을 쳐도 더 이상은 출세하기 어렵다. 과장 이상은 대졸자로 조건이 정해져 있기 때문이다.

아마 여러 부서의 주임으로 전전한 뒤 60세에 정년퇴직을 맞이하리라. 나는 꿈도 희망도 없는 인생의 레일 위를 규칙적으로 달리는 열차 같은 존재였다.

그렇다고 불행한 일만 있었던 건 아니다. 금전적인 면에서는 조금이지만 행운이 따랐다.

류호쿠 대학의 월급이 특별히 많은 것은 아니다. 그러나 3년 전 어머니가 유방암으로 세상을 떠나면서 물려받은 유산이 있다. 아버지가 살아계실 때 모은 것과 집을 처분한 돈, 그리고 어머니의 사망보험금 등으로 6천만 엔 이상의 현금이 생겼다.

일상생활은 월급으로 충분하다. 가족도 없고 애인도 없고 취미도 없어, 돈을 쓰고 싶어도 쓸 곳이 없다.

그때 전화벨이 울렸다. 예감이 좋지 않았다. 밤에 집으로 전화할 사람은 거의 없었다.

나는 목소리에 경계심을 잔뜩 담아 전화를 받았다.

"네. 시마모토입니다."

"밤늦게 죄송해요. 류호쿠 대학 학생부의 야나세예요."

수화기 너머로 젊은 여성의 맑은 목소리가 들렸다. 누구인지 금방 알 수 있었다. 학생부 직원인 야나세 유이였다.

수화기의 액정 화면에 류호쿠 대학 전화번호가 표시되었다.

아직 퇴근하지 않은 것일까? 밤 9시가 넘었는데 지금까지 일하다니. 다른 부서에선 생각하기 어렵지만, 학생부라면 충분히 그럴 수 있다.

장학금 등의 복리후생을 비롯해 학생들의 고민을 상담해 주는 것이 학생부의 주요 업무다. 더군다나 불의의 사건사고까지 모두 처리해야 한다. 최근에는 몸과 마음에 병을 가진 학생이 늘고 있다. 따라서 그녀가 근무하는 학생상담실은 늘 분주할 수밖에 없었다.

"야나세 씨? 안녕하세요."

스스로도 목소리가 밝아지는 것이 느껴졌다. 그녀와는 전체 회의에서 얼굴을 마주친 적이 몇 번 있었다. 만나면 고개를 숙여 인사하는 정도로, 친하게 이야기를 나눈 적은 없었다.

하지만 젊고 아름다운 데다 지적인 분위기가 풍기는, 느낌이 좋은 여성이었다. 나이는 스물여섯 살쯤 됐을까? 게이오 대학 출신으로, 장차 대학 행정의 중추를 담당할 간부 후보라는 소문이 자자했다. 그런 엘리트는 2, 3년쯤 일하다 인사부로 가는 게 보통이지만, 그녀는 학생부에 남기를 희망했다.

나는 그런 자세에 호감을 느꼈다. 아니, 그것은 허울에 불과하다. 나는 그녀의 미모와 지성을 동경했다.

"학생 문제로 잠시 의논할 게 있어서요. 혹시 내일 점심때 시간 괜찮으세요?"

"점심때라면……."

나도 모르게 말을 더듬었다.

"교수클럽에서 점심식사하며 얘기를 나눌 수 있을까요? 사실 업무시간에 해야 할 이야기지만, 내일 제가 일이 많아서 따로 시간을 내기 힘들 것 같아요. 점심시간에 업무 이야기를 해서 죄송하지만, 좀 급한 일이라서요……."

나는 그 말에 마음이 더욱 밝아졌다. 물론 골치 아픈 일일 수 있다. 하지만 그렇더라도 상관없다. 어쨌든 내일 같이 식사할 수 있지 않은가?

우리는 점심시간이 시작되는 11시 반에 교수클럽에서 만나기로 했다. 교수클럽이라고 하니 특별해 보이지만, 교직원 식당을 의미했다. 실제로 교수들은 그곳에서 학내 현안을 논의하곤 했다.

그녀는 세부적인 내용을 말하지 않았고, 나도 묻지 않았다. 그 후로 두세 마디 더 이야기를 나누었지만, 마음이 들떠 귀에 들어오지 않았다.

그녀와 내일 데이트를 하다니! 수화기를 내려놓은 뒤 만세라도 부르고 싶었다. 생각지도 못한 행운이다. 그녀가 먼저 청하지 않았다면, 소심한 겁쟁이인 내가 어찌 그토록 아름다운 여성에게 데이트를 신청하겠는가! 어쩌면 내 인생 최고의 행운일지도 모른다.

TV에서는 시시한 버라이어티 프로그램이 방영되는 중이었다. 유명한 남성 탤런트가 아이돌의 연애상담을 해주고 있었다.

"잘 들어. 기회가 왔을 때 적극적으로 잡아야 돼! 난 방송국 복도에서 지나치는 모든 여자들에게 일단 말을 걸어. 청소부 아주머니도 예외는 아니지."

그러자 사람들이 소리내어 웃었다. 무엇이 우스운지는 알 수 없었다. 그러나 '일단'이라는 말이 맞을지도 모른다. 나는 일단 내일 유이를 만나기로 했다.


2


출근하자마자 노다 과장이 나를 불렀다. 과장의 자리는 주임과 평사원 책상에서 조금 떨어진 안쪽에 위치했다.

"시마모토 씨, 오치아이 교수님 출장비는 어떻게 됐지?"

노다는 평소와 마찬가지로 다짜고짜 용건부터 꺼냈다. 무사안일주의를 그림으로 그려놓은 듯한 사람이다.

오치아이 교수는 문학부 학부장인 만큼, 권력에 약한 노다가 조바심을 내는 것도 무리는 아니었다. 세 달 전 오치아이가 오사카에 강연을 갔는데, 당시 비용이 아직 처리되지 않았다고 한다.

이는 결국 내 밑에 있는 나카하시 신지의 실수임이 밝혀졌다. 나카하시는 과장과 내게 머리를 조아리며 사과했다. 오치아이에게 받은 출장비 청구서를 서랍에 넣어둔 채 깜빡했다는 것이다.

노다는 부루퉁한 표정으로 야단쳤지만, 나는 별다른 잔소리를 하지 않았다. 나카하시는 아직 스물여섯 살밖에 안 되었고, 일도 썩 잘하는 건 아니다. 하지만 착하고 성실한 사람이었다.

류호쿠 대학을 졸업한 운동선수 출신. 고등학생 때는 야구부 에이스로 고시엔 고교 야구대회에 출전했다고 한다. 키는 185센티미터. 호리호리한 체격에 처음 만나면 눈이 휘둥그레질 만큼 잘생겼다. 게다가 성격도 호탕해 여직원들에게 인기가 많았다.

같은 업무부 직원인 노조미는 나카하시에 대한 마음을 숨기지 않았다. 그래서인지 이때도 그를 감싸주었다. 노다 역시 "지금 즉시 처리해. 학부장님께는 내가 사과할 테니까"라고 말함으로써 상황이 일단락되었다.

어수선한 분위기 속에서 점심시간이 되었다. 나는 두근거리는 마음으로 연구동 5층의 교수클럽을 향했다.

유이의 모습은 금방 찾을 수 있었다. 맨 안쪽 테이블에 앉아 있다. 그녀는 나를 보자 자리에서 일어나 고개를 숙였다. 베이지색 치마에 옅은 핑크색 반소매 블라우스. 치마가 짧은 편이라

살구색 스타킹을 신은 하얀 허벅지가 살짝 보였다.

여성치고는 키가 커 나와 비슷한 167센티미터쯤 되는 듯했다. 하지만 하이힐을 신어서인지 나보다 커 보였다. 머리는 청순해 보이는 단발이었다. 자세히 뜯어보자 오목조목 동양적으로 생긴 미인이었다.

중년의 직원이 다가와 주문을 받았다. 나는 새우 도리아를, 그녀는 해산물 스파게티를 시켰다.

우리는 한동안 일과 상관없는 일상적인 이야기를 나누었다. 안전하지만 따분한 이야기였다. 나는 긴장한 모습이 드러나지 않도록 가급적 담담하게 말했다.

클럽에는 사람이 많지 않았다. 이제 막 2교시 수업이 시작되어 12시 반에 끝난다. 사람이 본격적으로 몰리는 것은 그때였다. 직원들의 점심시간은 11시 반이라 현재 클럽에 있는 사람들 대부분이 직원이었다. 그러나 주변 테이블은 모두 비어 있었다.

"어제 전화로 이야기한 것처럼 의논드릴 게 있는데요……."

유이는 주문한 요리가 나오기 전에 본론을 꺼냈다. 점심시간이 한 시간이라 느긋한 태도를 취하기 어려웠다.

그녀가 목소리를 낮추며 말했다.

"실은 문학부 오제키 교수님에 관한 일이에요."

불길한 예감이 들었다. 그러나 말을 자르지 않고 그녀의 이야기를 들었다.

"미소노 유리나라는 학생이 오제키 교수님에게 성희롱을 당했대요. 오제키 교수님의 토론수업을 듣는 3학년 학생인데, 수업이 끝날 때마다 식사를 같이하자고 강요했다더군요. 처음에는 어쩔 수 없이 응했는데, 최근 들어 거절했더니 학점을 안 주겠다고 하셨대요. 더구나 식사자리는 수업 내용에 대한 토론을 겸하고 있어, 거기에 응하지 않는다는 건 교수님의 교육을 거부하는 행동이라고 하셨다는군요. 하지만 학생 말에 따르면, 식사 도중 수업 내용을 토론한 적은 한 번도 없었대요."

오제키는 쉰 살이 넘은 심리학 교수였다. 오만하고 권위적이어서 직원들 사이에서 평판이 좋지 않았다. 더구나 성희롱과 힘희롱 소문이 끊이지 않는 인물이기도 했다.

"그런 경우 '괴롭힘방지위원회'의 논의를 거쳐, 근거가 있다고 판단되면 정식으로 조사위원회를 만들지 않나요?"

그 점에 관해서는 나도 온전하게 알지 못했다. 그런 일을 맡은 적이 없어 언뜻 들은 불확실한 기억에 근거해 말했을 뿐이다. 하지만 내 말이 그렇게 틀리진 않은 모양이다.

"네. 원칙적으론 그래요. 하지만 '괴롭힘방지위원회'의 논의 대상이 되려면 본인의 동의가 있어야 해요. 그런데 미소노 학생이 원하지 않죠. 이건 여학생들의 일반적인 경향이라 할 수 있는데, 여학생들은 누구와도 치열하게 대립하고 싶어하지 않아요. 나중에 취직도 해야 하니까요. 이력서를 낸 회사에서 교수들에게 문의했을 때 나쁜 평가를 받을까 봐 걱정해요."

"그럼 그 학생은 어떻게 처리되기를 바라는 거죠?"

혼잣말처럼 중얼거리자 그녀가 단도직입적으로 말했다.

"토론수업을 다른 교수님 수업으로 바꾸고 싶어해요. 그래서 어떻게 하는 게 좋을지 시마모토 씨에게 의논드리는 거예요."

그제야 이야기의 흐름이 어디로 갈지 예상되었다. 나는 선수를 치듯 말했다.

"하지만 수업 등록기간이 이미 끝났잖습니까? 또한 토론수업이 1년 단위로만 인정되는 건 야나세 씨도 알고 있지요?"

"물론이죠. 그건 저도 그렇고, 미소노 학생도 알고 있어요. 하지만 교수회의에서 특별히 인정을 받으면 불가능하지는 않아요. 사실 미소노 학생의 1지망은 오제키 교수님이 아니었어요. 다카쿠라 교수님 수업을 듣고 싶어했지만, 경쟁이 심해 면접에서 떨어졌다고 하더군요."

그 이야기는 나도 들었다. 다카쿠라는 새로 부임한 교수였다. 새로 부임한 교수에게는 일반적으로 학생들이 모여들지 않았다.

하지만 저명한 범죄심리학자인 다카쿠라는 달랐다. 그는 경찰과 연대해 히노 시와 스기나미 구에서 일어난 기이한 연쇄살인사건을 해결한 후로 더욱 유명해졌다. 그래서인지 수강희망자가 50명 이상 몰렸다. 토론수업의 정원은 한 학년에 최대 10명이므로 40명 이상이 면접에서 탈락했다.

"그렇군요. 하지만 수업을 옮기는 데는 두 가지 문제점이 있습니다. 일단 오제키 교수님의 불만은 차치하더라도, 다카쿠라 교수님이 그걸 인정하느냐입니다. 다른 불합격자들과의 형평성 때문에라도 선뜻 수업 이동을 인정하기가 어려울 듯합니다."

스스로 생각해도 부정적인 느낌이 강했다. 유이의 얼굴에 가벼운 실망감이 나타났다.

"무슨 말씀이신지 잘 알아요. 하지만 미소노 학생에겐 너무나 절박한 문제여서 어떻게든 도와주고 싶어요."

나는 그녀의 얼굴을 새삼스레 쳐다보았다. 표정이 더할 수 없이 진지했다. 아무리 업무라지만 학생을 위해 이렇게까지 마음을 쓰다니 대단하다는 생각이 들었다. 한편, 개인적으로 처음 찾아온 행운을 싹둑 잘라버리고 싶지 않은 사심이 작용한 것도 사실이다. 나는 말투를 부드럽게 바꾸었다.

"이렇게 하면 어떨까요? 이 사안을 오치아이 학부장님께 조용히 이야기하겠습니다. 만약 사실이라면 학부의 최고책임자로서 가만히 있을 수 없겠지요. 학부장님이 적극적으로 움직이면 교수회의에서 특례를 인정해 줄 수도 있지 않을까요?"

그러자 유이의 얼굴에 미소가 번졌다. 나의 협조적인 자세에 감동했는지도 모른다.

주문한 음식이 나오는 바람에 우리의 대화는 잠시 중단되었다. 직원이 음식을 놓고 사라지자 나는 말을 이었다.

"그러기 위해선 그 여학생을 만나봐야 할 것 같습니다. 물론 야나세 씨 말이 틀림없겠지만, 직속 상사인 과장님께도 미리 말씀드려야 하니 직접 확인을……."

눈앞에 노다의 얼굴이 떠올랐다. 일의 순서는 분명히 그렇다. 다만 무사안일주의자인 노다가 그 이야기를 학부장에게 하는 걸 찬성할지는 장담할 수 없다.

"알겠어요. 실은 내일 오후 1시에 미소노 학생이 학생상담실로 오기로 했어요. 죄송하지만, 그때 시마모토 씨가 동석해 주시겠어요? 저희가 문학부 사무실로 가는 것이 맞지만……."

"아닙니다. 제가 학생상담실로 가겠습니다. 문학부 사무실에서는 오히려 이야기를 나누기 힘들 수 있으니까요."

그건 그렇다. 문학부 사무실에는 학생뿐만 아니라 교수들도 자주 드나든다. 당사자인 오제키가 오지 않으리란 보장이 없다.

우리는 식사를 하면서 일반적인 이야기를 나누었다. 유이처럼 젊고 아름다운 여성과 오붓하게 대화하는 건 처음이었다.

그녀는 내가 무슨 이야기를 하든 미소를 지으며 고개를 끄덕였다. 나이가 열 살쯤 차이나고 학력도 생활환경도 다른 만큼 내 이야기가 재미있을 리 만무하다. 하지만 그녀는 다정하고 따뜻했다. 나를 세심하게 배려하는 게 느껴졌다.

더구나 청순한 모습의 이면에서 내 오감을 자극하는 성적 매력이 풍겨나왔다. 말하는 도중 그녀의 하반신을 슬쩍 쳐다보자 벌어진 다리 사이로 하얗고 탄력 있는 허벅지가 보였다. 순간 칼로 찌르는 듯한 날카로운 자극이 내 가슴을 관통했다.

스파게티를 먹는 입에서는 핑크색 립스틱이 매끄러운 빛을 내뿜었다. 다시 강렬한 자극이 나의 온몸을 훑고 지나갔다.

청초함과 성적 매력은 결코 모순되지 않는다. 아니, 나는 오히려 그 뒤틀어진 불균형을 사랑하기 시작했다.


## 3


미소노 유리나는 유이와 정반대 타입으로, '요즘 여대생'이라는 말이 딱 어울리는 인물이었다. 하얀색 숏팬츠와 보라색 바탕에 빨간 꽃무늬 티셔츠, 투명한 비닐 샌들.

눈, 코, 입이 확실하게 자기주장을 하는, 한마디로 말하면 어디에 있어도 눈에 띄는 화려한 얼굴이었다. 예쁘긴 하지만 내 타입은 아니었다.

우리는 사무실의 구석진 곳에서 이야기를 나누었다. 유이 옆에 앉은 나는 미소노와 마주보는 형태가 되었다.

"문학부 업무부의 시마모토 주임님이에요. 이번 일을 도와주시기로 했으니 안심하고 편하게 말해도 돼요."

유이의 말에 나는 흠칫 놀랐다. 그 말은 조금 다르다. 나는 최대한 중립적인 위치에 서고 싶었다. 직원으로서 어떻게 처신해야 할지는 알고 있다.

"학생의 주장을 정식으로 듣고 싶어 왔으니까, 지금까지 야나세 씨에게 했던 말을 다시 한 번 객관적으로 해줄래?"

나는 '객관적으로'라는 말을 의도적으로 집어넣었다.

"내게 했던 것과 똑같이 말해도 상관없어. 그 내용을 시마모토 씨에게 다시 말해줘."

긴장을 풀어주기 위해서인지 유이는 언니라도 되는양 편하게 말했다. 그러나 미소노는 경직된 채 움찔거리며 물었다.

"저……, 오늘 제가 하는 말은 '괴롭힘방지위원회'의 정식 안건이 되나요?"

성희롱과 관련해 유이에게 처음 말했을 때, 앞으로의 진행과정에 대해 들은 모양이다.

"그렇지 않아. 오늘 시마모토 씨가 오신 건 그런 절차를 피하기 위해서야. 네 수업을 변경할 수 있는지 문학부 학부장님께 은밀히 여쭤봐주실 거야."

"그럼 제가 이런 말씀을 드렸다는 게 결국 오제키 교수님 귀에 들어가겠네요."

미소노는 생각에 잠기며 말했다. 역시 오제키와의 직접 대결은 피하고 싶은 모양이다.

유이가 설득하듯 말했다.

"그건 어쩔 수 없잖아. 네가 수업을 바꾸면 빠르든 늦든 결국 알게 될 거야. 지금 당장은 모르겠지만."

"내가 학부장님께 의견을 여쭙는 건 어디까지나 비공식이고, 학부장님도 학부의 최고책임자라는 직위가 있으니 다른 사람에게 함부로 말하진 않을 거야. 즉, 오제키 교수님이 이 일을 곧바로 알게 되는 일은 없을 거란 뜻이지."

나는 유이를 도와줄 생각으로 말했다. 그러자 미소노는 최근 몇 달 사이에 일어난 일들을 조심스럽게 말하기 시작했다. 우리는 잠시 그 이야기에 귀를 기울였다.

"4월부터 오제키 교수님 수업을 듣고 둘이 식사한 게 몇 번 정도지?"

나는 미소노가 대강 이야기를 마쳤을 무렵 물었다.

"여섯 번쯤요."

"전부 오제키 교수님이 그러자고 했어?"

"네."

미소노의 대답에는 막힘이 없었다.

"하지만 두 사람 사이에 어떤 말이 오갔는지 잘 모르겠어. 조금 전에도 말한 것처럼, 비공식적으로 학부장님께만 말씀드릴 테니 어떤 이야기가 있었는지 얘기해 줄래?"

그러자 미소노는 처음으로 입을 다물었다. 역시 쉽게 말할 수 없는 뭔가가 있었던 모양이다.

"제일 소름끼쳤던 건, 교수님은 술만 마시면 항상 성적인 얘기를 했어요."

"성적인 얘기? 예를 들면 어떤 건데?"

나는 더 직접적으로 캐물었다. 유이가 내 얼굴을 힐끔 보는 것이 느껴졌다.

"예를 들면요?"

미소노는 잠시 머뭇거리더니 입을 다물었다. 하지만 이내 결심한 듯 말하기 시작했다.

"숏팬츠보다 미니스커트가 더 잘 어울리니, 다음엔 미니스커트를 입고 오라고 반복적으로 말했어요. 처음에는 웃음으로 넘겼지만, 계속 그렇게 말씀하셔서 조금 짧은 치마를 입고 갔죠. 그랬더니 다음에는 더 짧은 미니스커트를 입고 오라는 거예요. 농담처럼 말했지만 눈은 웃지 않았다고 할까……."

숏팬츠에 미니스커트. 나도 모르게 쓴웃음이 나왔다. 오제키가 그런 말을 했으리라곤 생각되지 않는다. 짧은 바지와 짧은 치마라면 모르겠지만. 아마도 미소노가 무의식중에 자신이 평소 사용하는 표현으로 바꾸었을 것이다.

"왜 그런 말을 듣고도 계속 식사자리에 나갔어?"

유이의 물음에 나 역시 동의한다는 듯 고개를 살짝 끄덕였다. 누구나 의아하게 여기는 부분이리라.

"학점을 아예 안 주거나 나쁘게 받을까 봐 겁났어요. 실제로 교수님 제안을 거절하면, 좋은 성적을 받는 데 불리할 거라고 은근히 말씀하셨거든요."

"은근히 말하다니, 구체적으로 어떤 식이지?"

이번에는 내가 물었다. 여기가 핵심이다. 성희롱뿐만 아니라 학문희롱 가능성도 있다. 학문희롱이란 교수가 성적을 내세워 학생을 부당하게 지배하는 일이다.

"'식사자리를 거절하는 건 졸업논문 지도도 거절하는 셈이니, 자네 성적에 영향이 있을 거라는 건 알고 있겠지?' 하고 이야기하더군요."

나는 마음속으로 '그래? 그런 말을 했단 말이지?' 하고 중얼거렸다. 그렇다면 충분히 오치아이 학부장을 설득할 수 있다. 하지만 그런 마음은 감춘 채 질문을 계속했다.

"그것 말고 식사 도중 이상한 일을 당하지는 않았어? 예를 들면, 몸을 만진다거나 호텔에 가자고 했다거나."

유이가 얼굴을 찡그리며 나를 쳐다보았다. 내 질문이 마음에 들지 않는 모양이다. 그러나 오치아이를 납득시키려면 필요한 정보였다.

"그런 건 없었어요. 다만 저를 쳐다보는 눈길이 너무 느끼해 불쾌감을 느낀 건 사실이에요……."

나는 실망감을 감추기 어려웠다. 그 정도로는 학부장을 설득할 수 없다. 주관적인 느낌만으로 성추행을 입증할 수는 없기 때문이다.

미소노는 한 시간쯤 이야기를 나누고 자리에서 일어났다. 나와 유이는 나란히 앉아 10여 분 더 이야기했다.

"어떠세요?"

유이가 물었다. 이 정도면 학부장을 설득할 수 있겠느냐는 의미이다.

"성희롱 부분이 좀 약하군요. 같이 식사하지 않으면 성적에 영향이 있을 거라는 건 학문희롱이지 성희롱이라고 할 수 없으니까요."

"'괴롭힘방지위원회'에서 만든 팸플릿에 성희롱 기준이 제시되어 있는데, '학생의 옷차림에 대한 부적절한 지적'도 포함돼 있어요. 미니스커트를 입고 오라든지, 치마 길이가 더 짧았으면 좋겠다든지 하는 건 당연히 성희롱 아닌가요?"

유이가 정색을 하며 말했다. 나는 순간적으로 당황했다. 업무 성격상 그녀가 성희롱 기준을 더 잘 아는 건 당연하다.

"그건 알지만 학부장님을 설득하기 위해서는 결정적 증언이 필요하다는 뜻이었어요. 그리고 식사자리를 불쾌하게 여기면서 여섯 번이나 나갔다는 게 좀 이상해서……."

나는 반론으로 느껴지지 않도록 목소리 톤을 낮추었다.

"무슨 말씀인지 알겠어요. 하지만 본인이 말한 것처럼 성적에 영향이 있을까 봐 두려웠던 게 아닐까요? 학생들 대부분은 교수가 엄청난 권력을 가졌다고 생각하거든요."

그건 교수에 따라 다르지 않을까? 하지만 그 말을 입에 올리지는 않았다. 나는 고개를 끄덕인 뒤 자리에서 일어났다.

"어쨌든 본인에게 직접 상황을 들었으니, 학부장님께 말씀드릴지 말지를 과장님과 의논해 볼게요. 결과는 추후 연락드리겠습니다."

나는 특히 뒷부분을 강조했다.

"잘 부탁합니다. 일부러 여기까지 와주셔서 감사합니다."

유이가 자리에서 일어나 깊숙이 고개를 숙였다. 한순간 그녀의 머리칼에서 샴푸냄새 같은 상큼한 향기가 피어올랐다. 그리고 동시에 물색 티셔츠의 깊게 파인 가슴골이 언뜻 눈에 들어왔다. 나는 황급히 다른 쪽으로 시선을 돌렸다.

4

"뭐야? 또 오제키야? 나 참, 도대체 몇 번째야? 얼마나 문제를 일으켜야 직성이 풀릴지 원."

노다가 흥분해서 말했다. 오제키 때문에 평소 골머리를 앓고 있다는 말투였다.

하지만 나는 노다의 말을 믿지 않는다. 평소 직원들 앞에서 하는 말과 교수들 앞에서 하는 말이 다르다는 걸 알기 때문이다.

오제키에게 존칭을 붙이지 않는 것도 일종의 허세다. 교수 이름을 함부로 부를 만큼 자신이 거물이라고 주장하고 싶은 걸까? '문제를 일으킨다'는 표현도 정확하지 않다.

오제키에게 여러 좋지 않은 이야기가 따라다니긴 했다. 하지만 어디까지나 소문일 뿐 확실하게 드러난 적은 없었다. 구체적으로 밝혀질 듯하면 결국 이런저런 절차를 들먹이며 유야무야시키는 사람이 노다 본인이었다.

"오늘 오치아이 학부장님께 상황을 말씀드리고, 해당 학생의 수업을 변경할 수 있는지 여쭤보려고 하는데요."

예상대로 노다의 얼굴이 일그러졌다. 그는 가볍게 한숨을 쉬었다. 그리고 의자 뒤로 몸을 젖히며 생각에 잠기는 듯했다.

"하지만 말이야, 이런 건 신중하게 처리해야 해. 오제키 교수에게 문제가 있는 건 사실이지만, 괜히 상황을 키웠다가 인권문제라도 들고 나오면 골치 아프잖아. 여학생에게 이야기를 들었으니, 오제키 교수 이야기도 들어봐야 공평하지. 안 그래?"

나는 오늘 낮에 미소노와 만나 이야기를 들었다고 그에게 말했다. 따라서 노다가 절차상의 문제점을 지적할 경우, 당연히 오제키의 입장을 확인하지 않은 걸 들먹이리라 예상했다.

"과장님 말씀이 맞습니다. 그런데 오제키 교수님에게 상황을 오픈하면 오히려 복잡해지지 않을까요? 학부장님께 이야기해 조용히 처리하는 게 나을 것 같은데요."

나는 노다의 얼굴을 보며 말했다.

"조용히 처리한다? 구체적으로 말해봐."

"해당 학생이 원하는 대로 해주는 게 좋을 듯합니다."

"그러면 오제키 교수가 가만있지 않을 텐데?"

"그렇진 않을 겁니다. 학생이 학교측에 말했다는 걸 알면 내심 당황할 테고, 그 정도로 수습되는 것에 오히려 안심하지 않을까요? 보기보다 꽤 소심한 듯했거든요."

그 말을 하다 나는 웃음이 터질 뻔했다. 소심하다는 면에서 노다와 오제키가 똑같았기 때문이다.

"그래? 정 그렇다면 이 건은 자네에게 맡길게. 일단 학부장님께 말씀드려 봐. 단, 문제가 발생했을 때 나에게 매달리는 건 사양하겠어."

마지막 말은 너무도 노다다웠다.

"네. 과장님께 여파가 미치지 않도록 최선을 다하겠습니다."

나는 고개를 숙이고 자리로 돌아왔다.

그러자 옆자리에 앉은 나카하시가 말을 걸었다.

"주임님, 죄송하지만 여쭤볼 게 있는데요. 어떤 학생이 외국인 교수님 영어수업에 늦었나 봐요. 전철에 문제가 생겨 전철지연

증명서를 받아왔는데, 외국인 교수님이 받아주지 않는다네요. 이런 경우 어떻게 처리해야 하나요?"

나카하시는 문학부 업무부에 온 지 얼마 안 돼 그런 대응에 익숙하지 않다. 그 전에 있던 보건체육부 업무와 완전히 다르기 때문이다.

그 질문에 대꾸한 사람은 내가 아니라 나카하시 앞에 앉은 노조미였다.

"나카하시 씨, 갈색머리 여학생이지? 자기가 연예인인 줄 착각하는 애 말이야. 그 앤 항상 그래. 지연증명서가 있어도 지각은 지각이야. 지연증명서 하나로 지각이 없어진다면 이 세상에 지각하는 학생이 얼마나 되겠어? 아침 러시아워 땐 모든 전철이 늦게 오잖아."

"하지만 얼마나 끈질긴지 몰라요. 저만 보면 어떻게 좀 해달라고 난리가 아닙니다."

"나카하시 씨가 착하고 좋은 사람이란 걸 알기 때문이야. 다음에 오면 나한테 말해. 확실하게 처리해 줄 테니까."

나카하시가 곤란한 표정으로 나를 쳐다보았다. 노조미도 류호쿠 대학 출신에 나카하시의 3년 선배다. 일도 잘하고 성격도 나쁘지 않다.

하지만 나도 모르게 웃음이 터져나오려 했다. 그녀가 업무부를 찾아오는 예쁘장하게 생긴 여학생들에게 혀를 내두를 만큼 엄격했기 때문이다. 특히 나카하시와 다정하게 이야기라도 할라 치면 눈에 쌍심지를 켜고 달려들었다.

연상의 노조미가 나카하시에게 호감을 가진 게 분명했다. 하지만 결국 이룰 수 없는 사랑으로 끝나지 않을까? 키도 작고 뚱뚱한 노조미가 나카하시의 애인이 될 가능성은 제로에 가깝다. 더구나 나카하시에게는 이미 애인이 있는 듯했다.

"그건 그래. 학생이 그렇게 말하는 건 흔한 일이니 너무 받아주지 마. 한번 받아주면 끝이 없어."

나는 이야기를 마무리지으려 그렇게 말했다. 오제키 문제를 껴안고 있는 지금, 더는 골치 아픈 일에 휘말리고 싶지 않은 게 솔직한 심정이었다.

"하지만 주임님, 시바 교수님에 대해 그 여학생뿐만 아니라 다른 학생들도 불만이 끊이질 않아요."

이렇게 말한 사람은 나카하시 옆자리의 다에코였다. 파견사원인 다에코는 이미 서른이 넘었다. 유치원에 다니는 딸이 있다는데, 안정된 분위기의 온순한 사람이다. 문학부 업무부에서 주임인 내 밑의 직원은, 아르바이트 대학원생 두 명을 제외하면 나카하시와 노조미, 다에코 등 세 명이었다.

내가 대답하기도 전에 노조미가 대꾸했다.

"그건 그 분의 커뮤니케이션에 문제가 있기 때문이에요."

노조미는 정직원이었지만 나이는 다에코가 더 많았다. 그래서 다에코를 대할 때는 예의를 갖추었다.

나는 다에코쪽으로 시선을 옮기며 말했다.

"교수님 일본어가 서툴러서 그래요. 더구나 학생들도 영어가 서툴러 서로 이야기가 맞물리지 않는 경우가 많죠."

시바는 일본에 정착한 지 10년이 넘은 영국인 교수였다. 하지만 일본어를 배우려는 마음이 없을 뿐만 아니라 간단한 업무상 절차도 잘 이해하지 못했다. 그래서 사무실로 와서 영어로 질문하곤 했다.

그때마다 시바를 상대하는 사람은 나였다. 다른 세 명은 영어에 알레르기가 있어, 그가 등장하면 일제히 고개를 숙였다.

나는 상사원이었던 아버지 덕분에 영어권 나라에서 생활한 적이 있었다. 그래서인지 영어에 대한 거부감이 평범한 일본인보다는 적은 편이었다.

그때마다 노조미는 연신 감탄하며 "주임님, 대단하세요. 영어를 이렇게 잘하는 줄 몰랐어요!"라고 말했다. 하지만 비뚤어진 시선으로 보면 고졸인 내가 영어를 잘하는 게 이상한 것이리라.

"시바 교수님도 일본에 오래 사셨으니, 일본어를 좀 배우면 좋을 텐데요."

노조미의 말을 끝으로 그 이야기는 중단되었다. 나는 다시 미소노 문제를 어떻게 처리할지 생각했다.

## 5

연구동 맨 위층에 있는 학부장실에서 오치아이와 이야기를 나누었다. 역시 그는 노회했다. 내가 오제키 이야기를 꺼내자, 표정이 흐려졌지만 상황을 끝까지 들었다.

"골치 아픈 문제군. 자네가 그 정도까지 파악했다면 실제 상황은 더 심각할지도 몰라. 그렇지만 이런 문제를 입증하려면 시간이 걸리지. 가장 올바른 방법은 괴롭힘방지위원회에서 조사위원회를 만들어 사실관계를 확인하는 건데……. 하지만 해당 학생이 거부한다면서? 혹시 동의했더라도 그런 방법은 문제를 더 크게 만들 위험성이 있네."

그는 잠시 말을 멈춘 뒤 오른손으로 금테 안경을 살짝 들어올렸다. 50대 대학교수다운 지적인 모습이었지만, 꼬리가 살짝 올라간 눈은 매사 빈틈없는 정치가를 연상시켰다.

"네. 저희도 가급적 원만하게 해결하고 싶습니다."

"그래야지. 그렇다면 해결책도 가져왔겠지?"

내 생각을 알면서도 그는 내 입에서 직접 말이 나오기를 기다렸다.

"해당 학생의 후기 수업을 변경해 줄 수밖에 없지 않을까요?"

"그래. 나도 그게 제일 좋을 것 같네. 하지만 교수회의에서 인정받으려면 오제키 교수가 자신의 언행이 부적절했음을 인정해야 하네만……."

그는 일부러 말끝을 흐렸다.

오제키가 반(反) 오치아이의 선봉장이란 소문이 학내에 돌고 있었다.

"직접 오제키 교수님을 만나 해당 학생의 수업 변경에 대한 동의를 받아주실 수 없을까요? 저희가 오제키 교수님께 말씀드리기는 어려운 문제라서요."

"알았네. 적절한 타이밍을 찾아보지. 잘될지는 모르겠지만."

그는 내 요구를 순순히 받아들였다. 뜻밖이었다. 다만 그의 속내가 언뜻 보이는 듯했다. 혹시 이번 일을 이용해 반 오치아이의 선봉장인 오제키를 정치적으로 제압하려는 것 아닐까?

"나도 한 가지 부탁이 있네."

"말씀하십시오."

왠지 골치 아픈 일일 것 같았다.

"해당 학생의 수업 변경을 받아들이려 해도, 다카쿠라 교수가 받아주지 않으면 소용이 없지 않나? 그러니 업무부에서 사정을 잘 설명하고 다카쿠라 교수의 의향을 확인해 주게. 무작정 일을 추진할 수는 없으니까 말이야."

듣고 보니 그렇다.

"알겠습니다. 그럼 오늘이라도 제가 다카쿠라 교수님을 만나 보겠습니다."

오치아이는 가볍게 고개를 끄덕였다.


6


아침에 대학 전체 주임회의가 있었다. 회의가 끝나고 11시쯤 사무실로 돌아왔는데, 분위기가 묘하게 술렁거렸다. 문학부 사무실은 사회학부 및 경제학부와 같이 쓰는 넓은 공간으로, 15명의 직원이 일하고 있었다.

옆에 앉은 나카하시가 말했다.

"주임님, 학내에서 사건이 일어난 것 같습니다."

그러자 노조미가 끼어들었다.

"정문에 순찰차가 여러 대 오고 학생부 직원이 총동원되었어요. 노다 과장님도 급하게 학생부로 불려가 지금 자리에 안 계시고요."

노다의 자리를 힐끔 쳐다보자 노조미 말처럼 비어 있었다. 그녀의 양쪽 옆은 일주일에 두 번 출근하는 아르바이트 대학원생 자리였지만, 오늘은 둘 다 쉬는 날이었다.

"그러고 보니 회의 도중 멀리서 순찰차 사이렌이 들리더군."

류호쿠 대학 캠퍼스는 매우 넓어, 회의 장소에서 정문까지 꽤 떨어져 있다. 정문에 순찰차가 여러 대 도착해도 사이렌 소리가 분명하게 들리지는 않는다.

"아무래도 학생이 사건에 휘말린 것 같아요. 아까 화장실에서 만난 학생부 사람이 그랬어요. 물론 장학금 담당이라 자세한 건 모르는 것 같았지만요."

문득 유이의 얼굴이 떠올랐다. 노조미가 화장실에서 만났다는 걸 보면 여직원이 분명했다. 하지만 장학금 담당이라니 유이는 아니겠다.

"무슨 일이지? 요즘 평화로웠잖아?"

"여자화장실에서 가끔 치한이 나온대요. 우리 대학은 남녀공학이라 여자대학처럼 치안에 엄격하진 않잖아요. 외부인도 마음대로 드나들고……."

그건 노조미 말이 맞다. 학생부에 도난과 치한 신고가 꽤 많이 들어온다고 한다.

나카하시가 태평한 목소리로 말했다.

"그건 그래요. 학교에 들어온 지 올해로 4년째인데, 경비원이 신분증을 요구한 적은 한 번도 없었거든요."

"꼭 그렇지는 않아. 내가 아는 신입직원은 경비원이 신분증을 보여 달라고 했다면서 얼마나 투덜거렸는데. 나카하시 씨와 달리 우락부락하게 생겼거든. 꼭 산적처럼 말이야……."

노조미의 말에 나와 나카하시는 가볍게 웃었다. '산적'이라는 예스러운 표현이 웃음을 자아냈다.

잠시 후 노다가 돌아왔다. 그는 자리에 앉자마자 나를 호출했다.

"시마모토 씨, 나 좀 봐."

노조미와 나카하시의 시선이 나를 향했다. 무슨 일인지 알고 싶어 좀이 쑤시는 모양이다.

가까이 가자 노다는 밖으로 나가자는 눈짓을 보냈다. 그를 따라 밖으로 향하는데, 다른 학부 직원들까지 우리를 쳐다보았다.

노다는 자동판매기 앞에서 걸음을 멈추었다. 그리고 작은 목소리로 말했다.

"큰일났어. 여학생이 칼에 찔려 숨졌대."

나는 놀라서 입을 다물지 못했다. 대학 캠퍼스에서 살인사건이 일어나다니. 왠지 비현실적이라는 생각과 함께 어떻게 반응해야 할지 몰라 어리둥절했다.

"그런데 죽은 여학생이 누군 줄 아나?"

노다는 잠시 말을 멈추더니 나를 똑바로 쳐다보았다. 불길한 예감이 뇌리를 스쳤다.

"미소노 유리나야."

예감은 이제 충격으로 바뀌었다.

"정말요?"

나는 이런 경우 흔히 사용되는 가장 평범하고 일반적인 표현으로 대꾸했다.

"그래. 이번 사건은 대학에서 일어난 단순한 살인사건이 아니야. 우리에게도 영향이 미칠 거야. 피해자는 문학부 여학생이야. 그리고 그 여학생은 한 교수와 문제가 있었지. 그건 학생부도 파악하고 있고, 자네도 알고 나도 아는 문제야. 조만간 그 부분을 경찰에 말해야 할 거야."

"아직 경찰에 말하지 않았다는 건가요?"

"그래. 아마 학생부도 말하지 않았을 거야. 오늘 형사를 만난 사람은 학생담당 이사와 문학부장, 학생부장, 그리고 학생부 사무과장과 문학부 과장인 나까지 다섯 명이었거든. 형사가 사건을 대강 설명하고 우리도 갖고 있는 정보를 말했지만, 어디까지나 일반적인 정보일 뿐이었어. 하지만 곧 본격적인 탐문수사가 시작될 테니, 언젠가 그 이야기도 들어가겠지. 사건이 사건인 만큼 엄격한 함구령이 내려져 다른 교직원에게도 함부로 말할 수 없는 상황이야. 다만 자네는 그 건의 담당자이니, 학부장님과 의논해 상황을 알려주는 거야."

엄격한 함구령은 당연한 일이다. 다만 그 이야기를 내게 말하려 한 사람은 노다였을 것이다. 노다의 성격상 사건에서 가급적 떨어지고 싶을 테니까. 오치아이 학부장에게 오제키의 성추행 문제 담당자가 나라고 강조했을 것이 틀림없다.

노다는 작은 목소리로 경찰과 학생부에서 들은 사항을 말하기 시작했다.

## 7

오전 9시경 여자화장실에서 미소노를 발견한 사람은 중년의 여자청소부였다. 강의동 2층의 여자화장실에 들어가 출입구에서 가장 가까운 개별실을 여는 순간, 피투성이 시체가 발견된 것이다.

청소부는 비명을 지르며 뛰어나와 관리실에 상주하는 경비원에게 알렸다. 그리고 경비원 두 명이 개별실 바깥쪽으로 상반신이 나와 있는 미소노의 시신을 즉시 확인했다.

칼에 찔린 상처는 몸의 왼쪽에 집중되었고, 피를 많이 흘렸지만 거의 굳은 상태였다고 한다. 사후경직이 손가락과 발가락에 이른 걸 보면, 사망하고 시간이 꽤 지난 듯했다. 그런데 미소노가 살해된 시각에 기묘한 일이 있었음이 밝혀졌다.

어젯밤 10시 반쯤 여자응원단 두 명이 화장실에 들어가려 했는데, 안에서 날카로운 소리가 들렸다. 사람의 비명이라기보다 원숭이의 울음소리 같은 금속음이었다고 한다.

온몸에 소름이 끼친 두 사람은 비명을 지르며 1층 관리실로 뛰어갔다. 하지만 혼자 있던 경비원은 마침 화장실에 가느라 자리를 비운 상태였다. 결국 두 사람은 걸어서 5분쯤 걸리는 응원부실—정문 근처의 조립식 동아리건물에 있다—로 돌아가 다른 이들에게 말한 뒤, 별다른 조치를 취하지 않은 채 귀가했다.

왜 경비원에게 신고하지 않았느냐고 묻자, 두 사람은 다음과 같이 말했다.

"학생과 교직원 모두 학교에서 나가야 하는 밤 11시가 가까웠거든요. 11시에서 조금이라도 지나면 정문 경비원에게 혼나니까, 밖으로 나가는 게 더 급했어요."

그렇다 하더라도 정문 경비원에게 말할 수 있지 않았을까? 그렇게 묻자 두 사람은 누가 장난치는 줄 알았다고 대답했다.

그러나 다음날 살인사건이 발생한 걸 알고 학생부로 찾아왔으며, 경찰의 참고인 조사를 받았다. 경찰에서는 그 소리가 피해자의 비명이 아니라는 판단을 내렸다고 한다.

나는 순간적으로 노다의 말을 가로막았다.

"그럼 그 소리를 범인이 냈다는 건가요?"

"그런 것 같아. 응원단 학생들에 따르면 사람소리 같지 않았고, 만약 사람소리였다면 여자가 아니라 남자의 소리 같았다고 하더군."

"범인이 왜 그런 소리를 냈을까요?"

"글쎄, 그건 나도 모르지. 형사가 우리에게 말한 건 객관적인 사실뿐이고 개인적 의견은 아니거든. 이런 경우 속마음을 드러내지 않은 채 어떻게든 정보를 모으려 하니까."

노다는 모든 걸 아는 듯한 표정으로 말했다. 그건 노다 말이 맞다.

나는 한순간 정체를 알 수 없는 공포에 휩싸였다. 어쩌면 사람의 소리가 아닐지도 모른다는 황당한 망상에 사로잡혔기 때문이다.

경찰이 그 소리를 어떻게 판단했는지는 석간신문을 보고 알았다.

### 류호쿠 대학에서 살인사건 발생

24일 오전 9시 10분경, 히노 시 미나미다이라에 있는 류호쿠 대학 내 여자화장실에서 청소부가 칼에 찔려 사망한 여대생을 발견해 경찰에 신고했다. 피해자는 류호쿠 대학 문학부 3학년의 미소노 유리나(20세) 씨로, 왼쪽 상반신에 자상이 여러 군데 있는 것으로 보아 날카로운 칼로 살해되었을 가능성이 높다. 피해자의 가방이 범행 현장에 있었지만, 휴대폰은 범인이 가져간 것으로 보인다. 경찰은 부검을 통해 사인과 사망시각을 조사할 방침이다.

한편 어젯밤 10시 30분경 응원단 여대생 두 명이 여자화장실에서 남성의 목소리로 보이는 기이한 외침을 들었다고 한다. 경찰은 미소노 씨를 살해한 범인이 화장실로 들어오려는 여대생들의 말소리를 듣고, 일부러 그런 소리를 내 두 사람을 쫓아낸 것으로 보고 있다.

만약 신문 내용이 맞다면 범인의 의도는 멋지게 성공했다고 할 수 있다. 실제로 범인은 두 사람이 겁을 먹고 경비실로 뛰어 간 틈을 타 도주했으니까.

기사를 읽는 순간, 오제키가 범인일 가능성은 거의 없다고 생각했다. 그에게 이런 순발력이 있다고는 여겨지지 않았기 때문이다. 이것은 순발력의 문제뿐만 아니라 배짱의 문제이기도 하다. 경찰의 예상대로 그런 소리를 내서 화장실에 들어오려는 사람을 쫓아냈다면 보통 대담한 인물이 아니다. 즉, 범인은 뛰어난 판단력과 실행력, 두둑한 배짱을 두루 갖춘 사람으로, 오제키의 이미지와는 근본적으로 다르다.

대학에서는 다음주 예정되어 있던 기말고사를 그대로 실시하기로 했다. 시험을 중지할 경우의 대처방안과, 그로 인해 야기될 혼란을 생각하면 시험을 치르는 편이 낫다고 판단한 모양이다.

한편, TV와 신문, 잡지 등 매스컴 관계자들이 학내로 들어와 취재했기 때문에, 직원들은 그들을 대응하느라 정신이 없었다. 특히 피해자가 문학부 학생이라서 문학부 업무부에는 기자들 전화가 끊이지 않았다. 직접 찾아오는 기자들도 적지 않았다.

그렇다고 학교 업무를 중단할 수는 없었다. 전화는 여러 번호로 걸려오기 때문에 각자 응대할 수밖에 없지만, 직접 찾아오는 기자들은 내가 일괄 상대하기로 했다.

물론 내가 만나는 대상이 기자들만은 아니었다. 시도 때도 없이 찾아오는 형사들의 탐문수사 역시 도와야 했다.

눈코 뜰 새 없이 바쁜 와중에도 나는 유이를 떠올렸다.


8


다음주 목요일, 유이가 전화를 걸어왔다. 내 휴대폰이 아니라 집 전화였다. 수화기 화면에 그녀의 휴대폰 번호가 표시되었다.

"오제키 교수님이 붉으락푸르락한 얼굴로 달려와 펄펄 뛰더군요. 학생상담실에서 경찰에 미소노 학생 사건에 대한 정보를 흘렸느냐면서요. 경찰에 불려가 오랜 시간 조사받았다고 하더라고요."

사태는 심각했지만 유이의 말투는 더할 수 없이 침착했다. 의외로 배짱이 보통 아니라는 생각이 들었다.

"여쭤볼 게 있는데요. 오치아이 학부장님께선 오제키 교수님과 이야기를 나누신 건가요?"

나는 말문이 막혔다. 아직 오치아이에게 그 점을 확인하지 못했다.

오제키에 대해 오치아이와 이야기한 후 나는 즉시 다카쿠라를 만나러 갔었다. 다카쿠라는 미소노의 수업 이동을 흔쾌히 허락했다.

오치아이에게는 그 사실을 전화로 이야기했다. 따라서 오치아이가 오제키에게 어떻게 된 상황인지 물었어도 이상하지 않을 터였다.

"아직 학부장님께 확인하지 못했습니다. 확인하려던 순간 이런 엄청난 사건이 일어나는 바람에……."

"그렇겠죠. 시마모토 씨 부서로 기자나 형사가 수시로 찾아갈 테니 대응하기 힘드시겠네요."

"학생부 또한 마찬가지죠?"

"네. 업무를 진행할 수 없을 정도예요. 하지만 그 사람들보다 오제키 교수님을 대하는 게 더 힘들어요."

수화기 너머로 유이의 가벼운 한숨소리가 들렸다.

나는 재빨리 말했다.

"어쨌든 내일 출근하자마자 학부장님께 확인해 볼게요. 사건이 발생하기 전 오제키 교수님께 그 얘기를 했는지요."

"고마워요. 저희 과장님 의견에 의하면, 학생부와 문학부가 오제키 교수님에 관한 부분을 미리 조율해 두는 편이 좋지 않을까 하시더군요. 말이 서로 다르면 경찰에서 이상하게 여길 테니까요. 그래서 제가 시마모토 씨와 미리 협의하는 게 어떻겠냐고 하시던데……. 하지만 이런 이야기를 전화로 할 수는 없잖아요."

"제가 내일 학생부로 갈게요."

"지금으로선 학내에서는 좀 어렵지 않을까요? 이야기가 상당히 미묘하니까요. 학생부에도 형사들과 기자들이 수시로 드나들고 있거든요. 시마모토 씨, 지금 사시는 곳이 어디죠?"

"오기쿠보입니다."

"그래요? 저와 가깝네요. 전 아사가야예요."

이런 행운이 있다니! 나도 모르게 입꼬리가 올라갔다. 하지만 우리가 주오 선의 이웃역에 산다는 건 그렇게 놀라운 우연이 아니다. 대학과 가장 가까운 역이 주오 선의 히노역이므로, 출퇴근을 생각하면 어떤 의미에서는 필연이라 할 수 있다.

우리는 사흘 후인 일요일 오후 1시, 오기쿠보역 앞에 있는 커피숍에서 만나기로 했다.

이런 꿈같은 행운이 어디 있으랴.

일요일에 만난다는 것에 중요한 의미가 있다. 마치 연인들의 휴일 데이트처럼 보이지 않는가?


9


"이 건의 담당자는 시마모토 주임입니다. 시마모토 씨를 즉시 교수님 연구실로 보내겠습니다."

노다의 목소리에 긴장감이 잔뜩 묻어났다. 나는 수화기 너머로 펄펄 뛰며 화를 내는 오제키의 모습을 상상했다. 학생부에는 직접 찾아갔다는데, 문학부에는 일단 노다에게 전화를 걸었다. 노다는 어쩔 줄 몰라하며 그 건의 담당자가 나라는 말만 반복했다. 그의 책임 회피는 어제오늘 일이 아니었지만, 이렇게 노골적으로 나오다니 고개가 절로 흔들어졌다.

하지만 비굴한 미소를 지으며 "시마모토 씨, 부탁해" 하고 애원하는 모습에, 결국 내가 곤란한 역할을 떠맡기로 했다. 고개를 숙인 채 오제키의 비난과 욕설을 들으면 되는 것이다. 한편, 개인적으로 오제키를 만나보고 싶은 마음이 있기도 했다. 경찰이 그를 어느 정도 의심하는지 알고 싶었기 때문이다.

나는 연구동 3층 중앙에 있는 그의 연구실을 노크했다. 그리고 대답도 듣기 전에 문을 열고 들어갔다.

짙은 자주색 소파에서 나는 오제키와 마주앉았다. 그의 표정을 보고 내 예상이 완전히 빗나갔음을 깨달았다. 덤벼들기는커녕 흠칫 놀랄 만큼 초췌해져 있었다.

그는 체격이 상당히 좋은 편이다. 어깨가 떡 벌어지고 키도 180센티미터 가까이 되었다. 하지만 마음고생 탓인지 어딘지 모르게 초라해 보였다.

7 대 3으로 가르마를 탄 정수리 부분은 조금 휑했고, 검은 테 안경 너머의 쭉 찢어진 눈은 의심 많은 성격을 뒷받침하는 듯했다.

"시마모토 씨는 알지? 내가 미소노의 죽음과 관련이 없다는 걸. 그런데 히노 경찰서에서 매일 불러대고 나를 범인취급하지 뭔가?"

그는 여유라곤 찾아볼 수 없는 절박한 목소리로 말했다. 나는 어떻게 대꾸해야 할지 몰라 일단 침묵했다. 그는 다시 말을 이었다.

"그리고 말이야, 학생상담실에서 자네에게 뭐라고 했는지 모르지만 내 말도 들어봐야 하지 않겠나? 죽은 사람에게 이런 말을 하긴 그렇지만, 그 애는 애초 공부에 관심이 없었어. 이대로는 졸업논문 통과가 어려우니 저녁식사를 하며 지도했을 뿐이네. 그런데 경찰에 그런 식으로 말하면 내 입장이 뭐가 되나?"

"교수님, 저희는 사무적인 부분을 처리하기 위해 미소노 학생의 이야기를 들었을 뿐, 진위 여부는 판단할 처지가 아닙니다. 물론 양쪽 주장을 같이 들어야 한다는 건 알고 있습니다. 그래서 그 역할을 학부장인 오치아이 교수님께 부탁했고요……"

"오치아이 교수에게?"

그가 의외라는 표정을 지었다. 오치아이는 아직 오제키에게 아무 말도 하지 않았구나.

"네. 저희 같은 일개 직원이 교수님의 주장을 들을 수는 없으니까요."

"하지만 오치아이 교수는 그런 얘기를 하지 않던데?"

"그래요? 말씀을 나누려고 했는데, 바빠서 시간을 내지 못한 것 아닐까요? 엄청난 사건이 발생한 지금 같은 상황에선 더욱 그렇고요."

"하지만 자네를 비롯한 학생부 사람들이 경찰에 넘겨준 정보 때문에 내가 얼마나 시달렸는지 아나?"

"잠시만요. 저는 경찰에 입도 벙긋하지 않았습니다."

그건 사실이었다. 일부러 말하지 않은 게 아니라 그런 질문을 받지 않았다. 여러 형사들과 접촉했지만, 오제키에 대해 묻는 이는 한 명도 없었다.

"그렇다면 학생부에서 그랬군. 야나세라는 학생상담실 여직원이 처음부터 날 의심하고 달려들더라고. 그래놓고는 경찰에 그 일을 말했냐고 묻자 말끝을 흐리더군."

그는 분노를 터트리거나 험한 단어를 사용하는 대신 불평하듯 차분하게 말했다.

"교수님, 경찰에선 뭐라고 하던가요?"

나는 그의 적이 아니라는 걸 강조하기 위해 친절하고 다정한 목소리로 물었다. 항상 중립적 위치에 서려는 사무직원의 습성이 작용한 것도 사실이었다.

"한마디로 내가 미소노를 살해한 게 아닐까 의심하더군. 성희롱했다며 나를 학교측에 신고한 것에 격분해서 말이야. 그리고……"

그는 잠시 머뭇거렸다. 나는 재촉하지 않고 조용히 기다렸다.

"이런 말을 하긴 그렇지만, 경찰에 의하면 성폭행을 당했다고 하더군. 내가 성폭행하기 위해 미소노를 습격하고 살해했을 가능성이 있다고 보는 것 같아."

"미소노 학생이 학생상담실에 교수님을 신고했다는 사실을 알고 계셨나요?"

나는 오제키를 돕기 위해 물었다. 아직 오치아이가 말하지 않았다면, 미소노가 살해당하기 전 관련 사실을 알았을 가능성이 거의 없다. 그렇다면 첫 번째 이유는 성립되기 어렵다. 그는 즉시 내 도움의 손길을 잡았다.

"바로 그거야! 난 미소노가 학교에 신고했으리라곤 상상도 못했네. 따라서 그것 때문에 내가 그 애를 공격했을 리는 없잖아?"

그의 말이 맞다. 문제는 또 하나의 가정이었다.

"그리고 내가 성폭행하기 위해 미소노를 덮쳤다는데, 여자화장실에서 어떻게 그런 짓을 하겠나? 미소노를 미행하다, 화장실에 들어가는 걸 확인한 뒤 성폭행했다는 건가?"

분명 이것도 부자연스러웠다. 불가능하지는 않지만, 다른 사람이 들어올 가능성도 있는 만큼 현실적으로 어려움이 따랐다.

"사건이 일어난 시각에 어디 계셨나요? 알리바이를 증명하면 되잖습니까?"

그러자 오제키는 고개를 끄덕이며 떨떠름한 표정으로 입을 열었다.

"그날은 밤 11시 조금 전까지 연구실에 있었네. 학회지에 실을 논문 마감이 코앞이거든."

경찰이 의혹의 시선을 거두지 않는 이유가 바로 그것 때문일 것이다. 참 운이 없는 사람이다. 연구실에 있었으면 알리바이를 증명할 길이 없다. 뿐만 아니라 사건현장인 여자화장실과 상당히 가까운 곳에 있었던 셈이다.

나는 오제키의 하소연을 들어주고 연구실에서 나왔다. 그의 말에 부정적인 반응을 보이지 않아서인지, 나에 대한 공격은 없었다.

<br>

10

오기쿠보역 앞의 커피숍에서 유이를 기다렸다. 약속시간보다 10분 일찍 도착했다. 커피숍 내부는 몹시 어두웠다. 나는 맨 안쪽 자리에 앉았다. 한 명이 더 오니 나중에 같이 주문하겠다고 말했다. 그러자 붙임성 없는 중년의 주인은 대꾸도 하지 않고 카운터로 돌아갔다.

유이는 오후 1시 정각에 나타났다. 나는 순간적으로 숨을 들이마셨다. 옷차림이 허를 찔렀기 때문이다.

하얀색 숏팬츠에 핑크색 꽃무늬가 있는 베이지색 티셔츠 차림이었다. 숏팬츠의 길이가 짧은 데다 스타킹을 신지 않아, 무심결에 침을 꿀걱 삼킬 만큼 새하얀 허벅지가 시선을 끌었다. 일요일에 집에서 편히 쉬다 그대로 외출한 듯했다.

적어도 대학에서는 그런 모습을 본 적이 없었다. 그렇다고 청초한 모습이 모두 사라진 것은 아니었다. 자신의 옷차림이 부끄러운지 시선을 내리깔고 쑥스러운 미소를 지었다.

다시 주인이 다가와 주문을 받았다. 나는 커피를, 유이는 아이스커피를 주문했다. 기다리게 해놓고 평범한 음료를 주문해서인지, 주인은 부루퉁한 얼굴로 다시 카운터쪽으로 사라졌다.

"오제키 교수님이 저희쪽에도 연락을 해오셨어요."

나는 그녀의 옷차림으로 인한 들뜬 마음과 흥분을 감추기 위해 용건을 바로 이야기했다.

"역시 그랬군요."

"교수님 연구실로 가서 그 분의 변명을 들었지요."

나는 오제키의 주장을 간단히 설명했다.

"하지만 제가 보기에 미소노 학생은 불성실하지 않았고, 나름 공부도 열심히 하는 듯했어요."

류호쿠 대학은 결코 수준이 낮지 않다. 특히 여학생의 경우 우수하기로 정평이 나 있었다. 하지만 나는 오제키의 말을 뒷받침할 만한 정보를 갖고 있었다.

"미소노 학생에 대해선, 교수님 말씀이 완전히 거짓이라곤 할 수 없을 것 같습니다."

나는 에둘러 말했다. 유이의 얼굴에 희미한 불안의 빛이 떠올랐다. 하지만 끼어들지 않고 내 말에 귀를 기울였다.

"실은 그 학생의 1, 2학년 성적을 조사해 봤는데, 상당히 심각하더군요. C가 많았고, 경고를 받은 과목도 여럿 있었습니다. 아시다시피 우리 대학은 3학년에서 4학년으로 올라갈 때 가장 문턱이 높죠. 이때 유급되는 경우가 많은데, 미소노 학생도 상당히 위험한 그룹에 속해 있더군요. 따라서 교수님 말씀이 완전히 엉터리라곤 할 수 없었습니다."

그러자 유이가 정색을 하며 단호하게 말했다.

"그렇더라도 교수님이 성희롱하지 않았다고 단언할 수는 없어요."

"물론 그건 그렇지요. 하지만 미소노 학생이 세상을 떠난 지금, 두 사람 사이의 일을 아는 사람은 교수님밖에 없으니까요."

"실은 교수님의 성희롱을 증명할 수 있는 증거를 가지고 있어요."

뜻밖이었다. 그렇다면 왜 처음부터 증거를 내놓지 않았을까?

"그래요? 어떤 증거죠?"

"교수님이 미소노 학생에게 보낸 이메일이에요. 물론 프린트한 거지만요. 가져왔으니 읽어보고 직접 판단하시면 좋겠어요."

"판단이라니, 무슨 판단 말인가요?"

나도 모르게 되물었다. 미소노가 세상을 떠난 지금, 오제키의 성희롱을 밝혀낸다고 한들 무슨 의미가 있을까?

"이 메일을 경찰에게 건네야 할지 망설이고 있거든요."

유이는 검은 가방에서 A4 크기의 종이를 꺼내 나에게 내밀었다.

미소노 유리나에게

오제키일세.

내 제안을 거절하다니, 실망을 금할 수 없군.

교수와 학생의 식사자리는 단지 술과 음식을 같이하는 것뿐만 아니라, 교육적 측면도 포함되어 있다네. 평소 자네의 발표 능력이나 리포트를 볼 때 지금까지의 성적이 어땠을지는 짐작하고도 남음이 있어. 따라서 졸업 논문이 통과될 수 있을지 우려되더군.

나는 그저 식사자리에서 그런 이야기를 하며 어떻게 하면 좋을지 조언하려 했을 뿐이네. 나와 같이 식사하면 결코 자네에게 나쁜 일은 없을 걸세. 자네도 어린아이가 아니니까 무슨 뜻인지 알겠지?

무슨 뜻인지 안다면 다음주 수요일 수업시간에, 예전 식사 때 입었던 핑크색 미니스커트를 입고 오기 바라네. 수업이 끝난 후 지난번 만났던 이자카야에서 기다리겠네.

자세한 이야기는 그때 하세.

나는 메일을 읽은 뒤 유이에게 돌려주었다. 오제키의 어리석음에 어이가 없어서 웃음도 나오지 않았다. 이렇게 꼼짝 못할 증거를 문서로 남기다니, 세 살 먹은 어린아이도 이런 짓은 하지 않겠다. 핑크색 미니스커트는 또 뭔가?

나는 이메일의 날짜를 확인하면서 말했다.

"미소노 학생이 살해되기 일주일 전인 7월 16일 밤에 보냈네요."

"네. 미소노 학생이 살해되기 전날, 학생상담실로 이걸 가져와 의견을 묻더군요. 답장을 어떻게 해야 할지 모르겠다면서요."

"그래서 뭐라고 했어요?"

"답장을 보내지 말라고 했어요."

나는 속으로 깜짝 놀랐다. 대담한 조언이 아닐 수 없었다.

"그리고 다음날 수업에도 참석하지 말라고 했어요. 양쪽 모두 차분하게 생각할 시간이 필요할 것 같아서요. 미소노 학생이 수업에 빠지면, 교수님 스스로 자신이 보낸 메일에 문제가 있음을 깨닫지 않을까 싶었어요. 그래서 미소노 학생이 수업을 그만둘 때도 냉정하게 대응할 거라 생각했죠."

"미소노 학생이 다음날 수업에 불참했나요?"

"네. 그런 것 같아요. 형사님이 그 수업을 듣는 다른 학생들에게 확인했고, 오제키 교수님 역시 미소노 학생의 결석을 인정했어요."

"미소노 학생이 살해된 건 그날 밤이잖아요? 만약 교수님이 범인이라면 그날 밤 어떻게 미소노 학생을 만났을까요?"

유이는 한순간 말문이 막힌 듯했다. 그때 주인이 음료를 가져왔다. 그가 테이블에 커피와 아이스커피를 놓고 사라질 때까지 우리는 침묵했다.

먼저 입을 연 사람은 유이였다.

"교수님이 범인인지 아닌지는 우리가 판단할 문제가 아니겠죠. 그건 경찰에 맡기는 수밖에 없다고 생각해요. 다만 이 메일을 경찰에 오픈해야 할지 판단이 서질 않아요. 경찰 수사에 영향을 줄지도 모르잖아요."

"학생부에서는 이미 교수님과 미소노 학생 사이에 문제가 있었다고 말하지 않았나요?"

"네. 하지만 이 메일을 경찰에게 보여주면 그 문제를 더 심각하게 받아들이겠죠. 그러면 교수님께 더 불리해질 테고요. 그래서 망설이고 있어요."

나는 단호하게 말했다.

"보여줘도 괜찮을 것 같은데요?"

"그래요?"

유이는 여전히 생각을 정하지 못한 듯했다.

"이 메일을 보여준다고 교수님의 혐의가 더 깊어지진 않을 겁니다. 사건 당일 두 사람이 만났다는 증거라면 몰라도, 그건 아니잖아요? 오히려 미소노 학생이 수업에 빠진 걸 감안하면, 적어도 두 사람이 당일에 만나지 않았음을 입증하는 내용이라고 생각하지 않을까요?"

그녀의 얼굴이 조금 밝아지는 듯했다. 자신 때문에 오제키가 결정적으로 궁지에 몰리는 상황은 피하고 싶었던 모양이다. 나는 그녀가 착한 사람이기 때문이라고 생각했다.

# 2장

# 순찰

1

사건은 뜻밖에도 끔찍한 방향으로 전개되었다. 개인적인 인간관계의 갈등에 따른 범행이라고 여겨졌던 사건이 어마어마한 엽기적 대사건의 시작이었을 가능성이 터져나온 것이다.

미소노가 살해된 지 11일 후 다시 한 여학생이 살해되고, 그 이틀 후 또 다른 여학생이 살해되었다. 둘 다 문학부 학생으로, 이번에도 강의동 4층과 5층의 여자화장실에서 일이 벌어졌다. 사건이 발생한 시각은 밤 10시 반경, 미소노의 경우와 마찬가지로 예리한 칼에 찔려 사망했다.

대학 전체가 벌집을 쑤신 듯 엄청난 혼란상태에 빠졌다. 동시에 경찰에서도 사건의 방향을 근본적으로 재검토해야 했다.

살해된 사람은 히라오카 가오리와 다나카 미나미였다. 둘 다

4학년이었는데, 오제키의 수업은 듣지 않았다. 그래서 그와의 접점은 찾을 수 없었다.

사건에 음침한 색채를 더한 것은 역시 괴이한 소리였다. 이번에도 날카로운 비명을 들었다는 사람이 있었다.

가오리가 살해되었을 때, 화장실 안에는 한 명이 더 있었다. 여섯 개의 개별실 중 맨 안쪽에 가오리가 있고, 출입구와 제일 가까운 곳에 경제학부 여학생이 있었다.

출입구와 가까운 곳에 있던 여학생은, 가오리의 비명과 동시에 정체를 알 수 없는 원숭이의 괴성 같은 소리를 1분 가까이 들었다고 증언했다. 그녀는 죽을힘을 다해 복도로 뛰어나와, 비명을 지르며 계단을 내려갔다. 그리고 관리실 경비원에게 신고했다.

기존의 사건으로 경계를 강화 중이던 경비원 두 명이 채 5분도 안 되어 4층 여자화장실에 도착했지만, 범인은 이미 보이지 않았다.

미나미의 경우, 혼자 화장실에 갔다가 습격을 당한 듯했다. 그런데 미소노 때와 마찬가지로, 사회학부 여학생이 화장실로 들어가려다 기이한 소리를 듣고 도망쳤다고 한다. 1학년이던 그 여학생은 1층에 관리실이 있는 걸 모르고, 결국 정문까지 뛰어가 경비원에게 신고했다. 따라서 경비원이 현장에 도착할 때까지 상당한 시간이 걸렸고, 범인의 모습은 사라진 뒤였다.

이 여학생은 기이한 소리에 대해 원숭이 울음소리가 아니라 부엉이 울음소리 같았다고 표현했다. 그러나 경찰에서는 어디까지나 표현방식의 차이일 뿐, 두 여학생이 들은 소리가 같은 괴성이라고 판단했다.

두 사건 모두 미소노의 경우처럼 휴대폰이 없어졌다. 경찰에서는 면식범의 소행일 가능성을 배제하지 않았다. 하지만 범행 형태로 볼 때 나는 사이코패스의 묻지마 범죄가 아닐까 생각했다.

가장 소름끼치는 건 아무도 범인의 모습을 보지 못했다는 점이다. 범인은 강의동 뒤쪽의 넓은 삼나무숲으로 도망쳤을 가능성이 있다. 하지만 그 후 어디로 사라졌는지 알 수 없다.

그 시간대에는 학교에 사람이 많지 않았다. 그러나 대학 문이 닫히는 11시까지는 동아리활동 중인 학생이나 연구실에서 일하는 교직원이 일부 남아 있다. 그럼에도 범인을 목격한 사람이 없다는 점과 괴성에 대한 부분이 어우러져, 학생들 사이에서 '범인짐승설'이 제기되었다. 그것은 기묘한 리얼리티와 함께 마치 도시의 괴담처럼 학내에 퍼지기 시작했다.

대학 당국에서는 이틀 남은 시험기간 동안 학생의 퇴교시각을 3시간 앞당겨 밤 8시로 변경했다. 다만 교직원의 경우 계속 11시였다. 또한 이미 시행 중인 경비회사의 순찰과 더불어 교직원의 야간 순찰을 추가하기로 결정했다. 사무직원은 의무사항이고, 교원은 지원자에 한했다. 여름방학이 코앞이어서 교수회의를 개최하기 어렵다는 게 표면적인 이유였다. 하지만 대부분의 직원은 그 설명을 믿지 않았다.

교수회의를 연다고 해도 경비원이나 하는 학내 순찰을 교수들이 받아들일 리 만무했다. 직접적으로 반대에 부딪히는 것보다는 교수회의 없이 지원자를 받는 편이 낫겠다는 대학 윗선의 판단이 있었다.

2

8월 6일 오후 8시 10분. 나와 나카하시는 밤 7시 40분부터 강의동 1층을 순찰했다. 우리는 대학 이름이 적힌 완장을 팔에 찼다.

나는 무전기를 들었고, 나카하시는 손전등으로 주변을 비추었다. 8시가 지나 학생들이 모두 나가면 조명을 절반으로 줄이기 때문에 학교 전체가 어두컴컴해진다.

우리는 오후 6시에 순찰본부가 있는 강의동 2층의 교원휴게실에 모여, 학생부 직원을 중심으로 순찰 순서를 정했다. 실제로 오늘 순찰을 도는 사람은 학부 직원 다섯 명과 학생부 직원 세 명 등 전부 여덟 명이다. 그밖에 학생부 과장을 포함해 직원 네 명이 본부 요원으로 대기했다.

문학부에서는 나와 나카하시가 참여하고, 경제학부와 사회학부, 교육학부에서 한 명씩 참여했다. 따라서 나와 나카하시만 같은 학부 직원팀이고, 나머지는 학부 직원과 학생부 직원이 팀을 이루었다. 결국 교원은 한 사람도 참여하지 않았다.

순찰본부의 중심인물은 정년퇴직이 가까운 예순 살의 학생부 과장 다사키였다. 다사키는 학생부에서 매우 유명했는데, 학생운동이 치열하던 시절에는 과격학생 전문이었다고 한다. 나이는 좀 많지만, 이런 비상사태에 가장 신뢰할 수 있고 전문가라는 명칭이 어울리는 사람이었다. 여기저기 흰머리가 보였지만, 머리숱도 많고 전체적으로 몸이 탄탄해 쉰 살 전후로 보였다.

처음에는 이번 달 담당 학부장인 사회학부장도 얼굴을 내밀었다. 하지만 인사만 하고는 재빨리 모습을 감추었다.

우리는 서로 연락망을 확인했다. 이변이 발생할 경우 무전으로 다사키에게 연락을 취하고, 다사키가 학생부에 전화로 연락한다. 학생부에는 학생부장과 직원들이 남아 있어, 사태에 따라 학생부장 재량으로 경찰에 연락을 취하기로 했다.

다사키의 제안으로 암호도 정했다. 지난 세 건과 동일한 사건에 직면하면 '104호 발생!'이라고 짧게 말한 뒤 장소를 정확히 언급하기로 했다. 네 번째 사건이 발생했다는 의미이다.

예전에 다사키가 경찰관 출신이라는 소문이 있었다. 그래서 그런지 '104호'라는 말은 경찰 내부문서에나 등장할 법한 표현이었다.

나와 나카하시의 첫 번째 순찰은 저녁 6시 20분부터였으며, 40분 정도 연구동을 돌았다. 아직 밝았고 시험기간이라 학생이 거의 없어서인지 긴장감이 떨어졌다. 우리는 교원휴게실에서 40분 동안 쉰 뒤 이번에는 강의동을 순찰하기 시작했다.

일단 2층 본부에서 1층으로 내려가 계단을 통해 최상층인 8층까지 올라갔다. 각층의 모든 강의실을 돌아보고 학생이 남아 있으면 밖으로 나가도록 재촉하기 위해서다.

8시 조금 전부터 학교에서 나가달라는 내용의 안내방송이 계속 흘러나왔다.

이제 곧 저녁 8시입니다.

저녁 8시 이후 학생들은 학교에 남아 있을 수 없습니다.

즉시 캠퍼스에서 나가주십시오.

남자의 감정 없는 목소리가 미리 녹음되어 흘러나왔다. 상황 때문인지 평범한 안내방송조차 음침하게 들렸다. 대학 건물도 마찬가지였다. 평소 학생들이 넘쳐날 때는 아무렇지도 않았는데, 복도와 강의실뿐인 어두컴컴한 공간을 걷자니 마음이 쿵쾅거리고 불안감이 온몸에 엄습했다.

"주임님, 학교는 역시 사람들로 넘쳐나야 해요. 아무도 없어서 그런지 오싹하네요. 연구동을 돌 때는 밖이 환해서 괜찮았는데, 날이 저물고 어두워지니 기분이 이상해요."

나는 복도 창문에 비친 우리의 그림자를 멍하니 바라보았다. 키가 작은 나와 키가 큰 나카하시. 어둠속에 떠오른 두 사람의 실루엣은 극단적인 대조를 이루며 전체적으로 기이한 분위기를 자아냈다.

"그러게 말이야. 흉악한 사건이 일어난 후라서 더 그렇겠지. 나는 체구도 작고 힘도 약해 범인을 만나면 어떻게 해야 할지 벌써부터 겁이 나. 하지만 건장한 자네가 옆에 있으니 마음이 든든하군."

나는 농담처럼 말했다. 그러자 나카하시가 뜻밖의 대답을 했다.

"저도 무섭습니다. 상대가 칼을 가졌을지 모르잖아요. 정신이 상자일 수도 있고요."

우리는 강의실을 하나하나 살피기 시작했다. 내가 강의실 문을 열면 그가 손전등으로 실내를 비추었다.

1층 강의실에는 아무도 없었다. 다른 순찰팀에 따르면 강의실에 남녀 커플이 남아 있어 실랑이를 벌이기도 한다던데, 우리의 순찰은 매우 평온했다.

계단 밑에 있는 남자화장실과 여자화장실 앞에 도착했다. 사전회의에서 화장실을 순찰 중점구역으로 정했다. 다만 한 가지 문제가 있었다. 순찰팀에 여성의 숫자가 너무 적었다. 오늘의 순찰담당 여덟 명 중 여성은 교육학부의 젊은 직원 한 명뿐이었다.

남성으로 이루어진 순찰팀이 여자화장실에 들어가도 될까? 그런 의문이 고개를 드는 건 당연했다. 하지만 여자화장실이야말로 연쇄살인의 현장 아닌가? 내부를 살펴보지 않는다면 순찰하는 의미가 없다.

다사키는 우리에게 다음과 같이 지시했다.

일단 여자화장실 앞에서 노크하고 크게 소리친다.

"대학 순찰팀입니다! 안에 누구 계십니까?"

대답이 없는 경우 안에 들어가 개별실을 확인한다.

우리는 깜깜한 남자화장실에 들어가 불을 켠 뒤 개별실을 확인했다. 이상 없었다.

밖으로 나와 이제는 여자화장실 앞에 섰다. 남자화장실과 마찬가지로 깜깜했다. 우리는 서로의 얼굴을 쳐다보았다.

"나카하시 씨, 부탁해."

나카하시는 별다른 망설임 없이 힘차게 노크한 후, 다사키가 시킨 대로 소리쳤다. 역시 거침없는 체육과 출신다웠다.

1분쯤 기다렸다. 아무런 반응이 없었다. 우리는 서로 고개를 끄덕인 뒤 안으로 들어갔다. 나카하시가 전등 스위치를 켰다. 불빛이 화장실 내부를 선명하게 비추었다. 여자화장실에 들어간 건 태어나 처음이라 어리둥절했다. 남자화장실과 어딘지 모르게 다른 것은 분명했다.

개별실은 전부 여섯 개였다. 맨 안쪽부터 차례로 문을 열었다. 나카하시가 힘차게 노크하고 응답이 없으면 내가 문을 열었다. 그런데 맨 앞의 개별실에서 이변이 발생했다. 응답이 없어 문을 당겼으나 열리지 않았다.

나카하시가 다시 노크한 뒤 직접 문을 열려고 시도했다. 그러나 여전히 열리지 않았다. 우리는 얼굴을 마주보았다. 나카하시가 내게 출입구쪽으로 물러나라고 신호를 보냈다.

심장 고동이 빨라지고, 갈비뼈 부근에서 동통이 느껴졌다. 나카하시가 "안에 사람이 있습니다" 하고 속삭이듯 말했기 때문이다.

"정말이야?"

내 물음에 그는 단호하게 고개를 끄덕였다. 그리고 손전등으로 내가 들고 있던 무전기를 가리켰다. 본부에 연락하는 게 좋겠다는 의미였다.

나는 나카하시를 남겨두고 복도로 나왔다. 그리고 즉시 무선통신 버튼을 눌렀다.

"시마모토팀입니다. 강의동 1층 여자화장실 개별실에 사람이 있습니다. 노크했지만 문을 열어주지 않습니다. 뭔가 이상

합니다."

그러자 다사키가 말했다.

"그대로 대기해. 즉시 지원을 보내겠다."

"알겠습니다."

나는 짧게 대답하고 무전기를 껐다. 본부는 2층 중앙에 있어, 우리가 있는 곳까지 1분이면 올 수 있다.

이내 거친 발소리가 계단에서 들렸다. 다사키가 맨 앞에 서고 덩치 큰 학생부 직원 세 명이 뒤를 이었다. 제일 뒤에 교육학부 여직원이 따라왔다. 여자화장실인 만큼 만약의 경우를 대비해 데려온 모양이다.

다사키는 여자화장실 앞에 서 있던 나를 보고 고개를 끄덕였다. 그리고 뒤따르던 직원들에게 발소리를 죽이라고 몸짓으로 지시했다. 발소리에 이어 숨소리까지 멈추는 듯했다.

다사키를 선두로 하여 우리는 화장실로 들어갔다. 나카하시가 문제의 개별실 앞에 긴장한 모습으로 서 있었다. 안에서 사람의 말소리 같은 것이 어렴풋이 들렸다.

상상력이 끝없이 펼쳐졌다. 범인이 여학생을 인질로 삼아 조용히 하라고 협박하는 게 아닐까? 어쩌면 이제 곧 비명이 들릴지도 모른다.

하지만……. 나는 새삼스레 주변 사람들을 둘러보았다. 뒤쪽 출입구 근처에서 겁먹은 표정을 한 교육학부 여직원을 제외하면, 기이한 소리가 들린다 해도 도망칠 사람은 없었다.

그렇다면 안에서 뛰쳐나오는 범인과 난투극이 벌어질 가능성도 있다. 나는 범인이 갖고 있을지 모르는 흉기를 상상했다. 그런데 우리에겐 무기될 만한 게 없다. 고작해야 나카하시가 가진 손전등과 내가 소유한 무전기가 있을 뿐이다.

다사키가 문을 쾅쾅 두드리며 소리쳤다.

"이봐, 안에 누가 있지? 어서 나와! 안 나오면 문을 부술 거야!"

그러자 안에서 문의 잠금을 푸는 소리가 들렸다. 우리는 일제히 몸을 사렸다. 천천히 문이 열리고, 학생처럼 보이는 남자가 앞머리를 내린 채 고개를 내밀었다. 겁먹은 표정이었다.

그 즉시 머릿속에 치한이란 단어가 떠올랐다. 넓은 캠퍼스에서 치한이 나타나는 건 드문 일이 아니다. 여름에는 특히 그렇다.

그러나 내부 모습을 보고 나는 입을 다물 수 없었다. 다사키가 반쯤 열린 문을 열어젖히자 변기 뚜껑에 주저앉은 여자가 눈에 들어왔다. 감색 숏팬츠를 입은 젊은 여성은 언뜻 봐도 인질처럼 느껴지지 않았다.

여자의 숏팬츠 지퍼가 끝까지 채워지지 않아 흰색 팬티가 보였다. 황급히 상황을 수습하느라 벌어진 일인 듯했다. 하얀 브이넥 티셔츠 사이로 풍만한 가슴이 들여다보였다.

"여기서 뭐하는 거야? 썩 나오지 못해!"

다사키는 주위가 떠나가라 고함을 쳤다. 남학생이 튕기듯 밖으로 나오고 여학생이 뒤를 따랐다. 화장실에 그들의 것인 듯한 작은 숄더백이 있었다. 나는 안으로 들어가 가방 두 개를 들어올렸다. 생리용품을 버리는 휴지통에 수명을 다한 콘돔이 버려져 있었다.

온몸에서 긴장감이 풀렸다. 마치 한편의 시트콤을 본 듯한 느낌이었다. 만약 두 사람이 류호쿠 대학 학생이라면 그에 맞는 처분이 내려질 것이다. 하지만 이번 일이 학내에서 발생 중인 중대 사건과 관계가 없는 것은 분명했다.

3

다음날 문학부 사무실에서 어젯밤 일이 화제에 올랐다. 그런 이야기를 좋아하는 노조미가 나카하시에게서 사건의 전말을 이끌어냈다.

"기가 막혀서. 왜 그렇게 좁은 곳에서 할까요? 요즘 학생들은 상식이 없다니까요."

나카하시가 어이없다는 표정으로 말했다. 나는 절레절레 고개를 흔들었다. 지금 장소의 좁고 넓음이 문제가 아니지 않는가?

"그건 빙산의 일각이야. 밤에 여자화장실에서 남녀가 시시덕거리는 소리를 들었단 사람이 한두 명이 아니거든. 러브호텔에 가면 돈이 들어서 그런가?"

노조미가 나카하시의 말에 맞장구를 쳤다. 다에코는 노골적으로 얼굴을 찡그렸다.

"어쨌든 그 애들이 우리 학부 학생이 아니라서 다행이야."

나는 이야기의 방향을 바꾸기 위해 그렇게 말했다. 어쩌면 그것은 본심이기도 했다. 그 두 사람은 사회학부 2학년 학생이었다.

그때 노조미의 뒤쪽에 있던 문이 열리고 처음 보는 남자가 불쑥 들어왔다. 평소 교원들이 사무적인 업무를 보러 올 때 사용하는 출입구였다. 노조미가 자리에서 일어나 그에게 다가가더니, 곧 나를 보며 "주임님" 하고 불렀다.

나는 남자쪽으로 다가갔다. 그는 중키에 평범한 체격이었지만, 어깨가 떡 벌어지고 우락부락하게 생겼다. 안경은 끼지 않았고, 눈은 날카롭게 찢어졌다. 나이는 40대 초반쯤 됐을까?

대번에 형사라는 걸 알 수 있었다. 하지만 지금까지 한 번도 본 적이 없는 사람이었다.

남자가 명함을 내밀었다. 히노 경찰서 조직범죄대책과 형사 구로키. 아마도 히노 경찰서에 설치된 특별수사본부 형사가 아닐까 싶었다.

"시마모토입니다. 경찰 관계자분들은 일단 제가 응대하도록 되어 있어서요."

"그래요? 사건에 대해 두세 가지 묻고 싶은 게 있는데요. 여기서는 좀……."

구로키가 말을 머뭇거렸다. 밖에 나가고 싶다는 뜻인가? 그건 나도 원하는 바였다.

우리는 사무실 밖으로 나와 학생광장을 향해 걸었다. 오전 10시가 지나자 바깥 기온은 이미 30도를 넘어서, 오늘도 숨막히게 더울 것을 예고했다. 나는 검은색 바지에 하얀 반소매 와이셔츠 차림이었는데, 와이셔츠 안에 입은 속옷이 땀으로 흥건히 젖었다. 나처럼 비만 기미가 있는 사람은 원래 땀을 많이 흘린다.

구로키는 감색 바지와 베이지색 바탕에 물색 스트라이프 무늬가 있는 와이셔츠를 입었다. 목에는 수수한 다갈색 끈넥타이를 매고 있었다.

우리는 학생광장 한가운데에 있는 벤치에서 이야기를 나누었다. 시험기간인 데다 뜨거운 햇볕이 대지를 달구는 탓에 광장은 평소와 달리 한산했다. 학생들은 도서관처럼 냉방이 잘된 곳에서 공부 중이리라. 그러나 시험기간도 오늘로 끝이다.

"일단 오제키 교수님에 대해 물을 게 있는데……."

또 그건가? 이제 넌덜머리가 났다. 오제키에 대해 묻지 않았던 형사들조차 수사본부에 정보가 퍼진 탓인지 온통 오제키 관련 질문뿐이었다. 하지만 나는 불만을 드러내지 않은 채 똑같은 질문에 똑같은 대답을 반복했다.

"솔직히 어떻게 생각하지? 오제키 교수가 성추행을 했는지 안 했는지는 둘째고, 그것 때문에 그가 자기 수업을 듣는 학생을 죽일 수 있다고 생각하나?"

구로키는 대뜸 반말로 물었다. 본능적으로 경계심이 작동했다.

"솔직히 어떻게 생각하냐고요? 그걸 밝혀내는 건 제가 아니라 경찰 아닌가요?"

나는 입술 끝에 비웃음을 담아 비아냥거렸다. 구로키의 친밀함을 거부하듯 정중한 말투를 유지했다.

"그건 그렇군요."

그는 정중한 말투로 돌아와 쓴웃음을 지었다. 그러더니 별안간 화제를 바꾸었다.

"학생상담실의 야나세라는 여직원에게 들었는데, 시마모토 씨 학부에 그 유명한 다카쿠라 교수님이 계신다면서요?"

나는 대화가 이상한 방향으로 흐르는 걸 느꼈다. 다카쿠라에 대해 질문하리라곤 예상하지 못했다.

"네. 그런데요⋯⋯."

"그 교수님도 이번 사건과 관계가 없지는 않지요?"

"무슨 뜻이죠?"

정말로 무엇을 말하려는지 이해하기가 어려웠다.

"첫 번째로 살해된 미소노 학생이 다카쿠라 교수님 수업으로 바꾸고 싶어했다던데요?"

"그건 그렇지만, 미소노 학생은 오제키 교수님과 문제가 있어서 그랬을 뿐입니다. 다카쿠라 교수님은 이번 사건과 관계가 없어요."

"다카쿠라 교수님이 류호쿠 대학으로 오는 걸 오제키 교수님이 반대했다더군요."

그런 것까지 알고 있다니. 너무 놀라 순간 대꾸를 할 수 없었다. 그 말은 사실이었다. 다카쿠라 교수의 영입을 놓고 교수회의에서 투표하기 전, 오제키는 모두(冒頭) 발언을 통해 다카쿠라를 비판했다. 오제키의 강력한 반대에도 불구하고 다카쿠라의 영입은 압도적인 찬성으로 통과되었다.

"그건 교수회의 심사내용과도 관계가 있고, 저에겐 비밀준수 의무가 있어 말씀드릴 수 없습니다만……."

"그래요? 어쨌든 다카쿠라 교수님도 참 운이 없군요. 가는 곳마다 살인사건이 일어나니 말입니다."

구로키의 입에서 메마른 웃음소리가 흘러나왔다. 나는 숨을 들이마셨다. 그가 무슨 말을 하고 싶은지 여전히 알기가 어려웠다.

# 4

나는 하늘을 훨훨 날아다니는 기분이었다. 지금까지 이렇게 행복한 적은 처음이다. 다들 학내 연쇄살인사건으로 골머리를 앓고 있는데 말이다.

유이와 데이트하기로 약속했다. 소극적이고 내성적인 내가 그처럼 대담하게 행동하다니. 분위기가 우연히 그쪽으로 흘러간 덕분이다. 그렇지 않았으면 성공하지 못했을 것이다.

구로키와 만난 날 오후, 나는 이런저런 이야기를 나누기 위해 유이가 있는 학생부로 갔다. 이야기를 마치고 나오는 길에 유이와 잠시 캠퍼스를 걸었다. 그녀는 다른 부서에 볼일이 있어 나온 참이었다. 그때 나는 처음으로 본심을 입에 담았다.

"정말 지긋지긋하군요. 요즘 하는 일이라곤 기자나 경찰을 만나는 것밖에 없네요. 가끔은 야나세 씨 같은 사람과 맛있는 걸 먹으며 사건과 관계없는 이야기를 나누고 싶어요."

그 말이 입에서 튀어나오는 순간, 간이 콩알만 해지고 심장이 조여드는 듯했다. 자연스러움을 가장하려 했지만, 노골적인 의도가 뻔히 보였다. 그런데 유이의 반응이 의외였다.

"저도 마찬가지예요. 스트레스가 머리끝까지 쌓였다니까요. 우리, 저녁이라도 같이하는 게 어때요? 시마모토 씨는 학생부 사람이 아니라서 마음 편히 얘기할 수 있을 것 같아요. 업무에 관해 이것저것 의논할 것도 있고요……."

유이는 마지막 한 마디를 수줍은 표정으로 말했다. 심장이 빠른 속도로 종을 치기 시작했다. 그와 동시에 나에게 찾아온 최고의 기회라는 생각이 들었다. 한 번만이라도 좋다. 한 번이라도 그녀와 진짜 데이트를 하고 싶다…….

"그럼 진짜로 그럴까요? 야나세 씨는 무슨 요일이 좋으세요?"

아마 내 목소리가 가늘게 떨렸을 것이다. 나는 눈을 감고 그녀의 대답을 기다렸다. 그녀의 말이 단순한 인사치레가 아니기를 간절히 바라면서.

"월요일은 어때요? 다음주 월요일에 휴가를 냈거든요. 요즘 휴가를 안 썼더니 위에서 자꾸 쓰라고 하네요. 특별히 할 일도 없는데 말이에요."

나는 온몸에서 솟구치는 기쁨이 겉으로 드러나지 않도록 이를 악물었다. 동시에 유이의 말이 의외로 느껴졌다. 아름답고 능력까지 있으니 휴일에 데이트할 애인이 당연히 있지 않을까?

"저녁도 괜찮다면, 저는 다음주 월요일이 괜찮아요. 어디서 만날까요?"

"어디든 상관없어요. 시마모토 씨는 출근하셔야 하니 제가 맞출게요."

결국 우리는 저녁 7시에 신주쿠 게이오프라자 호텔 로비에서 만나기로 했다.

# 5

기분 나쁜 꿈을 꾸었다.

나카하시와 함께 대학 안을 순찰했다. 창밖은 칠흑 같은 어둠으로 뒤덮여 있었다. 우리는 아무 말도 하지 않았다. 나카하시가 비추는 손전등의 불빛이 희미한 그림자로 변해 가끔 춤을 추었다.

어디선가 음침하고 날카로운 비명이 들렸다. 온몸의 신경을 쥐어뜯는 듯한, 실로 불쾌하기 짝이 없는 금속음이었다. 여자화장실쪽이다. 나와 나카하시는 뛰기 시작했다.

여자화장실 앞에서 걸음을 멈추었다. 문 앞에 남자의 등이 보였다. 연극무대가 암전(暗轉)하듯, 그때까지 켜져 있던 복도의 흐릿한 불이 갑자기 사라졌다. 숨을 멈춘 채 나는 조금 전까지 함께 뛴 나카하시를 돌아보았다. 하지만 그는 어디론가 사라지고 어둠만이 자리했다. 나는 어쩔 수 없이 남자의 등을 향해 말을 걸었다.

"실례지만, 잠시 돌아봐주시겠습니까?"

대답은 없었다. 하지만 남자는 이내 뒤를 돌아보았다. 순간 귀를 찢는 비명이 들렸다. 내 입에서 튀어나온 비명이었다.

남자의 얼굴은 온통 새빨간 피로 뒤덮여 있었다. 입가에는 희미한 미소가 자리했다. 더구나 내가 알고 있는 얼굴이었다.

다카쿠라 교수였다. 나는 숨을 헐떡이며 다시 비명을 질렀다.

"교수님이 왜 여기에······?"

너무도 얼빠진 질문이었다. 그가 왜 여기 있겠는가? 범인 아니겠는가?

"내가 왜 여기 있냐고요? 지금 안에서 사람을 죽이고 나왔기 때문이죠."

그는 그렇게 말하며 음침하게 웃었다.

"그 말씀은······."

"내가 여대생 연쇄살인사건의 범인입니다. 오늘로 네 번째죠. 뭐 대단한 일은 아닙니다. 사람은 누구나 다른 사람을 죽일 수 있으니까요. 당신도 마찬가지고요······."

그는 섬뜩한 미소를 지으며 나를 뚫어지게 쳐다보았다. 얼굴이 무너지면서 눈코입이 없는 달팽이처럼 흐물흐물한 형체로 변했다. 미끌미끌하고 찐득찐득한 감각이 시각과 촉각을 자극했다. 의식이 점점 희미해졌다.

눈을 뜨자 심장이 방망이질 쳤다. 나는 마약중독자 같은 불안한 발걸음으로 주방에 가서 물을 마셨다. 그런 다음 방으로 돌아와 이불 위에 털썩 주저앉았다. 머리맡의 자명종 시계가 오전 3시를 가리켰다.

마치 찜통 안에 있는 것처럼 몸이 흠뻑 젖어 있었다. 좌탁에 놓여 있던 리모컨으로 에어컨을 켰다. 시원한 바람이 구석구석까지 퍼져나갔다.

어느 정도 안정을 찾은 뒤, 조금 전 꿈이 무슨 의미인지 생각했다. 대답은 하나였다. 왜 다카쿠라가 가는 곳마다 살인사건이 일어나는가?

두 가지 가설이 떠올랐다. 가장 단순한 가설은 다카쿠라가 범인인 경우였다. 명탐정이 곧 범인이라는 고전적인 패턴이다.

구로키가 히노 경찰서 형사라는 것에도 큰 의미가 있는 듯했다. 다카쿠라가 유명해진 건 히노 시에서 일어난 일가족 행방불명사건 때문 아닌가?

그것도 다카쿠라의 자작극일 가능성이 있다. 즉, 다카쿠라가 그 일가족을 살해했다면……? 구로키도 그렇게 의심하는 것 아닐까? 만약 다카쿠라가 사이코패스라면 그동안 대학에서 일어난 살인사건도 그의 소행일 수 있다.

또 한 가지 가설이 있다. 나는 이쪽이 훨씬 신빙성이 높다고 생각했다. 이번 연쇄살인사건을 일으킨 범인의 잠재의식에 내재되어 있던 사이코패스 심리가 저명한 범죄심리학자인 다카쿠라의 존재를 의식함으로써 발현된 것 아닐까? 그렇다면 범인은 류호쿠 대학 관계자일 가능성이 높다.

끝없는 사고의 소용돌이 속에서, 나는 아침신문을 배달하는 오토바이 소리가 들릴 때까지 생각에 생각을 거듭했다.

8월 10일 월요일. 유이와 데이트하기로 한 날이다.

기말고사가 끝나고 일단 교직원 순찰도 중단되었다. 더구나 12일부터 16일까지는 오봉 휴가(음력 7월 중순의 우란분재. 대부분의 기업이 3일 동안 쉰다.)이기 때문에 직원들은 가슴을 쓸어내리며 안도의 한숨을 쉬었다. 그러나 나는 오봉 휴가에도 느긋하게 쉬지 못할 듯했다. 경찰과 기자들을 상대하느라 일이 밀려 있었기 때문이다.

오후 1시, 오치아이 학부장이 연구실로 호출했다. 안으로 들어선 순간, 나는 깜짝 놀라 눈이 커졌다. 오치아이 학부장 외에 다카쿠라도 있었던 것이다. 아무래도 내가 오는 시간에 맞춰 다카쿠라를 부른 듯했다.

오치아이와 다카쿠라는 창가의 소파에 마주앉아 있었다. 나는 두 사람에게 고개를 숙여 인사한 뒤, 다카쿠라와 대치하듯 오치아이 옆에 앉았다. 오치아이는 바로 용건을 꺼냈다.

"오늘 시마모토 씨를 오라고 한 건, 그 사건에 대해 사무직원 측과 미리 의논해 두는 편이 좋다고 생각했기 때문일세. 노다 과장이 그러는데, 문학부 사무직원 대표로 학생부와 협의하는 등 이번 사건에 대해 가장 잘 아는 사람이 자네라고 하더군. 다카쿠라 교수님을 모신 건 우리가 이런 사건에 익숙지 않아,

교수님 같은 전문가의 조언이 필요하다고 판단했기 때문이지.”

오치아이는 잠시 말을 쉬었다. 나는 다카쿠라를 보며 ‘고생이 많습니다’ 하는 식으로 깊숙이 고개를 숙였다.

다카쿠라는 나를 향해 가벼운 목례로 대꾸했다. 자연스러운 대응이었다.

부임한 지 얼마 안 돼 다카쿠라의 인품에 대해 잘 모른다. 하지만 지금까지는 나쁜 점을 찾을 수 없었다.

다만, 키도 크고 얼굴도 반듯하게 생겨 나처럼 비굴한 사람은 아무래도 열등감을 느끼게 된다. 더구나 도쿄 대학 출신인 만큼 고졸인 내 눈에는 따라가기 힘든 대단한 사람이었다. 물론 대학 교수들 세계에는 도쿄 대학 출신이 우글우글하다. 실제로 서양 사를 가르치는 오치아이도 도쿄 대학 출신이었다.

“오늘 나눌 얘기는 특히 오제키 교수에 관해서네. 이렇게 말하긴 좀 그렇지만, 학내에서 발생한 살인사건 중 그가 하나라도 관여했다는 사실이 밝혀지면 우리 대학에 치명타가 될 걸세. 이사들도 그걸 몹시 우려해서, 만일의 경우에 대비해 대책을 세워두라고 하더군. 이런 황당한 스캔들로 수험생이 격감할까 봐 극도로 걱정하고 있네.”

오치아이는 옆에 앉은 나를 향해 여기까지 말하고는, 다카쿠라쪽으로 몸의 방향을 바꾸더니 가볍게 웃으며 말을 이었다.

“어쨌든 사립대학에게 전형료 수입은 문부과학성에서 지원받는 사학조성금 다음으로 중요하니까요."

다카쿠라의 표정이 심각해졌다.

"정말 무서운 일입니다. 빨리 범인이 체포되어 사건이 해결되지 않으면 내년 입시지원자들에게 영향이 있을 겁니다."

"다카쿠라 교수님, 범인이 대학 관계자가 아닐 가능성도 있지요? 오제키 교수와 상관없이 드리는 말씀입니다만, 학내 인물이 범인일 경우 그 여파가 어디까지 미칠지 상상도 안 되는군요. 범인이 냈다는 날카로운 소리가 학내와 인터넷상에서 회자되어 범인짐승설이 퍼지고 있다는데, 차라리 범인이 짐승이기를 바랄 정도입니다."

다카쿠라는 희미하게 쓴웃음을 지었다.

"제가 알고 있는 한정된 정보로 학부장님 질문에 대답하기는 쉽지 않습니다. 더구나 제 범죄심리학은 탁상공론에 불과하지요. 어디까지나 추측에 지나지 않아 현실에 적용하기 어려운 게 사실입니다."

"하지만 경찰과 함께 실제로 사건을 해결한 경험이 있잖습니까? 저희로서는 기댈 데가 교수님밖에 안 계십니다."

"그럼 일단 일반론을 말씀드리겠습니다. 우리 대학과 관계없는 외부자가 범인일 가능성이 있습니다. 살해현장은 대학의 여자화장실이고, 마음만 먹으면 누구나 들어갈 수 있는 곳이니까요. 따라서 외부의 변태적 정신이상자가 여자화장실에 침입해 묻지마 범죄를 저질렀다고 생각할 수 있겠지요. 하지만 그 가능성은 매우 낮습니다."

"낮다고요? 왜죠?"

오치아이의 말에 불안이 깃들었다. 다카쿠라의 입에서 자신의 기대와 어긋나는 견해가 나왔기 때문이다.

"가장 큰 이유는 살해당한 여학생들이 전부 문학부 소속이란 거죠. 물론 세 명뿐이니 우연이라 여길 수도 있습니다. 하지만 세 건 모두 피해자의 휴대폰이 발견되지 않은 걸 보면, 범인과 피해자가 인간적으로 연관되어 있음을 알 수 있지요. 경찰이 통화기록을 조사할까 봐 겁을 먹은 겁니다. 피해자 가운데 오제키 교수와 문제를 빚은 이가 있나 본데, 오제키 교수가 범인일 가능성은 범인이 외부자일 가능성과 마찬가지로 낮다고 생각합니다."

"그래요? 특별한 근거라도 있나요?"

"특별한 근거라기보다 범죄심리학적 추측이라고 할까요? 가장 중요한 포인트는 화제가 되고 있는 짐승의 울음소리 같은 날카로운 소리입니다. 그 이야기를 듣는 순간, 외국의 한 문헌이 떠오르더군요. 짐승이 살인사건과 관계가 있는 건 에드거 앨런 포의 소설 『모르그 가의 살인사건』에서도 찾아볼 수 있습니다. 하지만 제가 떠올린 건 1961년 실제로 일어난 '리처드 보건 사건'을 다룬 문헌이지요. 얼마 전 같은 해에 일어난 '요크 레이섬 사건'이라는 유명한 연쇄살인을 조사하다 그 사건이 실린 미국의 범죄학 잡지를 우연히 봤습니다."

다카쿠라는 리처드 보건 사건에 대해 자세히 설명했다.

리처드 보건은 이혼을 요구하는 아내를 살해하기로 마음먹었다. 그는 집을 비운 것으로 위장하기 위해 주차장에서 차를 이동시켜 뒷산의 간이도로에 감추었다. 그리고 아침 9시경, 가늘고 튼튼한 낚싯줄로 아내를 목 졸라 살해했다. 가느다란 낚싯줄이었지만, 삭흔(索痕. 끈이 목 부위에 작용해 피부에 형성된 압박흔 또는 압박성 피부까짐)이 거의 수평으로 남았다.

그는 이때부터 연구에 연구를 거듭했다. 일단 요리용 칼로 삭흔을 따라 아내의 목을 자른 다음, 맨손으로 살점을 갈기갈기 뜯었다.

그 결과 삭흔은 사라지고 난폭하게 목을 도려낸 무참한 시신만이 남았다. 그는 자를 이용해 아내의 가슴에 날카로운 상처를 여러 개 만든 뒤, 자신에게 묻은 피를 깨끗이 씻어내고 옷을 갈아입었다. 그런데 예상치 못한 일이 벌어졌다. 옆집 주부가 찾아온 것이다.

물론 집에 아무도 없다고 위장할 수 있는 다른 방법이 있었으리라. 하지만 그는 순간적으로 짐승의 울음소리 같은 날카로운 소리를 냈다. 영어로는 스크리치(screech)라고 한다.

그 지역은 한랭한 산악으로 둘러싸인 분지 같은 곳으로, 커다란 야생원숭이가 나타나 사람에게 상처를 입히는 일이 가끔 있었다. 일주일 전에도 근처에 사는 노부인이 원숭이의 습격을 받아 중상을 입었던 것이다.

옆집 주부는 스크리치를 듣자마자 재빨리 자기 집으로 돌아가 문단속을 했다. 그리고 수십 마일 떨어진 보안관 사무실로 전화를 걸었다. 그러는 사이 보건은 뒷산의 간이도로로 가서 차를 끌고 마을의 중심가로 갔다. 그곳에서 몇 가지 물건을 산 그는 몇 시간 뒤 태연하게 집으로 돌아왔다. 보건은 원숭이가 여러 번 집으로 내려와 총으로 위협해 쫓아버리곤 했다고 보안관에게 말했다.

보안관은 그의 증언을 믿었고, 살인계획이 성공한 것처럼 보였다. 지금과 달리 과학수사가 발달하지 않은 시대였다. 보건이 머리를 짜내 만든 아내의 목과 가슴의 상처는 원숭이가 습격해 생긴 것처럼 보였을 것이다.

행운도 보건의 편인 듯했다. 보통 목을 졸라 죽인 뒤 칼로 시신을 자르는 경우, 사후절단이라 생체절단에 비해 출혈이 적다. 하지만 이때는 교살 직후였기 때문인지 출혈이 꽤 많았다.

또한 1950년대 후반에서 1960년대의 미국 변두리 지역에서는 보안관 두세 명이 사건 대부분을 처리하는 게 보통이었다. 물론 보안관이 처리하기 버거운 중대사건의 경우 상급 수사기관에서 나서기도 했다. 하지만 보건 사건은 단순히 원숭이의 습격을 받은 주부의 사망사고로 처리되면서, 보안관과 지역 주민들이 원숭이 몇 마리를 사살했을 뿐이었다.

그런데 범행을 폭로한 사람은 바로 보건 자신이었다. 일이 계획대로 착착 진행되자 그는 놀라기도 하고 우쭐하기도 했다. 범죄자 특유의 자기과시욕은 결국 그의 무덤을 팠다. 술을 먹다 친구에게 사건의 진실을 털어놓은 것이다.

친구는 두려움을 느끼고 경찰에 신고했다. 그 후 아내가 이혼하려 했다는 사실이 밝혀지고, 흉기와 피 묻은 옷이 뒷산에서 발견되었으며 욕실에서 혈액반응이 나왔다. 결국 보건은 체포되었고, 재판에서 유죄를 선고받았다. 그는 경찰 취조에서, 에드거 앨런 포의 『모르그 가의 살인사건』을 읽고 생각해낸 계획이라고 진술했다.

나는 이 이야기가 오제키와 무슨 관계인지 알 수 없었다.

"사람들에게 총을 맞아 죽은 원숭이는 아닌 밤중의 홍두깨였던 거군요. 저지르지도 않은 죄를 뒤집어쓰고 사형에 처해진 것과 마찬가지 아닌가요?"

오치아이가 농담인지 진담인지 모를 말을 했다. 그는 다시 진지한 얼굴로 돌아가 내 생각과 똑같은 질문을 던졌다.

"그나저나 지금 하신 말씀과 오제키 교수가 범인일 가능성이 낮다는 건 무슨 관계가 있나요?"

"지금부터 그 점을 말씀드리겠습니다. 아시다시피 저는 부임한 지 얼마 안 돼, 오제키 교수님과는 인사만 나누었을 뿐 성격이나 인품에 대해서는 잘 모릅니다. 그런데 얼마 전 의논할 게 있다며 저를 찾아오셨더군요."

"교수님을 찾아갔다고요? 그거 의외네요."

오치아이가 깜짝 놀란 표정을 지었다. 교수회의에서 입에 침을 튀기며 다카쿠라 영입을 반대하던 사람이 이제 와서 의논할 게 있다며 찾아가다니. 마음이 조금 복잡해졌다.

"아마 제가 경찰쪽에 연줄이 있다고 생각하셨나 봅니다. 경찰이 자신을 얼마나 의심하고 있는지 알아봐달라고 하시더군요. 그걸 보고 오제키 교수님이 매우 소심한 분이란 생각이 들었습니다. 이건 특별히 오제키 교수님에게만 해당되는 게 아니라, 일반적으로 대학교수처럼 지적 수준이 높은 직업군의 특징이라고 할 수 있겠지요.

반면에 조금 전 말씀드린 보건은 순간적인 판단으로 원숭이 울음소리를 흉내내 옆집 주부를 쫓아버렸습니다. 이 얼마나 대담한 행동인가요? 물론 그 지역에 야생원숭이가 자주 출몰해 사람들에게 피해를 주었기 때문에 그런 생각을 할 수 있었겠지요. 따라서 원숭이 울음소리를 흉내내는 것 자체는 그렇게 대단한 일이 아닐 수 있습니다. 하지만 적절한 타이밍에 그것을 실행하기 위해선 뛰어난 판단력과 배짱을 겸비해야 합니다.

실례란 건 알지만, 오제키 교수님은 판단력이라면 몰라도 배짱이 두둑한 것 같지는 않더군요. 보건은 추리소설 마니아로, 머리는 나쁘지 않았지만 교육 수준은 그렇게 높지 않았습니다. 반면에 배포도 크고 배짱도 두둑한 사람이었지요."

"마음에 걸리는 게 있는데요. 오제키 교수님 전공이 심리학이니, 지금 말씀하신 잡지의 논문을 읽었을 수도 있지 않을까요?"

나의 갑작스러운 질문에 다카쿠라가 조금 의외라는 표정을 지었다.

오제키에 대한 다카쿠라의 평가는 내 생각과 거의 일치했다. 따라서 이견이 있었던 건 아니다. 다만 오제키가 그 논문을 읽었을 가능성에 대해 생각했을 뿐이다.

"심리학의 영역은 대단히 넓어 오제키 교수님의 연구분야와 제 분야가 완전히 다릅니다. 오제키 교수님이 발표한 논문을 대부분 살펴보았는데, 기본적으로 이과계 논문 같은 실험심리학 분야더군요. 적어도 범죄와는 아무런 관계가 없었습니다. 더구나 제가 말씀드린 논문은 심리학 잡지가 아니라 범죄학 잡지에 실렸지요. 시험하려고 한 건 아니지만, 해당 범죄학 잡지의 이름을 말했더니 그런 잡지가 있다는 것조차 모르시더군요."

"그 논문이 우리 대학에서 일어난 살인사건을 해명하는 힌트는 되겠네요. 오제키 교수님은 관계없다고 해도 범인이 그 논문을 읽었을 가능성은 없을까요?"

스스로도 놀랄 만큼 나는 집요하게 질문했다. 사실 추리소설 마니아로서, 그런 것에 유달리 관심이 많았다.

"그럴 가능성은 없지 않을까요? 특수한 잡지라서, 만약 그 논문을 읽었다면 범인이 나 같은 범죄심리학자나 범죄학 전문가일 겁니다. 더구나 짐승의 울음소리를 흉내내 껄끄러운 침입자를 쫓는 것 자체는 합리적인 사고방식으로, 특별한 발상이라곤 할 수 없습니다."

나는 화제를 바꾸었다.

"그 이야기를 아는 형사에게 하셨나요?"

"했습니다. 하지만 친분이 있는 형사에게 말한 건 아닙니다. 경시청에 아는 형사가 있지만, 오제키 교수의 요청대로 경시청에 문의하지는 않았지요. 지금으로선 어떤 사건이든 직접적으로 관여하고 싶지 않습니다. 다만, 이번 사건으로 히노 경찰서 형사가 찾아왔기에 참고하라고 이야기했을 뿐입니다."

"혹시 구로키 형사 아닌가요?"

나도 모르는 사이 그렇게 묻고 말았다. 다카쿠라의 이야기를 듣고 문득 그가 떠올랐던 것이다.

"그래요. 생각해 보니 그런 이름이었던 것 같군요. 그걸 어떻게 아시죠?"

"제게도 왔었습니다. 그 사람 말고도 여러 명 왔지만……."

"그랬군요. 나를 찾아온 형사는 그 사람뿐이라 기억하고 있습니다."

이번에는 오치아이가 말했다.

"구로키라는 형사가 이번 사건에 대해 교수님의 견해를 들으러 왔었나 보군요."

"그럴지도 모르죠. 그 형사는 다짜고짜 범인이 어떤 사람일 것 같냐고 묻더군요. 그래서 지금 말씀드린 보건 사건에 대해 이야기하고, 일반적으로 대학교수 등의 지적인 직업군은 스크리치 같은 대담한 행동을 하며 도주할 가능성이 거의 없다고 했습니다. 그 사람도 나도 오제키 교수의 이름을 구체적으로 들먹이지는 않았고요."

'대학교수 등의 지적인 직업군'에는 당연히 다카쿠라도 포함된다. 나에게는 오제키의 이름을 빌려 다카쿠라 자신의 결백을 주장하는 것처럼 들렸다.

오치아이가 몇 가지 더 질문했지만, 나는 이미 딴생각으로 가득차 귀담아들을 여유가 없었다. 원래 내 머릿속에서 오제키에 대한 의혹은 그렇게 크지 않았다. 이제는 그를 대신해 다카쿠라에 대한 음침한 망상이 새카만 구름처럼 모락모락 피어오르기 시작했다.


7


게이오프라자 호텔 로비. 체크인 카운터는 수많은 사람들로 혼잡했다. 외국인 관광객이 많아 여러 나라 언어가 허공을 날아다녔다.

나는 감색 여름 재킷을 입고 로비에 우두커니 선 채 손목시계를 보았다. 저녁 7시 10분. 약속시간이 10분 지났다. 조금씩 불안해지기 시작했다.

그때는 대화의 흐름상 그렇게 대답한 것 아닐까? 나중에 생각해 보니 나처럼 촌스러운 남자와 데이트 비슷한 것을 하기 싫어졌을 가능성도 있다. 거절할 구실은 얼마든지 있다. 갑자기 감기에 걸렸다고 연락한다든지…….

나는 유이를 기다리며 혹시 휴대폰이 울릴까 봐 마음 졸였다.

"시마모토 씨."

뒤쪽에서 여성의 목소리가 들렸다. 유이였다. 무릎 위 20센티미터 정도의 검은색 미니스커트에 검은색 망사 스타킹, 옅은 초록색 블라우스에 여름용 보라색 재킷을 입고 있었다.

눈이 부셨다. 형용할 수 없는 자극이 칼날의 끝처럼 날카롭게 뇌리를 스치고 지나갔다.

"늦어서 죄송해요. 전철이 조금 지연돼서요. 오래 기다렸어요?"

유이는 수줍은 미소를 지으며 말했다. 스스로도 데이트 옷차림이라는 걸 의식하는 듯했다.

"아뇨. 나도 지금 막 왔습니다."

나는 그렇게 거짓말을 했다. 사실은 10분 넘게 애를 태우며 기다려놓고.

우리는 본관 2층의 일본요리점으로 들어갔다. 유이는 종업원이 건넨 메뉴판을 보며 곤란한 표정을 지었다. 예상보다 가격이 비쌌기 때문이다. 하지만 이 정도는 충분히 예상했다.

우리는 결국 만 엔이 조금 넘는 코스 요리를 선택했다. 그리고 생맥주를 주문했다.

일본요리점에서는 살인사건 이야기를 하지 않았다. 나는 유이의 고향을 물었다. 도쿄가 아니면 도쿄 근처라고 생각했다. 그런데 와카야마 현 신구라고 했다.

나는 살짝 놀랐다. 유이의 말투에서 간사이 사투리를 거의 못 느꼈기 때문이다.

"시골 출신이에요. 도쿄에 산 지 오래되어 표준어를 쓰지만요."

알코올이 조금 들어가서 편해진 탓인지 유이는 스스럼없이 말했다. 나는 그녀에게 점점 더 끌렸다.

"아사가야에서는 혼자 살아요? 아파트인가요?"

"네. 이름은 아파트지만, 실제론 다가구주택 비슷해요."

유이의 대답을 들으며, 그녀가 세련된 이미지와 달리 의외로 서민적일지도 모른다는 생각이 들었다.

나도 내 배경에 대해 말했다. 아버지와 어머니는 돌아가시고, 지금은 형제 하나 없는 고아 신세라고…… 유이는 진지한 표정으로 내 말에 귀를 기울였다.

두 시간쯤 식사하고 음식점을 나온 뒤, 나는 과감하게 물었다.

"야나세 씨, 혹시 시간 괜찮아요? 사건에 대해 잠시 의논할 게 있는데요."

술을 마신 탓인지 생각보다 말이 매끄럽게 나왔다.

유이는 손목시계를 힐끔 보았다. 동시에 나도 손목시계를 보았다. 9시가 조금 넘었다.

"그러세요? 실은 저도 드릴 말씀이 있어요. 한 시간쯤이면 괜찮아요."

"그러면 45층 스카이 바에서 얘기할까요?"

나는 최대한 감정을 억누르며 말했다. '스카이 바'라는 말이 바로 이해되지 않았는지 그녀는 모호하게 고개를 끄덕였다.

엘리베이터를 타고 45층으로 올라갈 때, 나는 온몸이 굳어질 만큼 긴장했다. 엘리베이터 안에는 나와 그녀밖에 없었다. 바로 옆에 있는 그녀에게서 화장품 냄새와 상큼한 체취가 어렴풋이 느껴졌다. 더구나 그녀는 벗은 재킷을 손에 들고 있어, 블라우스를 입은 새하얀 팔이 시선을 자극했다.

'리틀 베어'라는 스카이 바로 들어갔다. 실내는 어두컴컴했고, 창문 밖으로 크게 화려하지 않은 신주쿠의 야경이 펼쳐졌다.

종업원은 우리를 나란히 앉아 야경을 볼 수 있는 조용한 곳으로 안내했다. 유이는 약간 망설이는 듯했다. 옆자리의 젊은 커플이 어깨를 껴안고 있었기 때문이다. 그러나 이내 신경쓰지 않는 듯한 얼굴로, 약간 거리를 두고 내 옆에 앉았다.

유이는 스카이 바 입구에서 재킷과 가방을 카운터에 맡기고 파우치만 들고 있었다. 따라서 무릎을 덮을 만한 게 없었다. 짧은 스커트 밑으로 망사 스타킹을 신은 허벅지가 그대로 드러났다. 그런 상황을 의식한 듯, 그녀는 부자연스러울 만큼 다리를 꼭 붙였다. 왠지 봐서는 안 될 것을 본 듯한 죄책감이 들었다.

나는 발렌타인 위스키를, 그녀는 모스코 뮬을 주문했다. 우리는 음료가 나올 때까지 창밖의 야경을 바라보았다. 그것으로 충분히 만족스러웠다. 이 상황은 아무리 봐도 연인의 데이트였다. 한 번이라도 좋으니 그녀와 이런 데이트를 해보고 싶었다.

술이 나오고 우리는 건배했다. 술을 한 모금씩 마시자 긴장이 조금 풀리는 듯했다.

"시마모토 씨, 의논할 게 뭐예요?"

유이가 입을 열었다. 나는 잠시 말문이 막혔다. '사건에 대해 잠시 의논할 게 있다'고 한 건 스카이 바에 데려가려는 구실일 뿐이었다.

"오제키 교수님 건으로 학생부와 의견을 조율할 필요가 있어서요. 오늘 학부장님이 불러서 갔더니, 범죄심리학자인 다카쿠라 교수님도 함께 계시더군요."

나는 다카쿠라에게 들은 말을 간략히 정리해 전달했다.

"그래요? 다카쿠라 교수님은 오제키 교수님에게 혐의가 없다고 생각하시는군요. 전문가가 그렇게 말씀하신다니, 오제키 교수님이 정말 이번 사건과 관계가 없는지도 모르겠네요. 시마모토 씨도 그렇게 생각하세요?"

"글쎄요. 아직은 잘 모르겠어요. 다만 한 가지 마음에 걸리는 게 있어요. 지난번 히노 경찰서 형사가 사무실로 찾아와 다카쿠라 교수님에 대해 묻더군요. 뭐라더라? 교수님이 가는 곳마다 살인사건이 일어나는 게 이상하지 않냐고 하더라고요."

유이는 당황한 표정으로 잠시 입을 다물었다. 구로키에게 처음 그 말을 들었을 때 나도 어떻게 반응해야 할지 몰랐다. 따라서 그녀가 그렇게 행동하는 건 당연했다.

그녀는 겨우 안정을 되찾은 얼굴로 물었다.

"그게 무슨 뜻일까요?"

"그냥 본인의 느낌을 솔직하게 말한 것 아닐까요? 과거 신문에 보도된 사건과 이번에 발생한 일련의 살인사건을 하나로 이어보면 그렇게 생각할 수 있는 여지가 있어요. 더구나 미소노는 다카쿠라 교수님 수업으로 옮기고 싶어했으니, 외부인들 눈에는 다카쿠라 교수님도 관계가 있는 것처럼 보이지 않을까요?"

그러자 유이가 단호하게 말했다.

"그럴 리 없잖아요!"

"그건 그렇죠. 그런 유명인의 괴로운 점은 가는 곳마다 묘하게 반응하는 사람이 있다는 겁니다. 그 사람의 존재만으로 내부에 잠들어 있던 사이코패스적 기질이 나온다고나 할까?"

스스로도 취기가 도는 게 느껴졌다. 나는 점차 말이 많아지며 다카쿠라에 대한 나름의 이론을 전개하려 했다.

그때 유이가 다리를 꼬았다. 한순간 치마 안쪽의 깊숙한 곳이 눈에 들어왔다.


8


9월로 접어들면서 교직원 순찰이 재개되었다. 여전히 사무직원 중심이라는 것에는 변함이 없었다. 그러나 일부 양심적인 교수들에게서 순찰을 사무직원에게만 맡기는 건 문제라는 말이 나왔다. 그리하여 정식으로 교원의 동참을 결정한 학부도 있었다.

문학부도 그 중 하나였다. 피해자가 문학부 학생들인 이상 그렇게 하지 않을 수 없었으리라. 다만 원하지 않는 교원은 강제하지 않는다는 단서가 붙어 있었다. 따라서 정식 결정이라고 해도 지원자 위주인 점에는 변함이 없었다.

어쨌든 나의 부담은 더 커져 거의 격일로 순찰을 돌아야 했다. 나카하시가 적극적으로 도왔지만, 나머지는 노조미가 가끔 돕는 정도였다. 더구나 동기가 불순했다. 나카하시가 참여할 때만 협조했던 것이다. 그래도 노조미가 참여하는 날에는 쉴 수 있었으므로, 동기가 불순하든 아니든 상관없었다.

파견사원인 다에코에게는 시간외 근무를 말하기 어려웠고, 과장인 노다는 관리자로서 할 일이 있다는 이유로 완곡하게 거절했다. 이미 20일 정도 순찰이 진행되었지만, 노다가 참여한 날은 겨우 하루뿐이었다.

9월 7일 월요일. 문학부 순찰 담당자는 또다시 나와 나카하시였다. 우리의 조합은 이미 기본이 되어 있었다. 오늘 문학부의 교원 참가자는 아무도 없었다.

그런데 곤란한 상황이 발생했다. 순찰을 돌기 한 시간 전, 나카하시에게 갑자기 사정이 생긴 것이다.

5시가 지나서 과장인 노다도 파견사원인 다에코도 이미 퇴근한 후였다. 노조미가 퇴근준비 중이었지만, 오늘 고등학교 친구를 만나기로 예정되어 있었다. 애초 나카하시를 대신해 줄 사람이 필요한 상황이었으므로 노조미에게는 의미가 없었다.

내가 난감한 표정을 짓자, 나카하시는 미안해하는 얼굴로 연신 고개를 숙였다.

"꼭 가야 돼? 무슨 일인데 그래?"

나는 사무실 구석으로 그를 불러 작은 소리로 물었다.

"여자친구가 감기에 걸렸어요. 울먹이며 열이 38도가 넘는다네요. 많이 아픈 것 같아요……."

그렇다면 할 수 없다. 입에서 포기의 한숨이 새어나왔다.

"어쩔 수 없지. 그럴 때 안 가면 관계가 깨질지도 모르니까."

"그러게 말입니다. 예전에도 일 때문에 못 갔는데, 불같이 화를 내더라고요. 여자친구 성격이 장난 아니거든요."

남녀의 역학관계는 왜 이렇게 복잡할까? 나카하시처럼 인기 많은 남자를 마음대로 조종하는 여성이 있다니.

그때 노조미가 우리쪽을 힐끔거리는 게 느껴졌다. 그녀의 귀에 들어가면 상황이 복잡해진다. 이런 사실을 알면 "그렇게 이기적인 여자친구와는 당장 헤어지세요"라고 말할 수도 있다.

"나카하시 씨, 오늘 순찰에 참여 못하지? 우리 중간까지 같이 가. 신주쿠에서 친구를 만나기로 했거든."

속삭이듯 이야기를 나누는 우리 모습에 조바심이 나는지 노조미가 말을 걸었다. 나카하시는 곤란해하는 표정으로 나를 쳐다보았다.

"알았어. 그럼 오늘은 나 혼자 할게. 본부에는 적당히 말할 테니 걱정하지 말고."

"정말 죄송합니다. 은혜는 꼭 갚을게요."

"그래. 다음에 부탁할게."

그렇게 말하며 나는 나카하시가 역시 좋은 사람이라고 생각했다. 나를 제외하면 참가 횟수가 제일 많으므로, 한 번쯤 빠진다고 해서 그렇게 미안해할 것까진 없었다.

"나카하시 씨 집은 지바쪽이지? 그럼 주오 선을 타고 신주쿠까지 같이 가면 되겠네."

나카하시와 출입구로 향하며 노조미가 말했다. 나카하시는 분명히 후나바시 근처의 본가에서 가족과 같이 산다고 했다.

"오늘은 볼일이 있어 도중에 내려야 합니다."

당황스러워하는 나카하시의 목소리가 멀어져갔다. 나는 씁쓸한 미소를 지으며 그들의 뒷모습을 바라보았다.

두 사람이 사라진 순간, 문득 내가 변했다는 사실을 깨달았다. 나카하시가 아무리 좋은 사람이라도 결국 애인을 위해 정해진 일을 못하는 것이므로, 예전의 나였다면 화를 내며 노골적으로 비아냥거렸을 것이다. 게다가 잘생긴 나카하시에게 열등감을 가진 만큼 비아냥거림에 질투심이 섞였을지도 모른다.

그러나 그런 상황에 대해 참을성이 강해졌다. 유이와의 데이트가 영향을 미친 것이다.

처음 데이트하던 날 밤, 집으로 가는 전철 내부가 몹시 혼잡했다. 나는 창가에 자리를 잡고 유이와 밀착된 상태로 서 있었다. 대화는 나눌 수 없었지만 그래도 만족했다. 유이의 왼쪽 팔꿈치가 내 옆구리에 닿고, 전철이 커브를 돌 때마다 그녀의 왼쪽 엉덩이가 내 허리에 부딪쳤다. 나는 한동안 말없이 그 감촉을 즐겼다.

아사가야역에서 내리기 직전 유이가 말했다.

"오늘 즐거웠어요. 다음에 또 기회를 만들어요."

그 말은 나를 황홀하게 만들었다. 그녀의 수줍은 미소가 나의 온몸을 자극했다. 딱 한 번의 데이트라고 생각했는데, 계속될 가능성이 존재했던 것이다. 내 어두운 인생에 한 줄기 희망의 빛이 비추었다. 그리고 그것은 계속 이어지고 있었다.


9


오후 6시 10분 전, 강의동 2층에 있는 교원휴게실로 들어갔다. 담당 학부장은 아직 오지 않았고, 오늘 참여할 교직원들이 삼삼오오 모여 이야기를 나누고 있었다.

나는 출입구 근처의 테이블에서 순찰 순서를 정하는 학생부 직원에게 다가갔다. 그리고 오늘 문학부의 순찰요원이 한 명뿐임을 알렸다. 그는 나보다 어리고 비교적 온화한 사람이었는데, 당황스런 표정을 지으면서도 어떻게든 순찰팀을 다시 짜보자고 말했다. 그러나 오늘은 평소보다 참여인원이 적은 데다 홀수라서, 아무래도 처음에는 나 혼자 돌아야 할 듯했다.

"정말이지 민폐도 이런 민폐가 없다니까. 문학부는 대체 생각이 있어, 없어?"

갑자기 등 뒤에서 짜증 섞인 남자의 목소리가 들렸다. 나구모라는 학생부 직원이었다. 나와 동기로, 처음 들어왔을 때는 국제교류과 소속이었다. 학생부로 이동했다는 말을 들었지만, 순찰할 때 그를 만난 건 처음이었다.

나는 그가 껄끄러웠다. 물론 동기라서 편한 점도 있지만, 유난히 나에게 오만하고 거친 태도를 취했다.

"미안해. 참여하기로 했던 직원의 가족이 갑자기 아파서……."

지금은 저자세로 사과하는 수밖에 없었다. '가족이 갑자기 아프다'는 건 백 퍼센트 맞는 말은 아니다. 하지만 애인도 가족이나 마찬가지 아닐까?

"그러면 다른 사람이라도 와야지."

그는 상황을 집요하게 물고 늘어졌다. 그때 굵은 목소리가 쩌렁쩌렁하게 울려퍼졌다.

"왜 자꾸 트집을 잡고 난리야? 사람이 없으면 어쩔 수 없잖아. 시마모토 씨가 지금까지 몇 번이나 순찰을 돌았는지 알아? 이봐, 나구모. 자네는 얼마나 참여했지?"

교원휴게실 중앙 테이블에 앉아 있던 다사키였다. 기이한 침묵이 주변을 감쌌다. 나구모는 일그러진 표정으로 입을 다물었다. 그때 담당 학부장인 경제학부장이 들어왔고, 우리는 전부 자리에 앉았다.

결국 6시 20분부터 시작되는 연구동 순찰은 나 혼자서, 7시 40분부터의 강의동 순찰은 나와 다사키가 팀을 이루었다. 다사키가 순찰을 돌 때는 본부에 남은 학생부 직원이 그의 일을 대신하기로 했다.

오후 7시 40분, 나와 다사키는 강의동 1층으로 내려가 순찰을 시작했다.

나는 계단을 내려가면서 정중하게 고개를 숙였다.

"다사키 과장님, 아까는 감사했습니다."

"괜찮아, 신경쓸 거 없어. 자네는 지나칠 만큼 잘 도와주고 있잖아. 항상 이런저런 핑계를 대며 빠지는 주제에 그렇게 말하다니. 나구모 씨는 그런 말을 할 자격이 없어."

아무래도 나구모에 대한 학생부의 평가는 높지 않은 것 같다. 그나저나 지금까지 제대로 이야기를 나눈 적도 없는 다사키가 이렇게 감싸주다니 의외였다.

그와 한 팀이 되자 순찰이 매우 편했다. 그는 능숙한 모습으로 잇달아 강의실을 확인했다. 1층 강의실에 학생들이 많이 남아 있자, 그는 캠퍼스 밖으로 얼른 나가라고 지시했다. 퇴교를 재촉하는 안내방송도 계속 흘러나왔다.

순찰은 순조롭게 진행되어 우리는 5층에 도착했다. 위로 올라갈수록 강의실에 남아 있는 학생이 줄어, 5층 강의실에는 아무도 없었다.

그러나 조명이 없는 어두운 복도를 지나 남녀화장실에 도착했을 때 사건이 발생했다. 여자화장실에서 여성의 가냘픈 비명이 들려온 것이다.

다사키가 즉시 여자화장실 문을 쾅쾅 두들겼다.

"무슨 일이야? 어서 문을 열어. 어서!"

다사키의 말에 대꾸라도 하듯 안에서 기이한 소리가 들렸다. 원숭이가 울부짖는 듯한 날카로운 소리였다. 소문과 실제로 듣는 것 사이에는 큰 차이가 있었다. 긴장감으로 심장이 터질 듯했다.

"시마모토 씨, 본부에 연락해."

그 소리에 문득 제정신으로 돌아왔다. 다사키가 단숨에 안으로 뛰어들었다. 나는 밖에서 무전기의 통신 버튼을 눌렀다.

"여기는 시마모토팀! 강의동 여자화장실에서 104호 발생. 긴급 지원을 부탁한다!"

"몇 층입니까?"

학생부 소속 젊은 직원의 목소리가 들렸다. 다사키와 달리 서투른 티가 역력했고 목소리는 상기되어 있었다. 나도 그제야 층수를 말하지 않았음을 깨달았다.

"5층입니다! 5층 여자화장실입니다!"

나는 더듬거리면서 반복했다. 그때 안에서 날카로운 비명과 신음소리가 들렸다. 다사키의 얼굴이 떠올랐다.

하지만 안으로 뛰어들 수가 없었다. 발이 그 자리에 얼어붙어 그대로 쓰러질 것 같았다. 시간이 얼마나 지났는지도 알 수 없었다.

그때 우당탕탕 문이 열리고, 안에서 커다란 검은 물체가 튀어나왔다. 온통 새카만 상하 저지에 눈만 보이는 모자. 꼭 무성 기록영화의 한 장면처럼 보였다.

피로 물든 식칼 비슷한 흉기가 번쩍 빛을 내뿜었다. 나는 숨을 집어삼키고 비틀비틀 뒤로 물러섰다. 상대는 왼손에 들고 있던 검은 가방을 휘두르며 나를 위협했다.

우리는 서로를 노려본 채 잠시 대치했다. 모자 안의 눈이 내게 기시감을 안겨주었다. 저 눈을 어디서 보았더라?

나의 당황한 기색을 알아차린 듯, 검은 물체는 질풍처럼 내 앞을 지나 순식간에 계단을 뛰어 내려갔다.

쫓아갈 기력이 조금도 생기지 않았다. 그보다 안에 있는 다사키가 걱정되었다. 가까스로 마음을 다잡아 멈칫거리며 안으로 들어갔다.

다음 순간, 나는 그 자리에 멈춰 꼼짝도 할 수 없었다. 온몸이 딱딱하게 굳어 비명조차 나오지 않았다. 다사키가 화장실 바닥에 쓰러져 있었던 것이다. 주변이 온통 피바다였다.

다사키를 쳐다보았다. 거의 함몰된 왼쪽 눈에서 거무칙칙하고 둔탁한 피가 흘러나왔다. 범인이 흉기로 왼쪽 눈을 찌른 것이다. 그러나 더 심각한 것은 목의 출혈이었다.

당연했다. 왼쪽 목의 3분의 1 정도가 잘려나간 채 남은 뼈와 살이 머리와 몸을 잇고 있었다. 뒤쪽 절단면 일부가 말미잘의 더듬이처럼 새빨갛고 흉측해 보였다.

몇 분 전까지 이야기를 나누었던 다사키의 얼굴 대신, 늙고 추하고 낯선 백발노인의 표정 없는 얼굴이 있을 뿐이었다. 가냘픈 신음소리가 새어나왔지만, 사람의 목소리가 아니라 물리적인 소리로밖에 들리지 않았다.

"괜찮으세요?"라고 물은 순간, 나는 다음 말을 집어삼켰다. 그런 행동이 무의미하다는 사실을 깨달은 것이다. 입이 움직인 것은 일종의 관성에 의한 동작이며, 다사키의 의식은 이미 사라진 것이 분명했다.

나는 눈길을 피했다. 믿을 수 없었다. 그렇게 짧은 시간에 이런 짓을 저지르다니. 도저히 인간의 솜씨라고 할 수 없었다. 역시 범인은 인간처럼 생긴 짐승일지도 모른다. 조금 전에 본 범인의 눈이 뇌리를 스쳤다.

나는 피바다를 지나 개별 화장실로 향했다. 반쯤 열려 있는 개별실에서 젊은 여자가 튀어나오듯 무너져 내렸다. 가까이 다가가자 빨간 미니 원피스를 입은 예쁘장하게 생긴 여자가 목과 왼쪽 가슴에서 피를 흘리고 있었다. 가냘프지만 아직 숨을 쉬고 있다. 나는 여자를 껴안고 소리쳤다.

"이봐, 정신 차려!"

내 목소리는 정적 속으로 빨려 들어가듯 허무하게 사라졌다. 나는 여자에게서 떨어져 떨리는 손으로 무전기의 통신 버튼을 눌렀다.

"시마모토입니다. 구급차를 부탁합니다. 그리고 경찰도요. 무서운 일이 벌어졌습니다. 다사키 과장님 목이……."

나는 뒷말을 잇지 못했다. 극도의 흥분과 허탈감이 동시에 엄습했다.

"목이……, 목이 어떻게 됐나요?"

무전기에서 학생부 직원의 목소리가 흘러나왔다.


10


나는 구로키의 도움을 받아 간신히 대학 정문에 서 있었다. 순찰차를 포함한 경찰차량이 요란한 사이렌 소리를 내며 잇따라 도착했다.

경찰차의 새빨간 경광등이 어둠을 뚫고 화려한 빛을 내뿜었다. 어두컴컴한 상공에서는 취재진으로 보이는 헬리콥터가 빨간 빛을 깜빡이며 날아다녔다. 마치 악몽을 꾸는 것 같았다.

강인하고 판단력도 뛰어난 다사키가 살해되다니. 내게는 여학생의 죽음보다 다사키의 죽음이 더 충격적이었다. 다사키의 무참한 모습이 망막에서 집요하게 되살아났다. 그 끔찍한 잔상 위에, 번쩍 하고 빛나던 칼끝과 크게 휘두르던 검은 손가방이 플래시백처럼 겹쳤다.

그 자는 분명히 왼손으로 가방을 휘둘렀다. 그렇다면 기억은 안 나지만 흉기를 오른손에 들고 있었을 것이다. 나는 멍한 머리로 범인이 오른손잡이라고 생각했다.

정문에서 경찰과 학생부가 검문을 진행했다. 정문 외에 출입이 가능한 곳은 모두 봉쇄되었으리라.

끔찍한 살인을 저지른 만큼 범인의 옷에 상당한 양의 피가 튀었을 것이다. 아마 드넓은 캠퍼스 어딘가에서 옷을 갈아입은 뒤 그 흔적을 가방에 넣어 갖고 나가지 않을까? 그러므로 정문에서 소지품을 검사하는 게 효과적이라고 경찰이 판단했으리라.

사람들을 직접 검사하는 건 학생부 직원이고, 경찰 관계자는 그 뒤에서 상황을 지켜보았다. 대학 내에서 일어난 사건이라는 점을 배려한 것이다.

분위기는 더욱 소란스러워졌다. 상공의 헬리콥터와 함께 언론사 차량이 속속 도착했다. 이미 밤 9시가 넘어, 정문의 불빛과 학생부 직원 및 경찰의 손전등을 제외하고는 짙은 어둠이 공간을 지배했다. 정문 주변에 펼쳐진 밭에서 들려오는 벌레들의 울음소리가 음침한 효과음을 더했다.

내가 정문에 있는 것은 오늘밤 범인을 목격한 유일한 사람이기 때문이다. 다사키는 당연히 사망했고, 여학생도 구급차로 이송하는 도중 심폐정지 상태에 빠졌다. 살아날 가능성이 거의 없다고 했다.

사건이 일어난 후 나는 혼자 힘으로 교원휴게실로 돌아가 경찰의 조사를 받았다. 그 중심에는 구로키가 있었다. 그리고 그의 제안으로 학생부 직원이 아닌 내가 검문에 참여했다.

나는 구로키와 멀리서 그 기이한 광경을 바라보았다. 그 시각까지 연구실에 남아 있는 교원이 의외로 많은 것에 깜짝 놀랐다. 다만 누구를 봐도 가슴에 느껴지는 사람이 없었다. 범인을 보긴 했지만 거대한 검은 물체를 마주한 것에 불과했기 때문이다.

검문을 시작한 지 한 시간쯤 지났을 때 구로키가 내 팔꿈치를 찔렀다.

"저 사람은 다카쿠라 교수 아닌가요?"

세 곳으로 나누어 소지품 검사를 했는데, 맨 오른쪽 줄에 다카쿠라가 서 있었다. 자기 순서가 되자 그는 자연스러운 태도로 검은 가방을 보여주었다. 학생부 직원이 미안해하며 고개를 숙였다.

"어때요. 범인의 키가 저 정도 되지 않았나요?"

구로키가 물었지만 대답할 방법이 없었다. 분명히 다카쿠라도 키가 크고, 오늘 내가 만난 범인도 키가 컸다. 그러나 워낙 순식간에 벌어진 일이라 다카쿠라보다 컸는지 작았는지 알 수 없었다.

"잘 모르겠습니다. 분명한 건 저보다 훨씬 컸다는 겁니다."

"나이는요?"

"그것도 정확히 모르겠지만, 동작이 민첩했던 걸 보면 노인은 아니었습니다."

"하지만 50대 전후라도 운동능력이 뛰어난 경우가 있으니까요."

다카쿠라는 현재 50대다. 구로키의 눈이 검문 후 버스정류장으로 향하는 다카쿠라의 뒤를 좇았다.

"다카쿠라 교수님을 의심하시나요?"

나는 단도직입적으로 물었다. 구로키의 말에 조바심이 났기 때문이다.

"무슨 소리! 저명한 범죄심리학자를 의심하다뇨. 다만, 키라든지 덩치라든지 비교할 기준이 있는 게 알기 쉽잖아요. 다카쿠라 교수는 키가 꽤 크죠. 그래서 당신이 목격한 상대가 다카쿠라 교수보다 키가 컸는지 작았는지 물어본 것입니다. 더구나 그런 짓을 저질렀다면 피가 엄청 튀었을 거예요. 그렇다면 도주를 위해 옷을 갈아입어야겠죠. 개인연구실을 가진 사람은 교원뿐이죠? 사무직원은 그런 거 없잖아요."

나도 그렇게 생각했다. 문득 오제키가 머리에 떠올랐다. 그도

키가 상당히 크다.

주변 풍경이 희미해지기 시작했다. 고개를 들었다. 캄캄한 하늘에서 희끄무레한 별들이 눈에 들어왔다. 마치 암흑성 같았다.

온몸에서 힘이 빠진 나는 주저앉듯 그대로 쓰러졌다.

"이봐, 정신 차려!"

누군가의 목소리가 들려왔고, 눈앞은 깊은 어둠으로 바뀌었다.

3장

복수

1

새벽부터 쏟아지는 빗소리를 듣고 한순간 눈을 떴다. 이불 속에서 눈만 내밀고 밖을 내다보자, 커다란 빗방울이 유리창을 세차게 때리고 있었다.

이불에서 빠져나와 다다미방의 좌탁에서 커피를 곁들인 수제 초리소(돼지고기와 여러 가지 양념을 사용해 만든 스페인의 대표적 소시지)와 달걀프라이로 아침식사를 한 건 오전 9시가 지나서였다. 오늘은 평일이지만, 노다 과장이 오전에 쉬어도 좋다고 했다.

어젯밤 모두가 지켜보는 가운데 쓰러진 걸 보면 나름대로 충격을 받은 모양이다. 피로에 따른 가벼운 현기증에 불과했지만, 상황이 상황인 만큼 주변 사람들 눈에는 심각하게 느껴졌을 것이다.

오후에 출근하지만, 업무를 처리하기는 어려울 것 같다. 오후 2시부터 경찰의 본격적인 조사가 예정되어 있었다.

나는 잠시 식사를 중단하고 1층 우편함에서 조간신문을 가져왔다. 좌탁에 앉아 신문을 펼치자, 1면에서 커다란 헤드라인이 춤을 추고 있었다.


류호쿠 대학에서 또 살인사건 발생

여대생과 순찰 중이던 직원 사망


입에서 무거운 한숨이 터져나왔다. 다사키를 포함해 피해자가 다섯 명으로 늘어났으니, 1면 톱으로 취급되는 것은 당연하다.

커피를 한 모금 마시고 기사를 대강 읽었다. 어젯밤 자신이 경험한 사건이 객관적으로 쓰여져 있는 걸 보니 기분이 묘했다. 순찰 중이던 직원이 5층 여자화장실의 비명소리를 듣고 현장에 뛰어들었다가 살해되었다. 분명히 그렇다.

다만, 내가 겪은 끔찍한 상황은 하나도 기사화되지 않았다. 시신에 대해서도 자세하게 언급되어 있지 않았다. 살해된 여학생은 미야케 가나로, 이번에도 문학부 학생이라고 한다. 이 사실은 신문 기사를 통해 처음 알았다. 어젯밤까지만 해도 이름과 학부가 밝혀지지 않았다.

스크리치에 대해서도 쓰여 있었다. 사건 직후 내가 구로키에게 했던 말을 간략하게 요약한 내용이었다. 어제는 상황을 간단히 확인했을 뿐이고, 오늘부터 본격적으로 참고인 조사가 진행될 예정이었다.

그때 인터폰이 울렸다. 주방에 있는 수신기 앞에서 누군지 물었다.

"소포입니다."

나는 집배원 옷을 입은 남자의 모습을 화면으로 꼼꼼히 확인했다. 그리고 현관으로 가서 천천히 문을 열었다. 젊은 집배원에게 물건을 건네받고 배달 전표에 사인했다.

나는 소포 상자를 열며 다다미방으로 돌아왔다. 책 같아 보였는데, 보낸 사람은 스즈키 지로라고 적혀 있었다. 불길한 예감이 들었다. 이름이 너무 평범했기 때문이다.

상자를 완전히 개봉하자 안에서 책이 나왔다. 『범죄심리학 입문』. 저자는 다카쿠라 교수다. 그러나 그가 나에게 책을 보냈을 리는 만무하다. 그 책 외에 파란색 비닐봉투가 들어 있었다. 책을 탁자에 놓고 비닐봉투를 열었다.

나는 순간적으로 숨을 들이마셨다. 안에서 나온 것은 여성의 하얀 팬티였다. 몇 군데에 혈흔 같은 것이 묻어 있었다.

가까스로 마음을 진정시키며 재빨리 책을 확인했다. 휘리릭 페이지를 넘기고 책을 거꾸로 흔들어 보았다. 보낸 사람의 메시지가 있을 거라고 생각했다.

하지만 아무것도 없었다. 이걸 왜 보냈을까? 의미를 알 수 없었다. 그러나 한편으로는 메시지가 넘친다고도 할 수 있었다.

일단 팬티에 묻어 있는 혈흔. 당연히 진짜 피인지 조사해야 한다. 범인이 여학생을 살해했을 때 가져간 팬티라면, 자신이 범인이라는 걸 증명하기 위해 보낸 것 아닐까? 그런데 왜 하필 나에게 보냈을까? 이유를 알 수 없었다.

그리고 다카쿠라의 『범죄심리학 입문』. 그 책을 읽으라는 뜻인가? 아니면 나를 매개로 다카쿠라에게 도전장을 보낸 걸까?

정체를 알 수 없는 불안과 공포가 가슴을 짓눌렀다. 내 의지와 상관없이 이번 사건에 휘말리게 되는 걸까?

나는 범인을 향해 소리치고 싶었다.

나를 끌어들이지 마라! 너는 대체 누구냐!


2


오후에 접어들어서도 비는 그치지 않았다.

오후 2시. 나는 관리동 8층에 있는 임원용 응접실에서 구로키와 데라우치라는 형사에게 조사를 받았다.

데라우치는 40대 후반으로 보였다. 경시청 수사1과 형사라니 구로키보다 서열이 높을 것이다.

하지만 질문을 주도한 사람은 구로키로, 데라우치는 가끔 끼어드는 정도였다. 처음에는 사건 자체보다 나에게 도착한 골치 아픈 '물품'에 집중되었다.

"오늘 오전에 도착했다고요?"

구로키는 팬티가 들어 있는 비닐봉투를 들고 물었다.

"네. 그렇습니다."

"소인이 그제께로 찍혀 있으니, 어제 사건이 발생한 시점보다 우편함에 먼저 넣어진 거죠."

나는 대답하지 않았다. 의견을 말할 생각도 없었다.

"무슨 의미일까요? 왜 이런 걸 당신에게 보냈을까요?"

"잘 모르겠습니다."

데라우치가 메모하던 손길을 멈추고 물었다.

"범인이 보낸 일종의 메시지 같지 않아요?"

금테 안경을 긴 온화한 표정의 남자지만, 말투는 의외로 날카로웠다.

"글쎄요. 이런 걸 왜 나에게 보냈는지 전혀 짐작이 되지 않습니다."

나는 강한 어조로 말했다. 데라우치의 얼굴은 변함이 없었지만, 구로키는 노골적으로 떨떠름한 표정을 지었다.

"미소노 유리나만 성행위 흔적이 있었고, 옷매무새가 흐트러

졌으며, 현장에 속옷이 없었죠. 그리고 오늘 이런 팬티가 당신 집에 도착했어요."

구로키는 생각할 시간이라도 주듯, 잠시 말을 끊고 나를 응시했다.

나는 그제야 처음으로 질문을 던졌다.

"이게 미소노 유리나 학생이 살해되었을 때 입은 팬티란 건가요?"

"아직 단정할 수는 없어요. 하지만 만약 그렇다면……."

나는 중얼거리듯 말했다.

"그 사람 스스로 범인이라고 주장하는 셈이군요."

"그래요. 따라서 당신에게 보낸 나름의 이유가 있을 겁니다. 그걸 보낸 사람은 당신 주변인일 가능성이 높아요."

"아뇨. 다카쿠라 교수님이 쓴 책을 보낸 걸 보면, 다카쿠라 교수님에게 자신을 잡아보라는 메시지를 보낸 것 아닐까요?"

다시 데라우치가 끼어들었다.

"그렇다면 왜 다카쿠라 교수에게 직접 보내지 않고 당신에게 보냈을까요?"

"특별한 이유는 없다고 생각합니다. 업무부 주임은 학부의 실무 담당자이니, 저에게 보내면 당연히 다카쿠라 교수님에게 전해질 거라 생각했겠지요."

"그렇다면 물건을 보낸 사람이 학내 사정을 잘 아는 인물 아

닐까요? 업무부 주임이 어떤 일을 하는지 외부 사람들은 잘 모
르잖습니까?"

데라우치가 조용하고 침착하게 말했다. 구로키에 비해 말투
가 정중하고 논리적이라서 그런지, 그가 말할 때마다 두려움과
압박감이 느껴졌다. 그의 말이 맞을지도 모른다. 보낸 사람은 우
리 대학, 더 정확히 말하면 내가 속한 문학부 내에 있다. 왠지 그
런 생각이 들었다. 하지만 나는 침묵으로 일관했다.

구로키가 장난스럽게 말했다.

"시마모토 씨, 이건 어디까지나 농담인데, 설마 당신이 당신
에게 보낸 건 아니겠지요? 이야기를 복잡하고 재미있게 만들려
고 말입니다."

순간적으로 화가 머리끝까지 솟구쳤다. 처음 만났을 때부터
사사건건 깐족거렸지만, 오늘은 도가 지나치다.

"전부 내가 꾸민 연극이라는 건가요? 그렇게 못 믿겠으면 그
만 돌아가십시오."

나는 진지한 표정으로 화를 냈다. 실제로도 허리를 반쯤 일
으켰다.

"미안해요. 그래서 농담이라고 했잖아요?"

구로키는 과장스럽게 웃음을 터트리더니 나를 달랬다.

나는 말없이 창밖으로 시선을 돌렸다. 여전히 굵은 빗줄기가
창문을 때렸고, 투명한 물방울이 사방으로 흩어졌다.

# 3

나는 몸부림치며 괴로워했다. 천국에서 지옥으로 곤두박질 친 느낌이었다.

지금까지 유이와 다섯 번 데이트했다. 그런데 여섯 번째 데이 트가 좀처럼 이어지지 않았다.

유이의 이미지도 예전과 많이 달라졌다. 청초하고 진지하며 청순한 사람이라고 생각했는데, 지금은 그렇지 않았다.

일단 옷 때문이다. 데이트할 때마다 그녀는 노출이 심한 옷 을 입었다. 적어도 대학에서 봤던 그녀의 옷차림과는 상당히 달랐다.

항상 무릎에서 20센티미터는 올라간 미니스커트에 가슴이 드러나는 블라우스나 셔츠를 입었다. 청초한 얼굴과 대담한 옷 차림의 불균형은 나에게 강렬한 자극을 선사했다.

옷과 마찬가지로, 유이의 태도와 말투도 변했다. 처음에는 말 투에 정중함과 친밀감이 배어 있었다. 하지만 요즘에는 배려심 이 부족한 말을 태연하게 함으로써 마음의 상처를 주곤 했다.

다섯 번째 데이트 장소는 비싸기로 소문난 긴자의 이탈리안 레스토랑 사바티니였다. 하지만 디저트가 나오자 그녀는 이렇 게 말했다.

"이런 말을 해서 미안하지만, 이런 음식은 건강에 안 좋아요.

시마모토 씨도 체중을 줄여야 하지 않나요? 이탈리아 요리는 맛은 있지만 칼로리가 너무 높아요."

농담이었는지는 잘 모르겠다. 단지 내가 농담으로 받아들이지 않은 것은 분명하다. 나의 굳어진 얼굴에 어색한 웃음이 매달렸다.

외모에 대한 말은 죽기보다 듣기 싫었다. 키가 작고 뚱뚱한 건 아버지쪽 유전이다. 아버지의 사망 원인이 뇌일혈인 이상, 나도 체중 조절에 신경써야 한다는 건 알고 있다.

굳이 남에게 듣지 않아도 내가 더 잘 안다. 유이가 나를 진심으로 걱정해 그렇게 말했다고는 여겨지지 않았다. 지금 돌이켜보면 헤어질 때 한 말의 전초전으로, 일부러 그렇게 행동한 듯하다.

밤 9시가 지나 우리는 사바티니가 입점해 있는 소니빌딩 밖으로 나왔다. 유이는 나오자마자 다급하게 말했다.

"오늘 맛있게 먹었어요. 전 친구집에 가기로 해서 이만 실례할게요."

그러더니 계속 말을 이었다.

"그리고 요즘 너무 자주 만나는 것 같아요. 대학 내 끔찍한 사건도 해결되지 않았는데, 일과 상관없는 만남은 좀 그렇지 않을까요? 더구나 이렇게 자주 만나니 할 말도 없고요. 시간적인 간격을 좀 두지 않겠어요?"

나는 눈앞이 캄캄해졌다. 마치 차인 것이나 다름없지 않은가?
그러나 시시한 허세가 작용한 나는 갈라진 목소리로 대꾸했다.

"하긴 그래요. 나도 요즘 일이 많이 밀려 있어요."

"잘됐네요. 그럼 전 택시를 타고 갈게요."

유이는 만면에 미소를 지으며 손을 흔들었다. 그리고 택시승
강장으로 향했다. 나는 한동안 우두커니 서 있었다.

그로부터 약 2주일이 지나 10월 초순이 되었다. 나는 약속
한 대로 그녀에게 연락하지 않았다. 가끔 학내에서 마주칠 때
도 가볍게 목례만 나누었다. 출근 때는 마치 딴사람처럼 소박
한 옷차림이었다. 어쨌든 내 마음속에서 그녀에 대한 감정은 점
점 커져갔다.

교직원의 야간 순찰은 여전히 계속되었다. 밖에서 보면 수사
가 전혀 진척되지 않는 듯했다. 물론 어느 선까지 밝혀졌는지
모르는 게 당연하다. 하지만 소문으로도 새로운 정보는 들어오
지 않았다.

6시쯤 일을 마친 나는 여느 때처럼 정문 앞에서 버스를 타고
JR 히노역까지 갔다. 버스에서 내리자, 누군가가 어깨를 두들겼
다. 나구모였다. 나는 노골적으로 불쾌한 표정을 지었다.

"괜찮아? 지난번에 쓰러졌다면서?"

나구모의 말에서는 비아냥거림이 느껴지지 않았다. 대학 정
문에서 학생부 직원의 검문을 지켜보다 쓰러졌던 일을 말하는

것이리라.

"그래, 별일 아니었어. 잠시 현기증이 났을 뿐이야. 피로가 쌓여서 그랬겠지."

"그렇겠지. 많이 힘들었을 테니까. 혹시 이 근처에서 한잔 안 할래?"

내게 술을 마시자고 하다니, 의외였다. 하지만 그는 마주하고 싶지 않은 최악의 상대였다. 나는 입을 다문 채 대답하지 않았다.

"얼마 전에는 내가 너무 심했어. 다사키 씨가 그렇게 되고 나니 꿈자리가 사나워서 말이야. 잠시라도 좋으니 한잔하자."

이렇게 납작 엎드리면 거절하기 힘들다. 우리는 결국 역 근처의 이자카야로 들어갔다.

맥주를 반잔쯤 마셨을 때 그가 물었다.

"어떻게 생각해? 다사키 씨를 제외하면 사망자 모두 문학부 여학생이잖아? 진짜 문학부 누군가와 관계가 있을까?"

"잘 모르겠어. 사건 전체의 느낌은 정신이상자에 의한 엽기 살인이 틀림없어. 그런데 피해를 당한 여학생이 전부 문학부라면, 문학부 누군가와 관계가 있다고 생각할 수밖에 없잖아. 처음 두 건까지는 단순한 우연일지 모르지만, 네 명 전부 문학부란 건 좀……."

"그건 그래. 취한 김에 말하자면, 이런 가설은 어때? 첫 번째로 살해된 미소노 유리나는 성추행으로 신고된 오제키 교수가 분풀이로 죽인 거야. 어쩌면 섹스를 위해 죽였거나 다른 이유로 죽였을 수도 있지만, 동기는 아무래도 상관없어. 그 후 오제키 교수는 미소노 사건의 수사가 자신에게 미치지 않도록, 즉 사이코패스 범죄로 몰아가기 위해 일부러 세 여학생을 살해했어. 첫 번째 살인의 동기를 은폐하기 위한 위장살인이지."

"그걸로는 나머지 세 명이 왜 전부 문학부인지 설명이 안 되잖아."

"그건 우연이야. 오제키 교수쪽에서는 다른 학부 학생이 더 좋았겠지만, 그렇다고 죽이기 전에 학부를 물어볼 순 없잖아. 역시 이 가설도 무리가 좀 있겠지?"

나구모는 그렇게 말하고는 웃음을 터트렸다. 그는 남은 맥주를 단숨에 들이켜더니 한 잔 더 주문했다.

나는 채 한 시간도 안 돼 그와 이자카야에 들어온 걸 후회했다. 나구모는 술을 좋아했지만 세지 않았다. 두 번째 잔을 비워갈 무렵, 눈이 풀리고 혀가 살짝 꼬이기 시작했다.

"그런데 시마모토, 야나세 유이와 사귄다는 소문이 있던데 정말이야?"

나는 흠칫 놀라며 숨을 들이마셨다.

"사귀는 건 아니야. 업무적인 연락 때문에 같이 식사한 적은 있지만……."

"그렇다면 다행이야."

그는 의심스러운 눈길로 나를 보며 히쭉 웃었다. 그 웃음은 너 같은 녀석이 유이와 사귈 리 없다고 말하는 듯했다.

"그 여자, 청순해 보이는 외모와 달리 소문이 안 좋아. 남자도 많이 만나고 굉장한 날라리라고 하더군. 더구나 돈관계가 깨끗 하지 않다니 조심해."

"돈관계가 깨끗하지 않아?"

나도 모르게 되물었다. 짐작되는 부분이 있었기 때문이다.

"그래. 중년남자에게 접근해 돈을 빌린 다음 갚지 않는대. 금 액이 그렇게 크지 않아, 상대도 떼일 거라곤 생각하지 않는다는 거야. 깜빡했을 거라고 여기다, 결국 흐지부지되는 일이 많다더 군. 역시 여자는 예쁘고 착하게 생겨야 한다니까."

실은 나도 두 번 정도 돈을 빌려주었다. 큰 금액은 아니었다. 한 번은 같이 퇴근할 때, 지갑을 집에 두고 왔다고 해서 택시비 로 1만 엔을 빌려주었다. 그녀는 2천 엔이면 충분하다고 했지만, 지갑에 천 엔짜리가 없어 1만 엔짜리를 주었다.

그리고 2만 엔을 빌려준 적이 있었다. 월급날이 되기 사흘 전, 그녀는 웃으며 "이제 잔고가 천 엔밖에 안 남았어요"라고 말했 다. 내가 먼저 빌려주겠다고 했지만, 지금 생각하면 상황을 유 도한 듯한 느낌이 들기도 한다. 어쨌든 아직 3만 엔은 돌려받 지 못했다.

"그리고 말이야, 이건 자네에게만 하는 말인데……."

나구모는 은근히 뜸을 들인 뒤 몸을 앞으로 내밀며, 취기가 깃든 강렬한 눈으로 나를 쳐다보았다.

"남자들 사이에서 그녀를 뭐라고 하는지 알아? '야나세'가 아니라 '야라세(하게 해줘)'라고 하더군. 몸을 쉽게 허락하는 것 같아. 특히 돈이 있을 만한 남자에게 말이야."

말문이 막혔다. 유이에 대한 이미지가 근본적으로 무너지기 시작했다.

나는 마치 더러운 이야기라도 들은 듯, 술기운이 온몸으로 퍼져있는 나구모를 노려보았다. 그러나 그의 말을 완전히 믿지 않는 것은 아니었다.

4

햇살에서도 공기에서도 가을 기운이 느껴졌다. 순찰에 대한 부담은 조금 가벼워졌다. 노다가 위쪽 눈치를 보느라 내 부담을 절반 가져간 덕분이다. 아무래도 학무담당 이사가 내 부담이 너무 많다고 지적한 듯했다.

노다가 적극적인 참여를 요구해 노조미의 순찰 횟수도 늘어났다. 더구나 오치아이 학부장의 강력한 요청으로 교원들 역시 예전보다 적극적이었다.

그 덕분에 나는 일주일에 두 번만 순찰을 돌면 되었다. 그러나 미뤄둔 업무를 처리하느라 늦게 퇴근하기는 매한가지였다.

10월 30일 금요일. 남아서 일하고 저녁 7시쯤 퇴근준비를 하는데, 휴대폰 벨이 울렸다.

나는 찜찜한 목소리로 전화를 받았다.

"네, 시마모토입니다."

"시마모토 씨, 야나세 유이예요."

수화기 너머로 유이의 밝은 목소리가 들려왔다. 나는 허를 찔린 듯한 기분이 들었다. 그 후로 유이에게 전혀 연락하지 않았다. 한 번 위축된 마음은 원래대로 돌아가지 않았다.

"아아, 안녕하세요?"

나는 마음속 동요를 감추지 못한 채 약간 상기된 목소리로 대구했다.

"시마모토 씨, 오늘 시간 있어요?"

"없는 건 아닌데요……."

가까스로 기대감을 감추며 어정쩡하게 대답했다.

"지금 롯폰기에서 친구를 만나고 있어요. 오랜만에 학생부 일이 5시에 끝났거든요. 그런데 친구가 8시에 볼일이 있다고 해서요. 늦은 시간이라도 상관없다면 시마모토 씨를 만날까 싶은데요."

갑작스러운 호출이었다. 동시에 무례한 호출이라고도 할 수 있었다. 친구를 만나고 남은 시간을 나에게 할애한다는 것 아닌가? 하지만 거절할 수가 없었다.

"아직 학교라서 8시까지 롯폰기에 가기는 힘들 것 같아요."

"그럼 8시 반에 아마돈에서 만나는 건 어때요? 1층에서 기다릴게요."

"그렇게 하지요."

내 대답의 말꼬리가 희미해질 무렵 전화가 끊겼다. 무조건 좋아할 상황이 아니라는 건 알고 있다. 나구모에게 들은 좋지 않은 소문을 의식하지 않을 수 없었다. 하지만 내게는 선택의 여지가 없었다.

그녀가 뜻밖의 전화를 걸어온 이상, 결과에 대한 생각은 배제한 채 만나는 수밖에 없다. 나는 서둘러 책상을 정리하고 사무실을 나섰다.

전철에서 내려 재빨리 계단을 올라갔다. 전철역 지도에 따르면, 아마돈은 매우 가까운 곳에 위치해 있었다.

밖에서 투명한 유리창 안을 들여다보았다. 스마트폰을 만지작거리는 유이의 모습이 보였다.

안으로 들어가자 유이가 웃으면서 손을 흔들었다. 마치 기다리던 애인을 만난 듯한 반응이었다. 나는 그녀의 앞자리에 앉았다.

"죄송해요. 30분 전에 도착해 음료를 먼저 주문했어요."

유이 앞에는 절반쯤 남은 아이스 카페오레가 놓여 있었다. 웃으려 했지만, 얼굴이 굳어 웃음이 나오지 않았다.

"갑자기 전화해서 죄송해요. 느닷없이 시마모토 씨가 만나고 싶었어요."

그 한마디에 마음속에 쌓여 있던 응어리가 모두 풀렸다. 조금 여유가 생긴 나는 그녀의 모습을 찬찬히 뜯어보았다. 오늘은 검은색 투피스에 얇은 핑크색 블라우스 차림이었다. 퇴근하고 바로 친구를 만났는지 비교적 얌전한 모습이었다. 목에는 고상한 느낌의 금목걸이를 하고 있었다.

"나도 만나고 싶던 참이었어요. 타이밍이 절묘하네요."

그렇게 말했을 때 직원이 다가왔고, 나는 커피를 주문했다.

"식사는 하셨어요?"

나는 그 말을 같이 식사하자는 뜻으로 받아들였다.

"아직요. 같이 먹으려고요. 이 근처에 좋은 곳이 있거든요."

"어머나, 죄송해서 어떡하죠? 전 친구랑 먹었어요. 시간이 늦어 이미 드셨을 거라 생각했죠."

실망감이 밀려들었다. 그럼 왜 헷갈리게 그런 말을 하는 거지? 나는 마음속으로 소리쳤다.

"그러세요? 괜찮습니다. 배가 많이 고픈 건 아니에요."

나는 일부러 그렇게 말했다. 실제로는 상당히 배가 고팠다. 잠시 어색한 침묵이 이어졌다.

유이가 목소리를 낮추어 물었다.

"저기……, 그 사건에 대해선 무슨 정보가 있나요?"

내게는 고마운 질문이었다. 어색한 대화보다 사건에 관해 이야기하는 게 마음 편했다. 다만, 내가 받은 '물건'에 대해서는 경찰이 비밀 유지를 요청한 터라, 그 부분을 말할 수는 없었다. 매스컴도 냄새를 맡지 못한 영역이었다.

"아직요. 다사키 씨와 여학생이 살해된 게 지난달 29일이니, 벌써 한 달이 지났네요. 그 후로는 수사가 어떻게 진행되고 있는지 모르겠어요. 새로운 사건이 일어난 것도 아니고요. 어쨌든 학교 내부를 엄중히 경계하고 있으니까요."

"그나저나 오제키 교수님 소식은 들으셨어요?"

유이가 이야기 방향을 갑자기 바꿨다.

"아니요. 오제키 교수님에게 무슨 일이 있나요?"

실제로 최근에는 온통 유이 생각뿐이었다. 따라서 오제키에 대한 관심은 사라진 지 오래였다.

"요즘 굉장히 이상해졌어요. 수업이 있는 날에도 낮술을 마시고 캠퍼스를 돌아다닌다는 소문이 자자해요. 불그스레한 얼굴로 수업을 하기도 해, 학생들이 깜짝 놀랐대요. 학생들 몇 명이 학생상담실로 와서 불평을 하더군요. 어쩌면 문학부 사무실에도 항의가 들어갈지 모르겠네요."

도저히 있을 수 없는 일이다. 어쨌든 그런 이야기는 아직 듣지 못했다.

"오제키 교수님에 대한 평판이 안 좋은 건 사실이지만, 낮술을 마신단 얘기는 처음 듣습니다. 교수님에 대한 불만은 대부분 오만하다거나 막말을 한다거나 성희롱에 관한 것이었어요. 술에 취해 이성을 잃다니, 오제키 교수님답지 않네요."

"그래서 일부에서는……."

유이는 말을 멈추고 재빨리 주변을 둘러보았다. 카페에는 손님들이 제법 많았다. 따라서 자칫 옆자리까지 이야기가 들릴 수 있었다.

나는 목소리를 낮추어 말했다.

"죄책감 때문에 그렇게 됐다는 건가요?"

이렇게 말하면 주변에 들리더라도 무슨 의미인지 정확히 모를 것이다.

유이는 어색하게 고개를 끄덕였다. 마음 한구석이 찜찜했다. 나는 지금도 연쇄살인사건의 범인이 오제키일 가능성은 상당히 낮다고 생각했다.

"경찰에서도 오제키 교수님의 행동을 주시해, 캠퍼스에서 미행 중이라는 말이 있어요."

그때 유이의 휴대폰이 울렸다.

"잠시 실례할게요."

그녀는 휴대폰을 귀에 댄 채 밖으로 나갔다. 유이와 교대라도 하듯 직원이 커피를 가져왔다. 나는 허기진 배에 커피를 흘려보냈다.

그녀는 돌아오더니 다급하게 말했다.

"문제가 생겼어요. 아까 만났던 친구가 지갑을 잃어버렸대요. 지방에서 올라와 오늘 호텔에서 묵기로 했는데, 곤란한 상황인가 봐요. 제가 가기로 했지만, 지금 가진 돈이 별로 없거든요. 호텔비가 2만 엔이 조금 넘는다는데, 혹시 빌려줄 수 있으세요?"

말도 안 되는 이야기다. 이렇게 뻔한 거짓말을 간파하지 못할 만큼 나는 바보가 아니다. 그러나 논리와 감정은 별개였다. 그녀와의 인연을 어떻게든 유지하고 싶었다. 그 인연의 매개가 돈이라고 해도 상관없다.

바지에서 갈색 지갑을 꺼내 살펴보았다. 4만 5천 엔쯤 들어 있다. 나는 1만 엔짜리 지폐 세 장을 꺼내 그녀에게 내밀었다.

"만일을 위해 여유 있게 빌려주는 게 좋지 않을까요?"

나는 끝까지 유이의 말을 믿는 척했다. 그러면서 속으로 중얼거렸다. 예전에 빌려준 것까지 합치면 전부 6만 엔이야. 차용증은 없지만⋯⋯.

유이가 나를 불러낸 이유를 그제야 알았다. 그저 돈이 필요했을 뿐이다. 그래서 친구라는 가상의 인물을 만들어낸 것이다.

"고마워요. 지금 바로 돈을 전해줘야 해서, 죄송하지만 오늘은 이만 실례할게요. 다음에 천천히 이야기해요."

유이는 지폐를 가방에 넣으며 말했다. 나는 증오와 연민이 동시에 솟구쳤다. 만약 지어낸 이야기라면, 이것은 단순한 거짓말을 넘어선 병이라고 할 수 있다.

나는 유이를 택시정류장까지 배웅하며 마음속으로 결심했다. 철저히 속아주는 척하자…….

유이가 택시에 오르기 직전 나는 넌지시 물었다.

"친구란 사람이 여자인가요?"

"물론이에요. 신구에 사는데, 지금 도쿄에 와 있어요."

너무도 자연스러운 대답이었다.

"오늘 고마웠어요."

유이는 택시를 타고는 생긋 웃으며 손을 흔들었다. 한순간 스커트가 위로 올라가며 하얀 허벅지가 보였다. 그러한 자극이 나의 뇌를 다시 마비시켰다.


5


오늘 순찰 당번은 나카하시와 노조미였다. 그래서인지 노조미는 오전부터 몹시 들떠 있었다.

"익숙해지니 순찰도 꽤 재미있네요. 8시가 되도록 학교에 남아 있는 학생이 제법 많아요. 남학생은 그렇다 쳐도 여학생들은 왜 안 가고 버티는지 모르겠어요. 무섭지도 않을까요? 범인의 타깃이 될 수 있잖아요."

그러자 잡담에 잘 끼어들지 않는 다에코가 웬일로 입을 열었다.

"노조미 씨야말로 안 무서워요? 난 생각만 해도 끔찍해요."

"처음엔 등골이 오싹했지만, 지금은 괜찮아요. 더구나 나는 절대로 그런 일을 당할 리 없다는 걸 알고 있으니까요."

그러자 나카하시가 웃으면서 물었다.

"왜죠?"

"범인은 예쁜 여자만 노리거든. 생각해 봐. 살해된 여자들이 하나같이 예쁘잖아."

노조미의 말에 나카하시는 어이없다는 듯 입을 다물었다.

"뭐야? 그러면 내가 뭐가 돼? 그렇지 않다고 말해줘야지."

노조미의 반응에 나카하시가 말을 더듬었다.

"네에……. 그래요……. 아니, 그렇지 않아요."

그러자 노조미가 야단이라도 치듯 큰소리로 말했다.

"이미 늦었어!"

사무실에 와자지껄 웃음꽃이 피었다. 다에코도, 나카하시도, 나도, 그리고 노조미 본인도 웃음을 터트렸다. 다른 학부 직원들도 웃는 걸 보면 이야기가 그쪽까지 들린 모양이다. 오랜만에 보는 밝은 웃음이었다. 사건 때문에 모두 우울해 있는 가운데 노조미는 사람들의 긴장을 풀어주는 바람직한 존재였다.

그건 그렇고, 노조미의 말대로 살해된 여학생들은 한결같이 눈에 띄게 아름다웠다. 물론 실물이 아니라 사진으로 봤을 뿐이지만. 그리고 또 한 가지 공통점이 있었다. 모두 선이 굵고 화려한, 현대적 외모의 소유자들이었다. 유이처럼 언뜻 보기에 소박하지만 자세히 보면 오목조목 예뻤다. 하지만 지적으로 보이는 얼굴은 아니었다.

그런 생각을 하고 있는데, 노다가 나를 향해 손짓했다. 나는 그의 자리로 향했다.

"시마모토 씨, 그 건으로 다카쿠라 교수님께 인사했나?"

노다는 다짜고짜 그렇게 말했다. 무슨 말인지 파악이 되지 않았다.

"미소노 유리나가 후기부터 수업을 옮긴다는 것 말이야."

"이미 사망했으니 그 얘기는 자연히 없던 걸로……."

"그렇게 생각하면 안 되지. 어쨌든 지난번에 말이 나왔으니, 그 얘기는 없던 걸로 하자고 확실하게 매듭을 짓는 게 좋겠어."

노다의 형식적 완결주의에 할 말을 잃었다. 이미 후기가 시작되었고 11월에 접어든 터였다. 더구나 미소노는 이 세상 사람이 아니지 않은가?

"그런가요?"

말도 안 되는 이야기지만, 정면으로 맞설 기력이 없어 어정쩡하게 대꾸했다.

"워낙 유명한 분이니 정중하게 대해야지. 우리 대학을 대표하는 교수님이니까."

"오후에 연구실로 찾아뵙고 인사하겠습니다. 오늘 3교시에 강의가 있으니, 3시 이후에는 연구실에 계실 겁니다."

노다는 만족스러운 얼굴로 고개를 끄덕였다. 한편, 내게도 약간의 꿍꿍이가 있었다. 이번 사건에 대한 다카쿠라의 의견을 듣고 싶었다. 특히 내게 도착한 그 '물건'에 대해 알고 있는지, 알고 있다면 어떻게 생각하는지 궁금했다.


6


나는 미리 다카쿠라의 연구실에 전화를 걸어 자리에 있는지 확인했다.

"이미 퇴근하신 줄 알았습니다."

나는 연구실로 들어서면서 그렇게 말했다. 오늘 3교시밖에 강의가 없어, 수업이 끝난 후 바로 퇴근했을지도 모른다고 생각했다.

"오늘은 연구실에 좀 더 있다 가려고요."

그는 온화한 미소를 지었다. 우리는 예전처럼 소파에 마주앉았다.

"미소노 유리나의 수업 이동에 관해 여러모로 편의를 봐주셔서 감사했습니다. 그런데 아시는 것처럼, 이제는 의미가 없어졌네요."

그는 말없이 고개를 끄덕였다. 그걸로 용건은 끝났다고 할 수 있다.

다음 말을 어떻게 꺼내야 할까?

"교수님, 혹시 저희 집에 온 묘한 물건에 대해 들으셨나요?"

그는 순순히 대꾸했다.

"네. 구로키 형사에게 들었습니다."

"당연히 교수님 의견을 물었겠지요?"

"네. 이것저것 묻더군요. 왜 내 책을 보냈는지 신경이 쓰이겠지요."

"저 역시도, 왜 저에게 그런 걸 보냈을지 의견을 캐물어 곤란했습니다. 제가 그 이유를 어떻게 알겠어요?"

"괜히 시마모토 씨에게도 불똥이 튀었군요. 당황스러우셨겠습니다."

다카쿠라가 쓴웃음을 지었다.

"교수님은 뭐라고 하셨나요?"

"뭐 내 책을 보낸 건 누군가 내 존재를 의식했단 뜻이겠죠. 그걸 보냄으로써 나에게 '내가 누군지 아느냐'고 도발한 것일 수도 있고요."

"일반적으로 생각하면 그렇지요. 하지만 그건 물건을 보낸 사람이 범인일 경우 아닌가요?"

"그렇습니다. 범인일 가능성이 높습니다."

나는 의아한 표정을 지었다. 그의 말이 이해가 되지 않았다. 내 표정을 읽은 듯, 그는 이렇게 덧붙였다.

"DNA 감정 결과, 속옷에 묻어 있던 혈흔이 미소노 학생 것이었어요. 그건 아시죠?"

그런 이야기는 듣지 못했다. 구로키는 내게 온 '물건'을 가져간 뒤 감감무소식이었다.

"아뇨. 몰랐습니다. 누구에게 들으셨나요?"

"구로키 형사에게요. 시마모토 씨에게 배달된 물건이니, 당연히 알렸으리라 생각했는데요."

불안이 몸속으로 파고들었다. 구로키가 다카쿠라에게 그 사실을 말하고 나에게 말하지 않은 건, 나를 의심한다는 뜻일까? 나는 마음속 동요를 최대한 억누른 채 다음 질문으로 넘어갔다.

"범인은 자기과시욕이 강한 사람인가요?"

"그렇다고 할 수 있지만, 더 깊이 들어가면 SOS로도 볼 수 있어요."

"무슨 뜻이죠?"

"역시 괴로운 겁니다. 사람을 죽이면 쾌락을 느낌과 동시에 괴로움이 따르는 법이지요. 그래서 자신이 범인임을 밝히는 물증을 보낸 겁니다. 체포를 피하고 싶다면, 그런 물건을 보내는 게 백해무익한 행동이죠. 그럼에도 불구하고 그렇게 행동한 건, 빨리 체포해 달라는 신호로 볼 수도 있습니다."

그는 물끄러미 내 눈을 들여다보았다. 왠지 범인이 나라고 말하는 듯해, 나도 모르게 시선을 피했다.

"범인은 우리가 아는 범위의 사람인가요? 제 주소로 물증과 교수님 책을 보낸 걸 보면, 단순하게 생각해 주변사람이 아닌가 싶은데요."

이는 오제키를 암시한다고 해석될 수도 있다. 그러나 나는 여전히 그를 범인으로 생각하지 않았다.

"그건 잘 모르겠습니다. 다만 이번 사건은 피해자가 누구라도 상관없는, 요즘 유행하는 묻지마 범죄는 아니라는 겁니다. 가해자와 피해자 사이에 인간적 관계가 있지 않을까요?"

그렇다면 교수와 학생이라는 점에서 다카쿠라 역시 피해자들과 인간적 관계를 맺고 있다고 할 수 있다. 다시 망상이 부풀어 오르기 시작했다.

내 사랑은 끝이 났다.

유이에 대한 연정이 사라진 대신 강한 증오심이 자리를 잡았다. 그동안 자극받아 온 나의 몸과 마음은 갑자기 분화를 시작한 휴화산처럼 질척질척한 복수의 마그마를 토해내기 시작했다.

롯폰기에서의 만남 이후, 유이에게 세 번 전화해 데이트를 신청했다. 그러나 전부 단호하게 거절당했다. 네 번째 전화에서는 조바심을 참지 못해 그녀에게 빌려준 6만 엔을 언급했다. 그것을 돌려받는다는 구실로 만나려 했던 것이다. 하지만 그녀의 심기를 건드리는 일이 되고 말았다.

"좋아요. 갚을게요. 하지만 직접 만날 필요는 없잖아요. 계좌번호를 가르쳐주세요. 거기로 입금할게요!"

그녀는 잔뜩 화가 난 목소리로 날카롭게 말했다. 나는 단숨에 마음이 약해졌다. 사실 6만 엔은 아무래도 상관없었다. 단지 그녀를 만날 구실이 필요했을 뿐이다. 나는 완전히 의욕상실에 빠졌다.

"아니, 됐어요. 돈 때문이 아닙니다. 그냥 한 번 더 만나고 싶었을 뿐이에요. 이렇게 어색하게 헤어지는 건 견딜 수 없으니까요."

"헤어진다고요? 뭔가 착각하신 거 아니에요? 그렇게 말하니까 꼭 우리가 사귄 것 같잖아요. 확실히 말하지만, 제겐 오래전부터 만나온 애인이 있어요. 그런데 그런 식으로 말씀하시면 곤란하죠. 나와 손을 잡은 적도 없고, 그저 식사하며 일 얘기를 했을 뿐이잖아요!"

수화기 너머로 그녀의 씩씩거리는 목소리를 들으며 나는 그렇지 않다고 생각했다. 나와 그녀가 데이트하듯 같이 식사하게 된 계기는 일에 있지만, 만남이 계속 이어진 것은 다른 문제였다.

그럼에도 유이가 내게 접근한 이유를 알 수 없었다. 돈 때문이라고 하기에 6만 엔은 너무나 소액이다. 결국 그녀의 변덕이라고밖에 생각할 수 없었다. 실제로 몇 번 만나면서 알게 되었는데, 그녀는 소박한 외모와 달리 감정 기복이 꽤 심했다.

"그럼 6만 엔은 갚지 않아도 되나요?"

갚고 싶지 않은 마음이 생생하게 느껴지는 목소리였다.

"그래요, 괜찮아요. 그리고 이제 전화를 거는 일도 없을 겁니다. 짧은 기간이었지만 즐거웠어요."

나는 상대방의 대답을 듣지 않은 채 전화를 끊었다. 이것도 작전인 셈이었다. 그렇게 하면 동정까지는 아니더라도 자신이 지나쳤다고 생각해, 나중에 다시 연락하리라는 기대가 숨어 있었다.

하지만 내 생각은 안이했다. 그로부터 약 보름이 지나 코트가 필요한 계절이 되었다. 그러나 그녀에게서는 연락이 없었다.

나는 모든 의욕을 상실한 채 살아있는 시체로 변했다. 학내에서 일어난 연쇄살인사건은 여전히 미해결 상태지만, 그것조차 신경이 쓰이지 않았다. 오제키든 다카쿠라든, 범인이 누구인지에 대한 관심도 아득해졌다.

나의 무기력한 상태는 노조미와 나카하시가 눈치챌 만큼 심각했다. 노조미는 "주임님, 어디 아프신 거 아니에요? 요즘 기운이 하나도 없어 보여요"라고 몇 번이나 말했다. 하지만 나는 변변한 대답조차 생략한 채 고개를 가로저을 뿐이었다.

마음이 우울할 때는 사사건건 참견하는 노조미의 존재가 귀찮기 짝이 없었다. 그러나 그녀보다 참기 어려운 건 옆자리의 나카하시였다. 그에게 아무 죄도 없다는 건 알고 있다. 하지만 그의 온몸을 감싸는 화려한 아우라가 나 같은 사람을 더욱 비참하게 만드는 건 부인할 수 없는 사실이었다. 나비를 유혹하는 꽃의 달콤한 향기도, 그 꽃에 알레르기가 있는 사람에게는 독인 것과 마찬가지였다.

신은 불공평하다. 뿐만 아니라 악의를 갖고 있다. 왜 나카하시에게 부여한 외모의 만분의 일조차 나에게 내어주지 않았을까?

그가 좋은 사람이라는 건 알고 있다. 하지만 유이와 헤어진 후, 마치 화풀이라도 하듯 업무상 꼬투리를 잡아 그에게 분노를 표출했다. 그는 영문도 모르는 채 당혹스런 표정을 지을 뿐이었다. 그 결과 우리 부서의 분위기는 싸늘하게 식어 웃음소리조차 들리지 않게 되었다.

11월 20일 금요일. 나는 점심시간에 대학에서 조금 떨어진 찻집에서 커피와 샌드위치를 혼자 먹었다. 여기는 직원들이 거의 오지 않아 다른 사람들과 말하고 싶지 않을 때 안성맞춤이었다.

한 시간의 점심시간은 순식간에 지나간다. 카페에 혼자 있어 봤자 따분하기만 할 뿐 할 일이 아무것도 없었다. 나는 결국 30분 정도 있다 대학으로 돌아왔다.

방범이 강화되어 정문을 통과할 때면 경비원에게 신분증을 보여줘야 한다. 하지만 무기력의 밑바닥에 떨어진 나는 귀찮다고 불평할 기운마저 없었다.

점심시간 대학 업무부의 접수처에는 셔터가 내려져 밖에서는 내부 모습이 보이지 않았다. 문학부는 사회학부, 경제학부와 사무실을 같이 사용했고, 점심시간에는 각 부서당 한 명씩 남아 있는 게 보통이었다. 순서를 짜서 당번을 정하는 곳도 있었다. 하지만 문학부에서는 항상 다에코가 남았다. 도시락을 싸오기 때문에 나갈 필요가 없었던 것이다.

사무실로 들어갔을 때 사회학부와 경제학부에는 아무도 없었다. 세 과장들 자리도 비어 있었다. 가끔 이런 일이 있다. 학부별로 한 사람씩 남는다고 해도 누군가 화장실에 가거나 급한 볼일로 자리를 비우는 경우가 생겨나기 때문이다.

지금 사무실에는 다에코뿐이었다. 그녀는 나의 존재를 알아차리지 못한 채 등을 돌리고 뭔가를 하는 중이었다. 정체를 알 수 없는 불길한 예감이 가슴 밑바닥에서 스멀스멀 기어올라왔다.

다음 순간, 나는 너무 놀라 입을 다물 수 없었다. 다에코가 노조미의 책상에 놓여 있던 빨간 가방에서 지갑을 꺼내 살펴보고 있는 것 아닌가?

인기척을 느꼈는지 그녀가 뒤를 돌아보았다. 나를 발견하고는 얼굴이 새파래졌다.

"다에코 씨!"

나는 뒷말을 잇지 못했다. 그때 셔터 밖에서 노조미와 나카하시의 목소리가 들렸다. 다에코가 애원하는 듯한 얼굴로 나를 쳐다보았다. 눈에 눈물이 고였다. 나는 작게 고개를 끄덕였다. 다에코는 재빨리 지갑을 빨간 가방에 돌려놓았다.

노조미와 나카하시가 안으로 들어왔다. 둘이 교수클럽에서 식사하고 온 모양이었다.

"아, 역시 여기 있었네! 깜빡하고 지갑을 안 가져갔지 뭐예요? 왜 이렇게 건망증이 심한지 몰라. 나카하시 씨, 아까 빌린 돈 갚을게. 8백 엔이었지?"

그제야 나는 어떻게 된 일인지 상황을 파악할 수 있었다. 나카하시와 점심을 먹으러 나가면서 가방에 있던 지갑을 가져가지 않은 것이다.

나는 고개를 숙인 다에코를 쳐다보았다. 죄의식이 얼굴에 그대로 드러나 있었다. 하지만 노조미는 빌린 돈을 갚으며 시시한 농담을 던질 뿐이었다.

## 8

다에코의 일은 작은 해프닝에 불과했다. 나는 그 일을 잊기로 마음먹었다. 다에코가 상습범이라곤 생각되지 않았다. 아마 우발적인 상황이었으리라.

그 일이 있고 나서, 아무도 없을 때 그녀가 다가왔다. 변명이라도 하고 싶었던 모양이다. 그러나 나는 작은 목소리로 말했다.

"괜찮아요. 그 일은 잊을게요. 그때 한 번뿐이었죠?"

다에코의 눈에서 또르르 눈물이 흘러내렸다. 그녀는 크게 고개를 끄덕였다.

왜 그런 짓을 저질렀는지는 관심 없다. 우발적이었는지, 정말로 돈이 필요했는지, 아니면 마음의 병인지. 어떤 이유든 악의는 없었을 것이다.

유이로 인해 선악의 판단기준이 이상해졌는지도 모른다. 유이가 내게서 가져간 6만 엔이 머리에서 떠나지 않았다. 그녀는 정당한 이유 없이 나의 약한 마음을 파고들어 사기꾼처럼 돈을 갈취했다.

어쩌면 다에코의 행위를 목격함으로써 내 마음이 절망의 다음 단계로 넘어간 것 아닐까? 머릿속에 '복수'라는 두 글자가 떠올랐다.

유이와 아무 관계도 없는 다에코의 행위가 내 마음에 묘한 영향을 미치다니 의외였다. 어쨌든 나는 유이의 삶을 엉망으로 만들고 싶었다.

그와 동시에 사무실에서 밝은 모습을 보이기로 마음먹었다. 나구모에게 들은 나와 유이에 관한 소문이 떠올랐다. 내가 우울의 늪에 빠졌다는 이야기가 퍼지면 유이에게 차였다는 소문이 날 테고, 복수에 지장을 초래할 수도 있다.

나는 마음속에 칼을 품은 채 최대한 밝게 행동하기 시작했다. 그러자 다들 놀란 표정을 지었다. 일단 옆자리의 나카하시에게 밝은 얼굴로 말했다.

"건강검진에서 위에 문제가 있다고 해 걱정했는데, 내시경검사 결과 별일 아니래."

"그러셨군요. 어쨌든 다행입니다."

나카하시도 안도한 얼굴로 오랜만에 함박웃음을 지었다. 이제 나를 조심스럽게 배려할 필요가 없다고 생각했을 것이다.

그 후 나는 나구모를 만났다. 유이에 관한 정보를 수집하기 위해서였다. 유이의 말과 행동으로 볼 때, 좀 더 은밀한 부분이 있으리라는 감이 작동했던 것이다. 결과물은 상상 이상이었다. 나는 나구모와 술을 마시며 그녀에 대한 이야기를 들었다.

"그 여자 말이야, 일주일에 한 번 롯폰기의 클럽에서 밤 9시부터 호스티스로 일한다는 소문이 있어. 사실이라면 취업규칙 위반이지. 여름 보너스를 받고는 어떤 부서 직원들이 롯폰기의 고급 클럽엘 갔다더군. 거기서 그 여자를 봤다지 뭐야? 팬티가 보일 듯 말 듯한 미니스커트를 입고 있었대."

나구모에게 클럽 이름도 알아냈다.

"분명히 '마이조노'였을 거야. 내가 직접 간 건 아니니까 정확하지 않을 수도 있어. 어차피 소문에 불과하니 엉터리일 수도 있고."

어쨌든 확인해 볼 가치는 있었다.

그 밖에, 다른 부서에 비해 일이 많은 학생부에서 일주일에 한 번 5시에 퇴근할 수 있는 날을 정했다는 정보도 입수했다. 지난번 유이가 갑자기 롯폰기로 불러냈을 때 5시에 퇴근했다고 한 걸 보면 금요일일 가능성이 높았다.

나는 유이가 5시에 퇴근하는 날이 무슨 요일인지 묻지 않았다. 자칫 의도를 간파당할 수 있었다. 마이조노에 직접 가보는 편이 빠르리라. 내가 손님으로 나타난 순간, 유이가 보일 낭패스런 반응을 상상하고 회심의 미소를 지었다.

## 9

마이조노에 들어간 것은 밤 9시가 지나서였다. 실내로 들어선 순간, 한눈에 고급 클럽임을 알 수 있었다.

실내조명은 어둡고, 소파는 세련되면서도 안정된 분위기를 자아내는 짙은 갈색이었다. 손님자리에 앉기 위해 클럽 내부를 돌아다니는 호스티스들은 모두 미니스커트나 숏팬츠를 입고 있었다. 20대 초반이 많아, 스물여섯 살인 유이가 있다면 나이가 꽤 들어 보이지 않을까?

다만 호스티스 숫자는 그렇게 많지 않았다. 검은 옷을 입은 웨이터의 설명에 따르면, 금요일은 손님과 함께하는 '동반일(출근 전에 손님과 만나 같이 식사하고 클럽으로 손님을 데려가는 날)'이라서, 아직 출근하지 않은 호스티스가 많다고 했다. 마침 9시가 동반출근 시간대로, 호스티스들이 손님과 함께 클럽으로 들어오는 모습이 눈에 띄었다. 가격이 비싼 고급 클럽이어서인지 젊은 사람보다 중년남성이 많았다.

술값은 별도고, 한 시간에 1만 5천 엔, 30분씩 연장할 때마다 8천 엔이 추가된다. 가장 저렴한 위스키가 1만 2천 엔이니, 두 시간쯤 있으려면 최소 4만 엔을 내야 한다.

더구나 호스티스가 마시는 음료는 별도요금이니, 5만 엔 가까이 낼 수도 있다. 평범한 월급쟁이는 보너스나 받아야 갈 수 있는 곳이다.

웨이터가 특별히 찾는 사람이 있느냐고 물었다. 나는 솔직하게 처음 왔다고 대답했다. 웨이터는 호스티스를 적당히 보낼 테니 지명하라고 했다. 또한 마음에 드는 호스티스를 우연히라도 발견하면 자신에게 말하라고 했다.

나는 어정쩡하게 고개를 끄덕인 뒤, 클럽 안을 오가는 호스티스들을 재빨리 눈으로 좇았다. 유이처럼 생긴 여자는 보이지 않았다.

술은 가장 저렴한 시바스 리갈을 주문했다. 그리고 병에 붙이는 이름표에는 본명을 사용했다. 이런 곳에서는 섣불리 가명을 사용하지 않는 게 나을 듯했기 때문이다.

호스티스들은 10분 정도 앉아 있다가 계속 새로운 인물로 바뀌었다. 잠시 얼굴을 선보이고 명함을 남겨두는 식이었다. 하지만 시간이 흐르자 이름과 얼굴이 헷갈리기 시작했다.

그나저나 호스티스의 수준은 상당히 높아 전체적으로 매우 아름다웠다. 이목구비가 뚜렷했을 뿐만 아니라 키도 크고 몸매도 좋았다. 그런 여자들과 같이 있으면 유이 정도는 눈에 띄지도 않겠다는 심술궂은 생각마저 들었다.

대부분의 호스티스는 별도의 직업이 있었다. 햇병아리 모델이나 탤런트, 대기업 안내데스크에 근무하거나 사무직, 간호사 등이었고, 명문대 학생도 있었다.

나는 옆자리에 앉은 호스티스들에게 유이에 대해 물었다. 물론 그녀가 본명을 사용했을 리는 없었다. 따라서 유이의 외모를 설명하거나 게이오 대학 졸업생임을 말하며 은근히 탐색하는 수밖에 없었다.

그러는 사이 한 시간이 훌쩍 지났다. 유이에 관한 솔깃한 정보는 얻지 못했다. 클럽의 작전도 눈에 들어왔다. 손님을 되도록 오래 머물게 하려는 속셈이 뻔히 보였다. 짧은 시간에 호스티스를 계속 교대시키며 '장내 지명'을 유도했다.

나는 멍하니 클럽을 둘러보았다. 호스티스 교대에 시간이 걸렸다. 이미 10시가 지나 실내는 북적거리기 시작했다. 부스도 거의 채워졌다. 여기저기서 건배하는 소리와 호스티스의 간드러진 목소리가 들려왔다.

그러는 사이 묘한 장면이 눈에 들어왔다. 클럽의 한쪽 구석에 호스티스 두 명이 서 있었다. 그 안쪽에 호스티스 대기실이 있는 듯했지만, 그 둘은 마치 지명받지 못한 호스티스를 벌세우는 듯한 느낌이 들었다.

즉시 교대할 수 있도록 혹시 웨이터의 지시를 기다리는 것 아닐까? 하지만 두 사람은 상당히 오랫동안 그곳에 서 있었다. 이윽고 그녀들이 손님자리에 앉자 다른 호스티스가 그 자리를 채웠다.

갑자기 심장 고동이 빨라졌다. 속옷이 보일 정도로 초미니의

하얀 원피스를 입은 여자가 눈에 띄었기 때문이다. 유이와 비슷한 모습이었다. 시력이 좋지 않아 눈을 가늘게 떴지만, 확실하지는 않았다.

하얀 원피스를 입은 여성이 웨이터를 따라 내가 있는 쪽으로 이동했다. 손님자리에 가는 것이리라. 혹시 내 자리일까? 내심 기대와 불안이 교차했다.

나는 소파에 몸을 깊숙이 묻으며 여자의 행방을 눈으로 좇았다. 여자가 내 앞을 지나갔다.

유이다. 틀림없이 유이다.

나를 알아본 것 같지는 않다. 나는 그녀의 짧은 원피스에 혀를 내둘렀다. 저것을 옷이라고 할 수 있을까? 양쪽 옆이 트인 초미니 원피스로, 허벅지가 적나라하게 드러났다. 혹시 클럽에서 빌린 것일까?

유이는 약간 긴장한 얼굴로, 나와 10미터쯤 떨어진 세 중년 남성 옆에 앉았다.

나는 몸을 틀어 잠시 그들을 관찰했다. 아직 새로운 호스티스가 내 옆에 오지 않는 게 다행이었다.

유이의 자리에는 이미 호스티스 두 명이 있었는데, 그녀들과 손님들의 분위기는 좋아 보였다. 그래서인지 나중에 합류한 유이가 고립된 것처럼 느껴졌다.

그때 클럽의 시스템을 설명해 주었던 웨이터가 앞으로 지나갔다. 나는 손으로 웨이터를 불렀다. 그는 내 앞에 무릎을 꿇었다.

"방금 지나간 하얀 원피스 입은 여자, 이름이 뭐지? 저기 하얀 원피스를 입은 여자 말이야."

나는 뒤쪽을 가리키며 조용히 물었다.

"아아, 레나 씨 말이군요."

"불러주지 않겠나?"

"알겠습니다. 그런데 지금 막 저 자리에 앉았기 때문에 20분쯤 기다리셔야 하는데, 괜찮겠습니까? 그동안 다른 여자를 붙여드릴게요."

"앞으로 20분이라……."

나는 떨떠름한 얼굴로 중얼거렸다. 어느 정도는 연기였다. 무슨 일이 있어도 기다릴 생각이었지만, 가급적 유이를 빨리 부르고 싶었다.

"되도록 빨리 보내겠습니다."

웨이터가 아부하듯 말했다. 나는 작게 고개를 끄덕였다.

그런 다음 내 옆에 앉은 호스티스는 너무도 따분한 여자였다. 나는 연신 터져나오는 하품을 집어삼켜야 했다.

그 여자가 웨이터의 호출을 받고 일어선 뒤, 뒷자리에 있던 유이도 웨이터의 호출을 받고 일어섰다. 유이가 등을 보이고 내 앞을 지나갔다. 역시 엉덩이의 하얀 속살이 보일 만큼 원피스가 짧았다. 언제나 그렇듯 기묘한 자극이 나의 뇌를 습격했다.

유이는 일단 안쪽 대기실로 들어갔다. 2시간 정도 관찰하는 사이, 그것이 유이에게만 적용되는 게 아니라 교대할 때의 규칙임을 깨달았다.

이윽고 유이가 웨이터를 따라 내 쪽으로 다가왔다. 하얀 원피스가 보였다. 심장에서 빠른 종소리가 들려왔다.

웨이터가 유이를 소개했다.

"레나 씨입니다."

유이가 내 앞에 서서 고개를 숙였다. 고개를 든 그녀는 안쓰러울 만큼 얼굴이 굳어졌다. 예상했던 반응이었다.

"용케 여기를 알아냈군요. 누구에게 들었어요?"

그녀는 내 옆에 앉자마자 날카로운 목소리로 물었다. 새하얀 허벅지가 더 위쪽까지 드러났다.

"누구에게 듣긴? 아무에게도 안 들었어. 우연히 왔는데 당신이 있더군."

유이는 대꾸하지 않았다. 내 말을 믿지 않는 게 분명했다. 당황스러운 마음을 억누르기 위해 이를 악무는 듯했다.

그때 우리가 있는 ㄷ자 모양의 부스 오른쪽으로 새로운 손님이 세 명 들어왔다. 따라서 유이는 나와 몸을 더 밀착시켜야 했다. 그녀의 허벅지가 내 다리 바깥쪽에 닿을 만큼 가까워졌다. 그와 동시에 화장품과 체취가 섞인 기분 좋은 냄새가 후각을 자극했다.

유이의 얼굴에 노골적인 불쾌감이 드러났다. 그러나 나는 내색하지 않은 채 허벅지의 감촉을 즐겼다.

"그런 옷을 입다니, 부끄럽지도 않아?"

나는 그녀의 얼굴에 나타난 혐오감에 복수라도 하듯 무표정한 얼굴로 물었다. 그녀는 증오의 눈길로 나를 노려볼 뿐이었다. 하지만 옆자리의 손님 때문에 나와 여전히 몸이 밀착된 상태였다.

잠시 후 그녀가 작은 목소리로 물었다.

"목적이 뭔가요? 취업규칙 위반으로 학교에 고발할 생각이에요?"

그래서 나도 작은 목소리로 대꾸했다.

"그럴 생각은 없어. 그런 짓을 한다고 이득될 게 없으니까."

그녀가 다그치듯 물었다.

"내가 어떻게 하면 좋겠어요?"

내 몸과 닿아 있는 그녀의 몸에서 조바심이 전해졌다.

"다음주 금요일, 나와 동반해서 출근해. 그때 앞으로 어떻게 해야 할지 말하겠어."

그 순간, 나는 스스로가 스토커임을 자각했다. '앞으로 어떻게 해야 할지'라는 표현은 아무리 생각해도 스토커가 사용할 법한 말 아닌가? 상대의 사정과 상관없이 결혼을 밀어붙이려는 사이코패스 스토커. 그런 전형적인 정신이상자의 모습이 내 모습과 겹쳐졌다.

"다음주 금요일이요?"

나는 고개를 끄덕였다.

"좋아요. 그럼 저녁 7시 아몬드에서 만나요."

"알았어."

내가 짤막하게 대꾸하자, 그녀는 얼굴을 옆으로 돌리면서 말했다.

"오늘은 그만 가요."

"가는 건 상관없지만, 한 잔 마시는 게 어때? 당신 매출을 올려주고 싶거든."

나는 비아냥을 듬뿍 담아서 말했다. 노골적인 혐오감에는 노골적인 비아냥으로 받아치는 게 제일이다.

"그럼 한 잔만 마실게요."

그녀는 오른손을 들어 웨이터에게 신호를 보냈다. 상당히 익숙한 느낌으로, 초짜 호스티스로는 보이지 않았다. 클럽에서 일한 것이 최근의 일은 아닌 듯했다.

그녀는 레드와인을 주문했다. 와인이 나올 때까지 20분이나 걸렸지만, 우리는 거의 말을 하지 않았다. 몸은 친밀하게 붙어 있었음에도 말이다.

한 시간을 기다렸다. 하지만 유이는 나타나지 않았다. 휴대폰으로 몇 번이나 전화를 걸었다. 그러나 음성메시지로 넘어갈 뿐이었다.

나는 음성메시지를 남겼다. 일부러 조급함이 드러나는 말투로 녹음했다.

"동반출근하기로 한 날이야. 왜 안 오지? 벌써 한 시간이나 기다렸어. 당신이 그렇게 나온다면 나도 생각이 있어. 당장 전화해!"

다시 한 시간을 기다렸다. 그동안 계속 전화를 걸어 비슷한 내용의 메시지를 남겼다. 그러나 아무런 대답이 없었다.

손목시계를 보았다. 거의 아홉 시가 되었다. 나는 계산을 마친 뒤 밖으로 나왔다.

얇은 코트깃을 세웠다. 예상 외로 추웠다.

12월 4일 금요일, 연말이 코앞이었다.

나는 마이조노로 향했다. 아몬드에서 엎어지면 코 닿을 곳이어서 몇 분밖에 걸리지 않았다.

엘리베이터를 탔다. 6층에서 내리자, 검은 옷을 입은 웨이터들이 "어서 오세요" 하고 우렁찬 목소리로 맞이했다. 며칠 전 클럽 시스템을 설명해 준 웨이터가 나를 발견하고 재빨리 다가왔다.

"시마모토 씨, 지난주에 찾아주셔서 감사했습니다."

내 성을 기억하다니, 역시 프로는 다르다. 언뜻 8만 2,500엔이 떠올랐다. 지난주 내가 지불한 금액이다. 처음 와서 그만한 돈을 썼으니, 아무리 고급 클럽이라고 해도 그렇게 급이 낮은 손님은 아니었겠다.

"오늘 지명할 사람이 있나요?"

"그 전에 물어볼 게 있습니다. 레나 씨는 출근했나요?"

"레나 씨요? 잠시만 기다리십시오."

웨이터가 클럽 안쪽으로 들어갔다. 대규모 클럽이라 출근기록부를 보지 않으면 상황을 알 수 없는 모양이다.

나는 클럽 밖에서 웨이터가 돌아오기를 기다렸다. 그러는 사이 동반으로 보이는 손님과 호스티스 커플이 속속 도착했다. 그 커플 가운데 유이가 있지 않을까 불안했다.

분노의 마그마가 부글부글 끓어올랐다. 만약 다른 손님과 동반출근하는 유이를 만나면 뺨을 후려칠지도 모른다. 그렇게 될까 봐 두려웠다.

웨이터가 돌아왔다.

"기다리시게 해 죄송합니다. 레나 씨는 아직 출근하지 않았습니다."

"그래요? 사실은 오늘 그녀와 동반출근하기로 했는데, 멋지게 바람을 맞았습니다."

나는 일부러 부드럽게 말했다. 그래야 더 비아냥거림으로 들린다는 걸 알기 때문이다. 웨이터가 당황한 표정을 지었다.

"그러셨어요? 진심으로 죄송합니다. 일단 무슨 사정인지 체크한 다음, 시마모토 씨에게 정식으로 사죄하라고 따끔하게 전달하겠습니다."

나는 중얼거리듯 말했다.

"아뇨. 됐습니다."

"오늘은 어떻게 하시겠습니까?"

"그냥 가겠습니다."

"그러시겠습니까? 정말 죄송합니다."

웨이터는 집요하게 붙잡지 않았다. 엘리베이터로 향하는 나를 앞질러 뛰어가더니 내려가는 버튼을 눌렀다. 즉시 엘리베이터가 왔다.

"다음에 또 오십시오. 오늘은 진심으로 죄송합니다."

웨이터는 바닥에 머리가 닿을 정도로 깊숙이 고개를 숙였다. 프로 물장사는 이렇게 대응하는 법이라며 속으로 감탄했다. 오히려 수준이 떨어지는 건 유이 같은 아마추어다.

엘리베이터 문이 닫혔다. 문이 닫힐 때까지 고개를 들지 않는 웨이터의 모습이 망막 안쪽에 남았다. 웨이터의 완벽한 대응에 비해 유이의 한심한 행동은 어이가 없을 지경이었다.

그렇다. 그런 여자에게는 벌을 내려야 한다. 나는 엘리베이터 안에서 어떻게 벌을 내릴지 고민하기 시작했다.

# 4장

범인

1

    12월 12일 토요일 오후 6시. 아사가야역의 플랫폼에서 전철을 기다렸다. 아니다. 기다렸다는 말은 정확하지 않다. 이미 전철을 세 대나 보낸 터였다.

    집이 있는 오기쿠보역으로 돌아갈 마음은 들지 않았다. 역사의 소란스러움이 신경쓰이지 않을 만큼 수많은 생각이 소용돌이치고 있었다.

    퇴근하는 유이를 미행해 그녀의 집을 확인했다. 지난주 토요일과 일요일에도 아사가야로 가서 그녀를 감시했다.

    그녀의 집은 초라해 보이는 5층짜리 다가구주택이었다. 엘리베이터는 있었지만, 건물 외벽에 계단이 있어 오래된 옛날 건물을 연상시켰다. 다행히 도로변의 2층 모퉁이에 위치해 감시하기에는 안성맞춤이었다. 더구나 집 앞에 작은 공원이 있어 공원 벤치에서 지켜보면 되었다. 목적은 그녀의 애인을 알아내는 것이다.

바람을 맞은 뒤, 나는 학생광장을 지나가는 그녀를 쫓아가 말을 걸었다.

"야나세 씨, 왜 안 왔지?"

나는 입술 끝에 비웃음을 매달고 이죽거렸다. 하지만 그녀는 태연하게 대꾸했다.

"도저히 참을 수가 없었어요. 이미 클럽도 그만뒀구요."

그녀의 말이 날카로운 칼이 되어 가슴에 박혔다. 결국 내 목소리가 거칠어졌다.

"연락도 없이 바람을 맞히는 건 너무 무례하잖아!"

"그런가요? 난 약속한 적이 없는데요? 누군가가 억지로 약속하게 만들었죠."

그녀는 그렇게 말한 뒤 종종걸음으로 사라졌다. 나는 더 이상 따라가지 않았다. 다만 수수하게 청바지를 입은 그녀의 뒷모습을 눈으로 좇았을 뿐이다.

그녀의 애인을 찾아내 구체적으로 어떻게 하겠다고 마음먹은 것은 아니다. 다만 막연하게나마 그녀의 추악한 본모습을 폭로해, 두 사람 사이를 갈라놓고 싶었다.

그러나 토요일과 일요일 이틀 동안, 그녀는 거의 집에 틀어

박혀 있었다. 외부에서 누군가 찾아오지도 않았다. 문득 오래전부터 만나온 애인이 있다는 말은 허세일지도 모른다는 생각이 들었다.

그녀는 분명히 예쁘고 지적인 분위기가 넘쳐난다. 일반적으로 생각하면 애인이 있는 게 당연하다. 그러나 몇 번의 만남에서 파악한 일그러진 성격을 떠올리면, 애인이 있어도 오랫동안 관계가 지속되지 않을 듯했다.

오늘도 성과는 없었다. 나는 아침 8시부터 오후 5시가 넘을 때까지 그녀의 집을 감시했다. 그러나 그녀는 가까운 편의점에 잠시 다녀온 뒤 즉시 집으로 들어갔다.

나 자신이 한심하게 여겨졌다. 왜 이런 짓을 하는 걸까? 누군가 귓가에 속삭였다.

'정신 차려! 머리를 좀 식혀!'

갑자기 이성이 맑아지고 눈이 뜨이는 것 같았다. 나는 공원을 뒤로하고 역을 향해 걷기 시작했다.

열차 도착을 알리는 안내방송이 흘러나왔다. 곧이어 굉음이 들리고 열차가 미끄러지듯 들어왔다. 문이 열리자, 사람들의 웅성거림이 멀리서 들리는 파도소리처럼 귀의 안쪽까지 파고들었다.

열차가 플랫폼을 떠나자 굉음도 사람들의 소란스러움도 같이 멀어졌다.

그때 누군가가 내 등을 두들겼다.

"주임님."

뒤를 돌아보고 흠칫 놀랐다. 나카하시였다.

"아아, 난 또 누구라고."

나는 약간 상기된 목소리로 말했다. 뒤가 켕기는 곳에 들어가려다 아는 사람을 만난 듯한 심경이었다.

그는 평소의 느긋한 목소리로 물었다.

"여기서 뭐하세요?"

"아사가야에서 구입할 게 있어 왔다가 이제 가려고. 잠시 딴생각을 하다 열차를 놓쳤네."

나는 간신히 앞뒤가 맞게 변명했다. 마지막 부분은 거짓말이었지만, 특별히 이상하게 여기지 않는 듯했다.

"그러셨어요? 주임님댁은 오기쿠보시죠?"

"응. 자네는 어쩐 일이야? 집이 후나바시 방면 아니었던가?"

"네에, 그런데요……."

나카하시는 잠시 말을 끊고 쑥스러운 듯 웃었다. 딱히 뭔가를 감추려는 느낌은 아니었다.

그가 목소리를 낮추고 은밀하게 말했다.

"실은 애인 집이 아사가야거든요. 지금 거기 가는 중입니다."

"그래?"

순간 가슴이 철렁 내려앉았다. 희미한 불안의 그림자가 아직

랑이처럼 망막 안쪽에 나타났다 사라졌다.

"그럼 이만 실례하겠습니다."

나카하시는 고개를 숙여 인사하고는 플랫폼을 떠났다. 체육과 출신답게 예의바른 태도였다. 나는 어정쩡하게 고개를 끄덕이고 그의 등을 바라보았다. 허탈감이 온몸을 휘감기 시작했다.


2


묘한 일이다. 아직 해결되지 않았는데, 직원들 사이에서 사건에 대한 이야기가 거의 나오지 않았다. 수사가 교착상태에 빠져 신문이나 TV에 새로운 사실이 보도되지 않은 탓도 있었다. 더불어 우리 스스로 이상한 상황에 마비되었기 때문인지도 모르겠다.

나만 해도 모든 신경이 유이를 향했다. 잠시 부활한 듯했던 이성은 어느새 흔적도 없이 사라졌다. 유이를 범한 뒤 죽이고 싶다는 생각까지 들었다. 스토커 살인. 내 행위를 그런 일반적인 표현으로 한정짓는 건 내키지 않는다. 하지만 내 생각을 실행에 옮기는 경우 역시 그렇게밖에 표현할 수 없으리라.

다만, 그런 생각이 얼마나 진심인지는 스스로도 알 수 없었다. 사태가 급변함에 따라, 애인에게 유이의 본모습을 폭로하려는 계획도 망설여졌다.

불길한 예감은 적중했다. 유이의 애인은 나카하시였다. 그는 나의 에두른 질문에 너무도 쉽게 고백했다.

점심시간. 우연히도 사무실에는 나와 나카하시뿐이었다.

나는 넌지시 물었다.

"개인적인 질문이라서 미안한데, 아사가야에 산다는 애인 말이야. 혹시 우리 학교 사람이야?"

"네. 그렇습니다."

그는 잠시 망설였지만, 내 질문을 심각하게 받아들이지 않는 듯했다.

"내가 아는 사람이야?"

"실은 그렇습니다. 주임님께만 말씀드리는데, 학생부의 야나세 씨예요."

"아하, 그랬구나!"

나는 일부러 놀란 것처럼 반응했다. 하지만 아사가야역의 플랫폼에서 그를 만난 후, 줄곧 어떤 예감에 사로잡혔기 때문인지 크게 놀라지는 않았다. 그의 품에 안겨 있는 유이의 알몸이 망막 속에 떠올랐다.

"사귄 지 3년쯤 됐는데, 학교 사람들에게 우리 관계를 밝히자고 하면 몹시 싫어하더라고요. 뭐 같은 직장이니까 이해는 합니다. 우리 관계가 드러나면 여러모로 일하기 힘들겠지요. 그러니까 주임님, 죄송하지만 다른 사람에겐 말하지 말아주세요."

"알았어. 나만 알고 있을게. 특히 노조미 씨에겐 비밀."

나는 마음속 동요를 들키지 않도록 노조미를 미끼삼아 시시한 농담을 던졌다. 그는 가벼운 미소로 응대했다.

유이가 둘의 관계를 비밀로 하고 싶어하는 마음은 충분히 이해할 수 있었다. 두 사람 사이가 알려질 경우, 그녀에 대한 안 좋은 소문이 나카하시의 귀에 들어갈 수 있었다. 그런 일을 피하고 싶었을 것이다.

그녀의 본모습을 폭로하겠다는 계획을 포기한 건 나카하시에게 상처를 주고 싶지 않은 마음 때문이기도 했다. 그러나 유이를 살해하겠다는 망상에 사로잡히자, 나카하시에게 그녀의 본모습을 폭로하는 것이 큰 의미가 없겠다는 생각마저 들었다. 그것은 결정적인 복수가 되지 않는다.

그렇다면 결정적인 복수는 무엇인가? 그것은 그녀의 말살이다. 이 세상에서 그녀의 육신을 완전히 제거하는 것이다.

나는 살인계획을 세웠다. 일종의 게임 같았다. 완전범죄라는 말이 떠올랐다. 살인을 저지르는 이상, 경찰에 잡히면 아무런 의미가 없다.

그때 순찰 업무가 떠올랐다. 의심에서 벗어나려면 순찰을 이용해야 한다. 이것이 완전범죄를 실현하기 위한 기본 콘셉트였다. 살인을 예방할 목적의 순찰팀에 살인자가 숨어 있으리라 누가 상상이나 하겠는가?

더구나 잘하면 캠퍼스 내에서 일어난 여대생 연쇄살인사건으로 위장할 수 있다. 그러기 위해서는 학내 여자화장실에서 유이를 살해해야 한다.

어떻게 하면 그녀를 여자화장실로 유인할 수 있을까? 그것이 문제였다. 일단 순찰 순서를 생각해 보자. 여자화장실에는 순찰 담당자 두 명이 들어가기로 되어 있다. 그때 유이와 팀을 이룰수 있으면 가장 좋다. 그러면 나와 유이 외에 아무도 없는 상황이 만들어지므로, 예기치 않은 목격자를 피할 수 있다.

학생부 직원에게 유이가 가끔 순찰에 참여한다는 말을 들었다. 그러나 순찰에서 만난 적이 한 번도 없는 걸 보면, 횟수는 얼마 되지 않는 듯하다.

가장 좋은 방법은 유이와 같은 날 순찰을 돌고, 한 팀이 되도록 해야 한다. 그러기 위해서는 이상한 표현이지만 유이의 협조가 필요하다. 즉, 나는 죽음의 무대를 그녀 자신이 연출하도록 만드는 어려운 과제에 도전해야 한다.

그런 조건을 만들기 위해 어떤 전술을 사용할지 생각하려면 시간이 걸릴 것이다. 막연하나마 그녀를 협박해 나에게 돈을 주도록 만들면 어떨까 하는 생각이 들었다. 돈을 받는다는 구실로 같이 순찰을 돌 경우 기회가 생긴다.

또 한 가지 중요한 문제가 남아 있다. 나를 대신해, 아니 연쇄살인범이 되어 체포될 사람이 있으면 이 계획은 완벽하게 마무리될 것이다.

가장 유력한 후보는 역시 오제키였다. 소문에 의하면, 지금도 경찰이 미행한다고 한다. 그러나 범인 후보를 오제키로 한정짓는 건 위험하다. 그에게 완벽한 알리바이가 성립할 경우 곤란해지기 때문이다.

그런 상황에 대비해 다카쿠라에게도 혐의가 가도록 만들어야 한다. 다카쿠라에 대한 구로키의 말은 의미심장했다. 어쩌면 다카쿠라에 대한 혐의가 깊어질 수도 있다.

오제키에게 죄를 뒤집어씌우는 데는 양심의 가책이 느껴지지 않았다. 직원들을 함부로 대하며 오만하게 행동했기 때문이다. 하지만 다카쿠라는 다르다. 그에게 죄를 뒤집어씌운다고 생각하니 마음이 찜찜했다. 그러나 어쩔 수 없는 일이었다.


3


업무상 오제키를 만나야 했다. 학부장인 오치아이는 살해당한 문학부 여학생의 전기 학점을 모두 인정한다는 방침을 교수 회의에 제안했고, 며칠 전 통과되었다.

어떤 학점을 줄지는 담당 교수의 재량에 맡겨졌다. 교수들은 대부분 A나 A+를 줌으로써 세상을 떠난 제자에게 애도의 뜻을 표했다. 그런데 오제키만 성적 관련 서류를 아직 제출하지 않았다.

오제키는 평소에도 서류를 늦게 주는 일이 많아 크게 신경쓰지 않았다. 그러나 소심한 노다가 시끄럽게 재촉해 어쩔 수 없이 그의 연구실을 찾아갔다.

오제키는 어느 정도 안정을 찾은 것처럼 보였다. 낮술을 마신다는 소문은 거짓이었을까? 음주 흔적을 찾아보기 어려웠다.

연구실로 들어가자, 그는 소파를 권하며 즉시 이야기를 시작했다.

"마침 잘 왔네. 자네에게 하고 싶은 말이 있었거든."

마음이 안정됐을 뿐만 아니라 예전에 비해 기분이 좋아 보였다.

"그러세요? 그러면 교수님부터……."

나는 그의 체면을 생각해 그렇게 말했다.

"아니, 상관없어. 자네부터 말해보게."

말투는 여전히 오만했지만, 예전과는 달리 너그러운 모습이었다. 나는 용건을 간략히 말했다.

"참 그렇지. 빨리 처리해야 한다고 생각했지만, 어떻게 해야 좋을지 몰라서 말이야. 죽은 사람에게 성적을 주는 건 전대미문의 일이라서, 다른 교수들도 곤란해하지 않을까?"

"다른 교수님들은 모두 A 이상을 줬습니다."

"그래? 뭐 죽은 사람에게 채찍질을 할 수는 없으니 되도록 좋은 점수를 주는 게 당연하겠지. 나도 A를 줄까? 솔직히 말하면 C도 아슬아슬할 정도지만, 이미 세상을 떠났으니 최대한 배려해서……."

"성적에 대한 권한은 전적으로 교수님께 있으니 문제없습니다."

"그래? 그럼 그렇게 하겠네. 내일이라도 사무실에 성적 관련 서류를 가져다주지."

오제키는 잠시 말을 멈추었다. 나는 그가 스스로 입을 열기를 기다렸다.

"그나저나 이제야 나에 대한 의심이 풀린 것 같더군. 그동안 나를 미행하던 형사도 사라졌어. 자네도 알지? 히노 경찰서 구로키 형사 말이야. 그 사람에게 들었네만, 미소노 외의 여학생들은 내 수업을 듣지 않았고, 나와 접점도 없다는 사실이 밝혀진 모양이야. '여러모로 죄송했습니다' 하고 사과하더군."

"그래요? 그거 다행이네요."

나는 최대한 밝고 부드러운 목소리로 말했다. 하지만 마음속으로는 그의 말을 믿지 않았다. 미소노를 제외한 다른 여학생들과 접점이 없었던 건 사실이다. 하지만 그 부분은 처음부터 알려진 내용이었다. 따라서 그것을 근거로 경찰이 혐의를 풀었다는 건 납득하기 어려웠다.

"경찰보다 더 괘씸한 건 학생부 작자들이야. 특히 학생상담실에 근무하는 야나세라는 여자. 그 여자는 대체 뭐야? 경찰이 나에 대한 혐의를 풀었다고 말하러 갔는데도, 의혹의 눈길을 거두지 않더군. 내가 미소노를 성추행했다고 생각하며, 객관적인 사실은 알려고 하지도 않더라고. 편견에 사로잡힌 정보를 경찰에 흘린 것도 분명 그 여자 짓일 거야."

나는 이미 작전을 세워놓은 터였다. 따라서 오제키를 부추기기로 했다.

"이건 교수님께만 말씀드리는 건데, 저희도 야나세 씨 때문에 골치가 아픕니다."

나는 그렇게 말한 뒤, 그의 얼굴을 똑바로 쳐다보았다. 오제키의 얼굴에 눈에 띄는 반응이 나타났다. 그는 눈을 크게 뜨고 몸을 앞으로 내밀었다.

"무슨 말이지?"

"교수님들에 대한 학생들 불만을 일일이 적어 문학부 사무실로 항의하러 오거든요. 교수님 앞에서 이런 말씀을 드리긴 그렇지만, 학생들이 교수님들께 불만을 가지는 건 아주 흔한 일입니다. 어떤 의미에선 일반적인 일이라고나 할까요? 그걸 일일이 상대해 문제로 만드는 바람에 일이 얼마나 많아졌는지 모릅니다. 더구나 학교에서 엄청난 사건이 발생했는데도 사소한 일에 집착해서는……. 야나세 씨도 현실을 제대로 봐야 하는데……."

"그런 일이 있었어? 그렇다면 내 건도 그 여자의 이상한 성격 때문에 일어난 일이군."

그는 '옳거니!' 하는 표정으로 말을 이었다.

"정의감이 강한 여자는 현실을 너무 몰라 골치 아프다니까. 그래, 자네 말이 맞아."

"정의감이 강해서 그런 게 아니라요……."

나는 머뭇거리며 의미심장한 표정을 지었다.

"그것 말고 또 뭐가 있나?"

그는 눈을 반짝이며 나를 쳐다보았다.

"이건 정말로 비밀을 지켜주셔야 합니다. 교수님께만 말씀드리는 거예요."

나는 같은 말을 반복했다.

"내가 누구에게 말하겠나? 내 입이 무겁다는 건 자네도 잘 알잖아?"

그는 애원하는 눈길로 나를 쳐다보았다. 무슨 내용인지 알고 싶어 온몸이 뒤틀리는 모양이다.

"클럽에서 일하는 것 같습니다. 그런 사실이 문학부 학생들 사이에 일부 알려져 어떻게 대응해야 할지 고민입니다."

"말도 안 돼! 그렇게 청순하게 생긴 사람이……."

그는 펄쩍 뛰어오를 것처럼 놀라워했다. 유이에 대한 감정이 부정적인 것만은 아니라는 증거처럼 느껴졌다.

"단순한 소문이라면 무시하겠는데, 저에게 클럽 이름까지 적힌 편지가 왔습니다. 롯폰기의 마이조노라는 클럽에 금요일 저녁 9시부터 나간다고요. 상당히 구체적으로 쓰여 있더군요."

그녀는 아직 마이조노를 그만두지 않았다. 나는 전화를 걸어 그녀가 출근하는 걸 확인했을 뿐만 아니라, 클럽 근처에 숨어 그 모습을 지켜보기도 했다.

"마이조노라면 춤출 무(舞) 자에 정원 원(園) 자를 쓰나?"

오제키는 꼼꼼하게 한자까지 확인했다. 마침내 내가 파놓은 덫에 걸린 듯했다.

"그렇긴 하지만, 어디까지나 소문이라서요……."

나는 말이 지나쳤음을 깨닫고 황급히 입을 다무는 척했다. 하지만 실제로는 사냥감이 덫에 걸리기를 기다리는 사냥꾼 같은 심정이었다. 그가 마이조노를 찾아가도록 유인한 것이다.


4


다카쿠라의 저서 『범죄심리학 입문』을 읽고 재미있는 구절을 발견했다. 물론 내가 소포로 받은 책은 속옷과 같이 경찰에 제출한 터였다. 지금 읽는 건 도서관에서 빌린 책이다.

나는 3장 '완전범죄'라는 소제목이 붙은 부분에 정신없이 빨려들었다.

범죄자가 범죄의 발각을 두려워하지 않고 실행으로 옮기는 일은 매우 드물다. 아마도 90퍼센트 이상이 자신의 범죄가 영원히 비밀에 붙여지기를 신에게 기도하리라. 하지만 현실적으로 완전범죄라는 말은 의미가 없다. 그것을 가능하게 만드는 조건은 인간이 규정할 수 없는 우연의 확률에 좌우되기 때문이다.

목격자의 부재. 수사당국의 실수. 날씨의 급변. 끝도 없는 불확실한 요소가 개입하는데, 그것을 인간이 좌우하기란 불가능하다. 추리소설처럼 범죄의 천재가 모든 걸 능동적으로 계산한 뒤 완전범죄를 실행하는 일은 거의 불가능하다. 그럼에도 불구하고 범죄자, 특히 사형을 구형받을 범죄를 저지르는 이들은 그런 요행을 불러들이기 위해 죽을힘을 다해 노력한다.

프랑스의 사회학자 에밀 뒤르켐(Émile Durkheim)은 『자살론』에서 아노미(anomie)라는 개념을 제시했다. 아노미는 원래 '무질서 상태'를 뜻하는 그리스어지만, 뒤르켐은 그것을 사회학적 개념으로 부활시켰다. 전통적 규범이 사라지고 개인의 욕망이 끝없이 확대되면서 사회의 이상적 모습과 인간이 처한 현실이 극단적으로 괴리된 상태. 이런 아노미 상태에 빠졌을 때 인간의 자살 가능성이 높아지는데, 뒤르켐은 그것을 아노미적 자살이라고 했다. 자살을 '자기 자신'에 대한 살인이라고 생각하면, 이 이론은 살인에도 응용할 수 있다.

사회의 이상적인 모습과 자신이 처한 현실의 거리가 최대로 벌어졌을 때 살인이 일어난다고 하면, 그때 이성은 거의 붕괴된 상태에 있는 것이 일반적이다. 그런데 완전범죄는 이성이 정확하고 확고한 상태에서만 가능한 프로세스다. 따라서 살인행위와 완전한 은폐의 방향성은 전혀 다르다고 할 수 있다.

그러나 완전범죄가 대부분 우연이라는 요소에 좌우된다는 걸 아는 사람은, 다른 범죄자보다 조금이나마 완전범죄를 실현할 가능성이 높은 것도 사실이다. 우연으로 우연을 없애는 외적 조건을 정비한 후 모든 걸 운에 맡기는 것은 너무도 위험한 외줄타기처럼 보인다. 하지만 그렇게 함으로써 자신이 저지른 범죄의 형벌을 피한 경우가 있는 것도 틀림없는 사실이다. 물론 그것은 통계학상의 영원한 암수(暗數. 실제로 발생했으나 범죄 통계에는 나타나지 않는 범죄)가 되어, 우리 앞에 수치로 나타나는 일은 없지만 말이다.


완전범죄가 일어날 수 있는 조건이 우연에 좌우된다는 부분이 마음에 들었다. 그렇다고 완전범죄가 불가능한 것은 아니다. 우연을 우연으로 없애는 외적 조건. 통계학상의 영원한 암수. 이런 말이 신의 계시처럼 내 가슴에 울려퍼졌다.

내게 외적 조건을 갖춘다는 것은 무엇을 의미하는가? 유이를 순찰 당번으로 끌어내 여자화장실에, 아니 더 넓은 공간인 순찰하는 층에 우리 둘만 있는 상황을 만드는 것이다. 그리고 여자화장실을 점검할 때 칼로 찌르면 된다.

칼로 찔러 죽일 수 있는지를 예측하기는 어렵다. 또한 수사가 어떻게 진행될지 아무도 모른다. 하지만 그런 외적 조건이 갖추어지면, 경찰이 나의 살인을 일련의 연쇄살인사건과 동일한 흐름으로 받아들일 수도 있지 않을까?

나는 여대생 연쇄살인사건 때와 마찬가지로 다카쿠라를 의식했다. 유이가 살해되면 경찰은 분명히 그에게 의견을 구할 것이다.

그에게 도전하고 싶은 마음이 솟구쳤다. 더구나 그는 캠퍼스에서 나를 흥분시켰다. 유이와 담소를 나누며 학생광장을 지나갔던 것이다.

나는 직감적으로 깨달았다. 유이는 일부러 다카쿠라에게 접근했다. 구실은 얼마든지 있다. 학생상담실에 근무하는 유이가 심리학 전문가인 다카쿠라에게 업무상 도움을 청하더라도 이상한 일이 아니다.

나구모의 말이 떠올랐다.

'몸을 쉽게 허락하는 것 같아. 특히 돈이 있을 만한 남자에게 말이야.'

더구나 다카쿠라는 잘생긴 데다 유명인이다. 나이 차이는 있지만, 유이가 자신을 지키기 위해 그를 유혹하지 않으리라고는 장담할 수 없었다.

다만, 그는 가정이 있는 유부남이다. 예전에 스기나미 아동상담소에서 그의 아내가 범인의 칼에 찔렸을 때, 신문과 잡지를 통해 그녀의 사진을 본 적이 있었다. 청초하고 아름다운 여성이었다. 나이는 다르나, 분위기상 유이와 닮은 것 같기도 했다. 쓸

데없는 오지랖에 불과하지만, 나는 그의 집에서 일어날 수도 있는 부부싸움을 걱정하기 시작했다.


5


12월 16일 수요일. 오늘은 올해의 마지막 교수회의가 예정되어 있다. 교수회의가 있는 날은 당연히 순찰에서 제외된다. 나를 대신해 노다와 나카하시가 순찰에 참여했다.

교수회의는 밤 9시가 다 되어 끝났다. 나는 교수회의가 열린 연구동 제1회의실에서 사무실이 있는 강의동으로 갔다. 그리고 여느 때처럼 컴퓨터를 켜고 근무기록을 입력했다.

넓은 공간에는 나 말고 아무도 없었다. 셔터가 내려진 데다 학교의 에너지 절약 방침으로 조명을 절반으로 줄여, 실내는 어둡고 어딘지 모르게 묘한 느낌의 정적이 감돌았다.

음침한 기운이 피부로 파고들었다. 컴퓨터를 끄는 소리조차 신경에 거슬렸다.

학생들 퇴교시각은 여전히 오후 8시이고, 교직원의 퇴교시각은 11시다. 따라서 9시가 가까운 지금, 학교에 남아 있는 사람은 많지 않다.

그때 책상 위에서 전화벨이 요란하게 울렸다. 문학부에는 유선전화가 책상마다 한 대씩 놓여 있어, 조금 떨어진 노다의 자리를 제외하면 전부 네 대다.

공식적인 업무가 끝나는 오후 5시가 지나면 일반적으로 전화를 받지 않았다. 대신 업무의 종료를 알리는 안내멘트가 자동으로 흘러나왔다. 따라서 사정을 아는 내부인들은 5시 이후에는 유선전화로 연락하지 않는다.

하지만 전화벨 소리를 무시할 수는 없었다. 밤 9시가 가까운 시간에 사무실로 전화했다는 건, 내가 자리에 있음을 알고 한 행동 아닐까? 실제로 그런 일이 가끔 일어났다.

노다나 나카하시일까? 그렇다면 순찰 중에 무슨 일이 일어났을 수도 있다.

"네. 문학부 업무부입니다."

나는 자동 안내멘트가 흘러나오는 도중 수화기를 들고 말했다. 한순간 정적이 흘렀다.

"아아, 시마모토 씨? 오제키일세. 난 이제 틀렸네. 곧 죽음의 댄스가 시작될 거야. 즉시 내 연구실로 와주게."

나는 크게 숨을 들이마셨다. 웅얼거리듯 말해 제대로 알아들을 수 없었지만, 대충 그런 내용 같았다. 오제키가 술에 취한 건 분명했다. 혀가 꼬여서인지 평소 그의 목소리와 다르게 들렸다.

죽음의 댄스란 목을 맨다는 뜻일까? 등줄기에 소름이 끼쳤다.

"교수님, 무슨 일이십니까?"

나는 떨리는 목소리로 말했다. 하지만 전화가 끊어졌다. 심장이 세차게 방망이질 쳤다. 그러고 보니 오늘 오제키는 교수회의에 불참했다.

전화번호 일람표에서 오제키의 연구실 번호를 찾아 전화했다. 신호음이 길게 이어졌지만 받지 않았다.

이미 늦었을지도 모른다. 나는 학부장실에 전화를 걸었다. 오치아이는 교수회의가 끝난 후 교수회의 집행부의 주임과 부주임을 불러 짧은 품평회를 열곤 했다.

"오치아이 교수님! 지금 오제키 교수님에게서 이상한 전화가 걸려왔습니다!"

나는 재빨리 오제키와 통화한 내용을 설명했다.

오치아이는 숨을 집어삼키며 중얼거렸다.

"그거 큰일이군."

"지금 관리실로 가서 사정을 설명하고, 오제키 교수님 연구실의 잠금장치를 풀어달라고 하겠습니다. 그런 다음 오제키 교수님 연구실로 가보려고 하는데요. 불의의 사태가 있을 수 있으니, 죄송하지만 교수님께서도 와주실 수 있겠습니까?"

"알았네. 교수회의의 주임도 함께 가지."

침착하고 대범한 성격의 오치아이지만 목소리가 떨렸다. 부주임은 젊은 여성이었다. 만일의 경우를 대비해 남성인 주임만 데려오려는 모양이었다.

이야기를 마치고 수화기를 내려놓는 순간, 10미터쯤 떨어진 출입구쪽에서 인기척이 느껴졌다. 나는 경계하는 눈길로 재빨리 그곳을 쳐다보았다. 열려 있던 문 너머에서 언뜻 검은 그림자가 보였다. 그림자는 힐끗 실내를 들여다보았다. 아니, 그런 것 같은 생각이 들었다.

온몸이 굳어졌다. 핏기가 없는 얇은 눈썹의 새하얀 얼굴이 망막을 스쳤다. 다시 등줄기에 소름이 돋았다. 그러한 잔상이 사라진 순간, 문 밖의 짙은 어둠이 깊은 숨을 쉬는 것처럼 느껴졌다.

환영인지 현실인지 구분이 되지 않았다. 정체를 알 수 없는 공포로 온몸이 경직되었다.

애초 죽음을 암시하는 전화 속 목소리가 정말 오제키였을까? 누군가의 연극일 수도 있다. 그렇다면 오제키는 살아있다. 하지만 나의 직감은 오제키의 죽음을 이야기했다.

관리실에서 머리가 나쁜 젊은 경비원을 설득하는 데 시간이 걸렸다. 결국 문학부 사무실에서 연구동 3층의 오제키 교수 연구실에 도착하기까지 20분이 소요되었다.

오치아이와 40대 초반의 지리학 준교수 유자와는 이미 도착해 있었다.

"늦어서 죄송합니다. 관리실에 설명하느라 시간이 걸렸습니다."

"불은 켜져 있는데, 아까부터 노크를 해도 대답이 없군."

내가 늦은 이유는 아무래도 상관없다는 듯, 오치아이는 조바심을 드러내며 문을 바라보았다. 분명히 불은 켜져 있다.

이번에는 유자와가 물었다.

"잠금장치는 풀렸나요?"

"네. 그럴 겁니다."

대답은 그렇게 했지만, 내가 문을 열고 싶지는 않았다. 그러나 오치아이와 유자와가 쳐다보는 바람에, 어쩔 수 없이 문 손잡이를 잡아당겼다. 그러자 조용히 문이 열렸다.

우리는 멈칫거리며 안으로 들어갔다. 소파 테이블에 위스키 병이 놓여 있었다. 산토리의 야마사키였다. 그리고 그 옆에 액체가 조금 담긴 위스키 잔이 있었다.

머리 위에서 삐걱거리는 소리가 들렸다. 내 눈엔 아무것도 보이지 않았다. 아니, 일부러 보지 않았다. 눈을 감지는 않았지만, 일부러 시선을 고정해 시야협착 상태를 만들었다.

"아, 저건……."

비명인지 고함인지 모를 기이한 소리가 들렸다. 유자와였다. 그의 오른손이 책장 위쪽을 가리켰다.

나는 반사적으로 얼굴을 돌렸다.

그러자 위액이 솟구쳤다. 토할 것 같았다.

대머리의 중년 남자가 나를 물끄러미 쳐다보았다. 생각 탓인지, 조금 전 사무실 출구쪽에서 본 이미지와 비슷해 보였다. 실제로 얼굴은 기이할 정도로 하였다. 아까 본 것이 자신의 죽음을 알리러 온 오제키의 망령이었던가?

혀가 튀어나와 있었다. 마치 독극물을 품고 사방으로 뿌리를 내린 뿌리채소처럼 추하고 기괴해 보였다. 목에는 넥타이가 감겨 있고, 넥타이 끝은 책장 위의 모서리에 묶여 있었다. 바지 끝에서 액체가 흘러내렸다. 실금(失禁)한 모양이다.

넥타이가 뒤틀리면서 오제키의 몸이 빙글빙글 돌고 있었다.

"어떻게 이런 일이……."

오치아이는 말을 잇지 못한 채 다른 곳을 보았다.

나는 비틀거리며 밖으로 나와 목구멍까지 치민 것들을 전부 토했다. 그리고 주머니에서 휴대폰을 꺼내 총무부에 전화했다. 경찰에 연락하는 건 총무부 소관이었기 때문이다.

나는 곧이어 들릴 순찰차의 사이렌 소리를 머릿속으로 재생했다.


6


JR 나카노역에서 전철을 내렸다. 북쪽 출구인 선몰(Sun Mall) 상점가를 빠져나가 다카쿠라의 아파트에 도착했다. 역에서 도보로 15분쯤 걸리는 곳이다.

12월 25일 금요일 오후 3시. 대학은 이미 겨울방학에 들어갔

으며, 순찰도 잠시 중단되었다. 해가 바뀌고 1월 12일부터 정기
시험이 시작되면, 그때부터 야간 순찰이 재개될 예정이다.

오늘 다카쿠라의 집까지 찾아가는 건, 당분간 그가 학교에 나
오지 않을 예정이었기 때문이다. 사적인 방문이 아니라 어디까
지나 학교측의 지시였다.

오제키의 죽음으로 대학은 다시 소란스러워졌다. 매스컴도 연
일 떠들썩했다. 매스컴에서는 오제키의 자살을 류호쿠 대학에
서 일어난 연쇄살인사건과 연결시켰다.

그러나 경찰의 움직임은 알 수 없었다. 대학 윗선에서 연줄
을 이용해 경시청 간부와 접촉했다. 하지만 철저히 비밀을 유
지했다고 한다.

윗선에서 알고 싶은 건, 오제키의 죽음이 학내에서 일어난 연
쇄살인사건과 관계가 있는지이다. 오제키는 과연 연쇄살인사건
의 범인인가? 그것 때문에 자살한 것인가? 수사본부에서 그런
판단을 내릴 경우, 현역 교수가 소속대학 여학생 네 명과 직원 한
명을 살해한 것이 된다. 그렇다면 학교 입장에서는 전대미문의
불상사가 벌어진 셈이었다. 내년 입시지원자가 눈에 띄게 줄어들
고 대학의 존립 자체가 위협받는 재정위기에 빠질 수도 있었다.

온갖 방법을 동원했음에도 히노 경찰서 특별수사본부의 내
부정보를 얻지 못하자, 윗선의 조바심은 극에 달했다. 나는 오
제키의 죽음이 자살인지 아닌지 확신할 수 없었다. 다만 수사

본부의 자살 발표를 매스컴에서 그대로 보도했다. 그로 인해 자살 자체를 의심하는 보도는 나오지 않았다.

하지만 나는 그의 시신을 직접 목격했다. 과연 그것을 자살이라고 할 수 있을까? 위장하려면 얼마든지 가능하게 느껴졌다. 특히 목을 조인 것이 그의 넥타이였으므로, 누군가 넥타이로 목을 조른 뒤 책장 모서리에 묶을 수도 있지 않을까?

어쨌든 그의 죽음은 나의 살인계획에 커다란 마이너스 요인이었다. 유이를 죽이고 그에게 뒤집어씌우는 게 불가능해졌다. 게다가 여대생 연쇄살인사건이 오제키의 짓으로 밝혀질 경우 순찰 자체가 중단될 수도 있었다. 그렇게 되면 유이 살해 시나리오는 근본적으로 재검토해야 한다.

나는 오치아이와 노다에게 다카쿠라의 의견을 들어보자고 제안했다. 단지 범죄심리학자로서 그의 의견을 듣자는 것이 아니다. 그는 과거 사건의 인연으로 경시청에 정보망을 가지고 있었다. 그 정보망을 통하면 경시청의 내부 판단을 알 수 있지 않을까?

이 부분이 윗선에 매력적으로 들렸으리라. 오치아이는 임원들과 논의해 나를 학교 대표로 다카쿠라에게 보냈다.

그의 집은 오토록 방식의 아파트였다. 인터폰을 누르자 어떤 여성이 "누구세요?" 하고 친절하게 물었다. 다카쿠라의 아내인 듯했다.

"류호쿠 대학 문학부 업무부의 시마모토라고 합니다."

나는 조금 긴장된 목소리로 대답했다.

"들어오세요."

남편에게 미리 이야기를 들었는지, 그녀는 아무런 의심 없이 문을 열어주었다.

나는 현관의 자동문을 통과해 엘리베이터를 타고 5층으로 올라갔다. 503호 앞에서 다시 벨을 누르자 문이 열렸다. 다카쿠라의 아내인 듯한 여성이 미소를 지으며 "어서 오세요" 하고 말했다.

3DK의 평범한 아파트였다. 나는 녹갈색 소파에서 다카쿠라와 마주앉았다. 주방으로 들어간 그의 아내가 차를 가지고 나왔다.

다카쿠라가 정식으로 그녀를 소개했다.

"아내 야스코입니다."

나는 황급히 일어나 인사했다.

"시마모토입니다. 쉬시는데 찾아와 죄송합니다."

그녀의 모습을 살며시 훔쳐보았다. 기품 있는 단아한 얼굴이었다. 더구나 표정은 더할 수 없이 다정했다.

실제 나이는 모르지만 30대라고 해도 충분히 통할 것 같았다. 베이지색 바지에 하얀색 스웨터. 편안해 보이는 평상복이 매우 잘 어울렸다.

"남편에게 들었어요. 이번 사건 때문에 많이 힘드시죠? 남편도 여러모로 신세를 지고 있다고 하던데, 정말 감사드려요."

그녀는 나와 다카쿠라 앞에 녹차가 든 찻잔을 내려놓으며 부드럽게 미소 지었다.

"천만에요. 저희야말로 교수님께 여러모로 폐를 끼치고 있습니다. 이렇게 댁까지 찾아오고, 정말 죄송합니다."

나는 낮은 자세로 대꾸했다.

"괜찮습니다. 편하게 말씀 나누세요."

그녀는 고개를 숙이고 안쪽으로 사라졌다. 이야기하기 편하게 일부러 자리를 비켜준 것이다.

나는 눈앞에 있는 다카쿠라에게 시선을 돌렸다. 하얀 와이셔츠에 감색 카디건 차림이었다.

그의 뒤쪽으로 이 집에 맞춰 주문제작한 책장이 위치했는데, 외서를 포함해 많은 책들이 꽂혀 있었다. 그것 말고는 눈에 띄는 장식품이 없는 소박한 모습이었다.

나는 즉시 본론으로 들어갔다.

"교수님, 죄송하지만 몇 가지만 여쭤보겠습니다. 경찰에선 오제키 교수의 죽음을 자살로 보고 있나요? 타살 가능성은 전혀 염두에 두고 있지 않나요?"

내게는 대학 윗선과는 다른 속내가 자리했다. 다카쿠라의 머릿속에, 오제키의 죽음이 타살일지도 모른다는 분위기를 가급적 심어주고 싶었다.

"글쎄요. 경찰이라는 조직은 워낙 본심을 드러내지 않으니까요. 중요한 사건을 수사할 때는 더욱 그렇지요."

그는 조심스럽게 말했다.

"교수님과 개인적 친분이 있는 경시청 형사에게 물어도 대답을 안 해줄까요?"

노골적인 질문이었다. 그러나 지금은 어쩔 수 없었다.

"특별히 알아본 적은 없습니다. 의견을 물을 수 있는 지인이 수사1과에 한 명 있지만, 이 사건 담당인지는 모르겠군요."

더 이상 말을 꺼내기 어려울 만큼 냉정한 대답이었다. 하지만 예상한 일이었다.

"전화로 말씀드린 것처럼 오늘 제가 찾아뵌 건, 오치아이 학부장님의 의견에 따라 학내에서 일어난 일련의 살인사건에 대한 교수님의 견해를 듣기 위해서입니다. 그걸 토대로, 앞으로 어떻게 하는 게 좋을지 검토할 계획입니다. 오제키 교수님의 죽음이 자살이라면, 연쇄살인사건과의 관련 가능성을 생각하지 않을 수 없는데요……."

"오제키 교수님이 범인일 가능성은 여전히 낮다고 생각합니다."

"오제키 교수님의 죽음이 자살이 아니라는 의미인지……."

나는 계획한 대로 다카쿠라를 유도하려 했다. 가장 이상적인 상황은 내 의견을 다카쿠라의 의견으로 포장해 대학 윗선에 전달하는 것이다.

"그건 좀 비약 같군요. 학내의 살인사건과 상관없이 다른 이유로 자살했을 수 있으니까요. 시마모토 씨는 현장을 보셨잖습니까? 혹시 자살이 아니라는 근거를 갖고 있나요?"

그의 갑작스러운 질문에 나는 당황했다. 역시 만만한 상대가 아니었다.

"명확한 근거는 없습니다. 다만 오제키 교수님 시신을 봤을 때, 누군가 목을 졸라 죽인 후 자살로 꾸밀 수도 있겠다는 생각이 언뜻 들었어요."

"구로키 형사에게 그런 말을 했나요?"

"아뇨. 안 했습니다."

오제키가 사망한 후로 구로키를 만난 적이 없었다. 맨 처음 달려온 기동수사대 경찰관 두 명에게 오치아이, 유자와와 함께 시신을 발견한 상황을 설명했을 뿐이다.

"구로키 형사가 흥미로운 말을 하더군요. 삭흔이 너무 수평이면……."

"삭흔이 수평이라고요?"

나도 모르게 다카쿠라의 말을 따라했다. 구로키가 오제키 사후 내가 아니라 다카쿠라를 만난 것에 일말의 불안을 느꼈다.

"그래요. 삭구(索溝)라고도 하는데, 자살한 경우 늘어진 밧줄처럼 완만한 상태로 움푹 들어가는 게 보통이지요. 하지만 오제키 교수의 경우, 수평이었다는 겁니다. 다른 사람에 의한 타살일 때, 양쪽으로 세게 잡아당기면 그렇게 나타나기도 하거든요."

"그런가요? 상당히 결정적인 증거군요."

나는 어느새 몸을 앞으로 내밀고 있었다.

"반드시 그렇다곤 할 수 없습니다. 스스로 목을 매 자살할 때도 방법에 따라 그런 경우가 나타납니다. 조금 전에 이야기한 내용은 어디까지나 일반론이고, 삭흔이 수평으로 생기는 일도 드물지는 않습니다. 구로키 형사에 의하면, 테이블에 있던 위스키 잔에 희미하기는 하지만 립스틱 자국이 남아 있었다고 하더군요. 연구실에 자주 드나들던 학생에 따르면, 위스키 잔은 하나밖에 없었다네요. 따라서 오제키 교수님이 그 잔으로 누군가와 술을 나눠 마셨을 가능성이 있지요. 다만, 그의 체내에서 알코올은 아주 조금밖에 검출되지 않았습니다."

"그게 정말인가요? 제가 전화를 받았을 때 상당히 취하신 것 같았는데요. 혀가 꼬이셨다고나 할까……."

이것은 기동수사대원에게도 이미 말했다.

"네. 시마모토 씨가 말한 내용을 구로키 형사도 알고 있더군요."

"그렇다면 경찰에서는 오제키 교수님이 살해되었다고 판단하는 건가요?"

"꼭 그렇지만은 않습니다. 그런 각각의 상황으로 자살에 대한 의혹을 제기할 수는 있지만, 자살이라는 최종 판단을 뒤집을 만한 조건은 아니라고 판단한 듯해요. 이를테면 위스키 잔의 립스틱은 오제키 교수님이 사망하기 전 여성과 함께 있었음을 의미하지만, 그 여성이 떠난 뒤 자살했을 수도 있고요. 자살 동기가 혹시 그 여성과 관계있더라도, 그 여성이 오제키 교수님을 죽이고 자살로 위장하는 건 체력적인 면에서 무리라고 판단하는 것 같습니다."

여성 방문자. 나는 유이의 얼굴을 떠올렸다. 그러나 유이에 대해 말할 생각은 없었다.

"하지만 저에게 전화했을 때는 말을 제대로 못할 정도로 취해 보였어요."

"그래요? 체내에선 알코올이 조금밖에 검출되지 않았는데, 이상하네요. 누군가 오제키 교수님을 가장해 전화했을 가능성도 부정할 수 없겠군요. 하지만 자살 직전에는 정신적으로 혼란스러워 술에 취한 것처럼 말할 수도 있습니다."

"그렇다면 교수님께서는 역시 오제키 교수님이 자살했다고 보시는 건지……."

나는 최종적으로 마무리를 짓듯 물었다.

"그건 아직 모르지요. 난 구로키 형사에게 들은 경찰의 견해를 요약해 말했을 뿐입니다."

경찰에선 역시 다카쿠라를 특별한 존재로 인식하고 있다. 어느 정도 정보를 흘려 그의 견해를 들으려 한 것이다.

"교수님, 순찰은 계속해야 할까요?"

나는 화제를 바꾸듯 물었다. 하지만 이것이 오늘의 본론이었다.

"물론입니다. 아직 사건이 해결되지 않았으니까요. 나는 오제키 교수님이 여대생 연쇄살인사건의 범인이라고는 생각하지 않습니다."

"경계를 늦출 경우 새로운 사건이 일어날 수도 있다는 말씀이군요."

"그럴지도 모르죠. 범인은 질환자입니다. 아무리 삼엄하게 지켜도 사건이 일어날 수 있어요."

범인은 질환자다. 그것은 틀림없다. 그러나 나도 질환자다. 나는 자학적으로 그렇게 생각했다. 오늘 방문한 목적은 이미 달성했다.

다카쿠라의 입에서 중요한 이야기가 나왔다.

지속적인 순찰.

그것은 오제키가 범인이 아님을 의미하고, 대학 윗선에서도 순순히 받아들일 수 있는 결론이다.


7


새해가 밝았다. 정초의 사흘을 혼자 쓸쓸히 보냈다. 가끔 연락하는 친척들 집에도 얼굴을 내밀지 않았다.

나는 집에서 오직 살인에 대해서만 생각했다. 기본적으로 우연한 부분은 배제하고, 계획 자체에 구멍이 없는지 검토에 검토를 거듭했다.

이제 어떻게 유이를 순찰팀에 끌어들일지 생각해야 한다. 그러기 위해서는 유이와 오제키의 관계를 좀 더 조사할 필요가 있다.

1월 6일 수요일. 나는 두 사람의 관계를 알아보기 위해 마이조노로 향했다. 대학 홈페이지에 있는 오제키의 사진을 몰래 복사해, 내 옆에 앉은 호스티스들에게 보여주었다.

비교적 그곳에서 오래 일한 호스티스가 오제키의 얼굴을 기억했다. 얼마 전 마이조노에 왔다고 했다.

됐다. 오제키가 마이조노에 왔다는 것은 확인했다.

그런 다음 웨이터를 통해 오제키가 유이를 지명했다는 사실도 알아냈다. 웨이터가 그것을 말해준 이유는, 이미 유이가 클럽을 그만두었기 때문이다. 연말에 전화해 그만두겠다고 말한 모양이었다.

정보는 그것으로 충분했다. 나는 더 이상 파고들지 않았다. 유이를 살해한 후의 일을 생각해야 하기 때문이었다. 유이가 마이조노에서 일했다는 건 경찰도 쉽게 알아낼 것이다. 또한 나와 오제키가 방문한 적이 있다는 사실도 금방 알아낼 것이다.

하지만 내가 손님으로 마이조노에 온 것은 두 번뿐이다. 유이에게 바람맞고 클럽 앞에서 웨이터와 이야기했을 때를 포함하면 세 번이다.

첫 번째는 나구모의 이야기를 듣고 호기심에 와봤다고 말할 생각이었다. 그때 유이에게 동반해 달라는 부탁을 받았지만, 결국 바람맞았다고 하면 된다.

두 번째는 조사 목적으로 방문했다고 말할 생각이었다. 이런 것은 거짓말할 필요가 없다. 즉, 유이에 대해 오제키와 나누었던 이야기를 전하면서, 그 이야기와 오제키의 죽음이 모종의 관계가 있는 듯해, 오제키가 마이조노에 온 적이 있는지 알아보기 위해 방문했다고 말하는 것이다.

그러나 유이와의 사적인 관계는 부정할 것이다. 유이를 만난 건 어디까지나 업무적인 이유이고, 가끔 밖에서 같이 식사한 건 학교에서 사건에 대한 이야기를 나누기가 어려웠기 때문이라고 주장하면 된다.

1월 11일 월요일 성인의 날. 휴일임에도 불구하고 수업이 있었다. 수업이 있는 경우 업무부는 평소와 똑같이 일해야 하므로 대부분의 직원이 출근했다.

나는 적당한 구실을 만들어 사무실 밖으로 나왔다. 그리고 유이가 나타날 만한 곳을 감시했다. 휴대폰으로 전화하는 건 피하는 게 좋다. 휴대폰 통화기록은 경찰의 가장 중요한 수사방법이므로, 계획을 실행하기 몇 주일 전부터는 특히 주의해야 한다.

내가 유이의 휴대폰에 마지막으로 전화한 건 12월 4일이었다. 동반출근하기로 해놓고 바람맞은 날로, 약속시간 이후 꽤 집요하게 전화를 걸었다. 음성사서함에 왜 약속을 지키지 않느냐고 메시지도 남겼다. 지금 생각하면 자중해야 했지만, 바람맞은 사람이 화를 내는 건 너무도 당연한 일 아닐까?

따라서 경찰이 메시지를 확인하더라도 "동반출근을 원하더니 아무 말도 없이 바람을 맞혀서 화가 났다"고 하면 나름대로 앞뒤가 맞는다.

한참을 기다린 끝에 학생부 입구에서 유이를 발견하고 말을 걸었다. 그녀는 나를 보자마자 어두운 표정으로 고개를 숙였다. 그러나 지난번과 달리 강하게 대응하지는 않았다. 학생광장을 지나 체육관 뒤쪽까지 함께 걸었다. 조금 있으면 수업이 시작되는 터라 학생들은 거의 보이지 않았다. 다만 누군가 우리 모습을 봤을 수는 있다.

그것은 어쩔 수 없는 일이다. 문학부 주임인 나와 학생상담실 직원인 유이가 업무 이야기를 하는 것은 자연스럽다. 사람들 눈에 띄기 쉬운 학생광장을 당당하게 지나간 것은, 그렇게 하는 게 오히려 억측을 불러일으키지 않는다고 판단했기 때문이다.

체육관 뒤쪽에는 아무도 없었다. 평소에도 사람이 많지 않지만, 내일부터 시험이 시작되어서인지 특히 한산했다.

나와 유이는 나란히 서서 체육관 벽에 등을 붙이고 이야기했다. 희미한 겨울 햇살이 얼굴을 비추었다.

그녀는 기운이 없어 보였다. 안색도 좋지 않았다. 옷차림도 평소처럼 세련되지 않고 어딘가 초라해 보였다. 검은색 면바지에 두꺼운 감색 스웨터. 그 위에 하얀색 반코트를 걸쳤다.

나는 다짜고짜 본론으로 들어갔다.

"오제키 교수에 대해 물어볼 게 있어."

"역시 그거예요?"

유이는 힘없이 대꾸했다.

"역시?"

나는 심술궂게 그녀의 말을 따라했다. 그녀는 고개를 숙인 채 입을 다물었다.

"오제키 교수, 마이조노에 갔었지?"

"당신이 가르쳐줬죠? 내가 마이조노에서 일한다고……."

그녀의 눈빛에는 '일부러 가르쳐줬죠?'라는 느낌이 깃들어 있었다.

"그래. 어찌나 끈질기게 묻던지 말할 수밖에 없었어. 당신이 밤에 그런 일을 한다는 소문이 생각보다 꽤 많이 나 있더군. 오제키 교수도 그 소문을 듣고 나에게 물은 거였어."

이 말은 정확하다곤 할 수 없었다. 하지만 그녀에 대한 소문이 어느 정도 퍼져 있는 건 사실이었다.

"그래요. 그곳에 왔었어요. 그리고 날 협박하더군요. 학교에 알려지기 싫으면 자기 말을 들으라고요."

"그래서 연구실에 갔었지?"

나는 모든 걸 안다는 듯 말했다. 유이는 대답하지 않았다. 침묵은 긍정이나 마찬가지였다.

나는 다시 입꼬리를 올리며 다그쳤다.

"소파 테이블에 있던 위스키 잔에 여자의 립스틱이 묻어 있었지."

"경찰에서 나온 얘긴가요?"

그녀는 내 질문에 대답하지 않고 목소리를 낮추며 되물었다.

"정보의 출처는 말해줄 수 없어. 하지만 경찰이 위스키 잔에서 립스틱을 발견한 건 틀림없는 사실이야."

그러자 그녀가 갑자기 이성을 잃고 소리쳤다.

"난 아무 짓도 안 했어요!"

"당신이 무슨 짓을 했다곤 하지 않았어. 처음부터 있는 그대로 얘기해 줘."

나는 그녀의 편이라는 태도로 다음 말을 재촉했다. 물론 그런 척했을 뿐이다.

"오제키 교수와 이야기를 나누기 위해 연구실로 갔어요. 마침 교수회의가 시작되는 3시 반 무렵이라, 잠깐 후에 나올 수 있다고 생각했죠. 하지만 '교수회의 같은 건 빠져도 돼'라고 하면서 좀처럼 놔주질 않더라고요. 5시가 지나자 책장에서 위스키와 술잔을 꺼내더니 태연하게 마시기 시작하더군요. 그러면서 비밀을 지켜주는 조건으로 내 몸을 요구했어요. 한 번이라도 괜찮다면서요. 물론 나는 거부했죠. 그러자 의외로 순순히 포기하더군요. 그 대신 같이 술을 마시자고 했으요. 잔이 하나밖에 없으니, 나도 그 잔을 이용해야 했죠. 난 마시고 싶지 않았어요. 하지만 그 사람이 끈질기게 요구했고, 그걸로 상황을 모면할 수 있다면 나쁘지 않을 것 같아 한 모금 마셨을 뿐이에요. 립스틱이 묻었다면 그때일 거예요."

"하지만 당신은 립스틱 자국을 닦아내지 않았어."

나는 일부러 말을 가로막으며, 그녀가 오제키를 살해한 것 아니냐는 뉘앙스를 풍겼다. 체력적인 면에서 불가능하다는 사실을 알면서도.

"그럴 여유가 없었어요!"

유이는 애절한 얼굴로 소리쳤다. 평소의 여유는 찾아보기 어려웠다.

"왜지? 그 다음에 무슨 일이 있었는지 자세히 말해 봐."

"그 사람이 포기했다고 생각한 건 착각이었어요. 갑자기 벌떡 일어나 내 옆으로 오더니 허벅지를 만지더군요. 그날도 오늘처럼 바지를 입고 있었는데, 바지 지퍼를 내리면서 손을 넣으려 했어요. '클럽에서 일한다면 이 정도는 괜찮잖아'라고 말하면서요. 난 울면서 그 손을 뿌리쳤고, 죽을힘을 다해 도망쳤어요."

"연구실에서 나온 게 몇 시쯤이지?"

"6시가 지났을 거예요. 너무 당황하고 흥분해 정확한 시간은 기억이 안 나지만요."

그렇다면 오제키는 그 후로 3시간이나 살아 있었다는 이야기다.

"그대로 도망치면 오제키가 비밀을 폭로해, 더 이상 학교에 근무할 수 없을지도 모른다는 생각은 하지 않았나?"

"했어요. 하지만 참을 수 없었죠. 그때는 그렇게 돼도 어쩔 수 없다고 자포자기한 상태였어요."

"하지만 기막힌 타이밍에 죽어주었지."

나는 입꼬리를 올리며 표정에 비웃음을 담았다.

"난 죽이지 않았어요! 그렇게 될 줄은 상상도 못했기 때문에 술잔에 입을 댄 거예요."

"죽이지 않았다고? 그렇다면 당신도 자살이 아니라고 생각하는군."

나는 그녀의 말꼬리를 잡고 선언하듯 말했다.

"연구실에서 봤을 때의 모습을 생각하면 자살은……."

그녀는 자신도 모르게 본심을 말하려다 말을 삼켰다. 내 말에 맞장구를 치면 자신이 죽였다고 의심받을까 봐 두려웠기 때문이다.

나는 단정적으로 말을 이었다.

"그럼 당신이 도망친 다음, 누군가 연구실로 들어가 오제키 교수를 살해하고 자살로 위장했다는 건가?"

유이가 힘없이 대답했다.

"그럴지도 모르죠."

나는 조롱하듯 말했다.

"당신 편할 대로 해석하는군."

그녀가 오제키를 죽였는지의 여부는 크게 중요하지 않았다. 어떤 형태로든 궁지로 몰아넣는 게 목적이었다.

"정말이에요. 제발 부탁이니까 믿어줘요. 난 교수님을 죽이지 않았어요!"

그녀가 애원하는 눈길로 나를 바라보았다.

"난 그 말을 믿어. 그런데 경찰도 당신을 믿어줄까?"

나는 생각에 잠긴 표정으로 중얼거렸다. 이것도 연기였다. 한편, 그녀의 말이 비현실적으로 들리는 것도 사실이었다.

그녀의 얼굴에 불안이 짙게 드리웠다.

"그날 내가 교수님 연구실에 있었다는 걸 경찰이 알고 있어요?"

그 순간 숨을 쉬기 어려울 만큼 차가운 바람이 불어와 나도 모르게 눈을 감았다. 코트를 사무실에 놓아둔 채 양복만 입고 나왔기 때문이다.

"아니, 아마 모를 거야. 술잔에 묻은 립스틱으로 여자가 그 자리에 있었다는 건 알았겠지. 하지만 구체적으로 누군지는 모르지 않을까? 당신이 다른 사람에게 말하지 않았다면 말이지."

나는 그렇게 말하며 이것이 중요한 포인트라고 생각했다. 그녀가 다른 사람에게 말했다면 협박거리가 못 되기 때문이다.

"아무에게도 말하지 않았어요."

"그렇다면 그날, 당신이 오제키 교수 연구실에 있었다는 건 나 말고 아무도 모를 거야. 당신과 오제키 교수의 관계를 아는 건 나뿐이니까."

그렇게 말하면서 빤히 쳐다보았지만 그녀는 대꾸하지 않았다.

"당신 말이 사실이라도, 과연 경찰이 그 말을 믿어줄까 모르겠네. 애초 오제키 교수에게 협박당한 이유를 말해야 하잖아. 당신이 클럽에서 일하는 걸 들켰다고 말이야. 자칫하면 학교에서 쫓겨나고, 더구나 살인 혐의까지 받게 되겠지."

"당신도 날 협박하는 거예요?"

유이가 힘없이 말하며 울상을 지었다. 연민의 감정이 솟구치는 걸 꾹 참았다.

"협박은 무슨. 난 그저 어떻게 하는 게 좋을지 조언해 주는 것뿐이야. 당신이 그날 오제키 교수 연구실에 있었던 건 밝히지 않는 편이 좋겠다고 말이야."

"그럼 당신도 비밀을 지켜줄 거예요?"

"당신이 원한다면 그렇게 해줄 수도 있지. 하지만 한 가지 조건이 있어."

그녀의 얼굴빛이 안도에서 낙담으로 바뀌었다. 결국 나도 협박하고 있는 것이다.

"그렇게 실망할 거 없어. 당신을 안심시키기 위한 조건이니까. 내가 다른 사람에게 말하지 않는다고 해도 당신이 그 말을 믿겠어? 불안감으로 늘상 안절부절못하겠지. 사람의 입은 믿을 만한 게 못 되니까. 당신이 안심할 수 있는 방법이 한 가지 있어. 날 공범으로 만드는 거야. 가령 이 일로 당신에게 돈을 받는다고 쳐. 그러면 내겐 협박죄가 성립되겠지. 즉, 내가 이 일을 다른 사람에게 말하는 건 당신을 협박했다고 고백하는 거나 마찬가지가 되잖아. 그러면 당신도 안심할 수 있지 않을까?"

"한마디로 돈을 달라는 거예요?"

그녀가 황당하다는 표정을 지었다. 하지만 얼굴에는 희미한 안도감이 자리했다. 아마 다른 요구를 예상했을 것이다.

"그래. 바로 그거야."

"얼마면 되죠?"

"50만 엔. 아니 정확히 말하면 44만 엔이지. 당신에게 6만 엔을 빌려줬으니까."

나는 일부러 쪼잔한 남자로 위장했다. 실제로 그녀는 잠시 어이없다는 표정을 지었다.

"내게 그런 돈이 어디 있어요? 통장도 거의 바닥이라고요."

"그럼 다른 방법도 있어. 하루만 내 애인이 되어줘. 몸도 마음도 모두."

그러자 그녀의 안색이 변했다. 그리고 오기가 되살아난 것처럼 나를 매섭게 노려보았다. 얼굴에 '역시 목적이 그거였군요'라고 쓰여 있었다.

"그건 싫어요. 돈을 줄게요."

그녀는 딱딱하게 굳어진 얼굴로 내뱉듯이 말했다. 마지막 순간 나에 대한 생리적 혐오감이 솟구친 모양이다.

나는 마음속으로 히쭉 웃었다. 이것으로 내 결심은 완전히 굳어졌다.

역시 이 여자는 타고난 악녀다. 나를 철저히 무시하고 있다.

그때 학생광장을 걸어가는, 베이지색 코트를 입은 여성이 눈에 들어왔다. 다에코였다. 그러고 보니 아침 9시쯤 사무실로 전화해 병원에 들렀다가 10시쯤 출근한다고 했다.

손목시계를 보자 10시 15분이었다. 그렇다면 다에코는 지금 출근하는 것이리라. 30미터쯤 떨어져 있어 우리를 알아본 것 같지는 않았다. 나는 멀어져가는 그녀의 모습을 멍하니 바라보았다.


8


1월 13일 수요일. 유이에게 돈을 받기로 한 날이자 내 계획 실행의 디데이다. 유이는 내가 요구한 대로 순찰 당번을 신청했다. 하지만 예상치 못한 사태가 발생했다. 순찰팀에 다카쿠라가 포함되어 있었던 것이다.

문학부에서 두 사람이 참여하면 그들끼리 한 팀이 된다. 따라서 노다와 노조미, 나카하시에게 오늘은 나 혼자로 충분하다고 미리 말해두었다. 문학부 직원의 참여나 순서는 내 선에서 정할 수 있지만, 교원에 대해서는 관여하기 어려웠다.

다카쿠라가 참여하면 같은 학부인 나와 한 팀이 될 가능성이 높아진다. 그래서는 곤란하다.

나는 망설이지 않을 수 없었다. 계획을 중단할까? 유이와 한 팀이 되기 힘들어졌기 때문이 아니다. 혹시 다카쿠라가 특별한 의도로 참여한 건 아닐까? 특별한 의도가 없더라도 수사에 협조할 생각으로 참여했다면, 오늘 계획을 실행하는 건 너무 위험하지 않을까?

하지만 유이에게 돈 받는 날짜를 미루자고 연락하지는 않았다. 순찰팀의 집합시간은 오후 6시다.

나는 10분 전 강의동 2층에 있는 교원휴게실로 가서, 교대 순서를 짜는 학생부 직원 두 명과 이야기를 나누었다. 순찰시간과 순찰팀이 적힌 종이를 들여다보니, 역시 나와 다카쿠라가 한 팀이 되어 있었다. 그리고 유이의 파트너는 교육학부의 남자직원이었다.

오늘은 네 개 학부가 순찰에 참여했다. 교직원이 순찰하는 곳은 주로 학생이나 교원이 많은 강의동과 연구동으로, 다른 건

물과 캠퍼스는 경비회사의 경비원이 담당했다. 따라서 네 개의 순찰팀은 번갈아 휴식을 취할 수 있었다. 하지만 사건이 발생했을 때 즉시 대처해야 하므로 대기조라고 표현하는 게 타당할 것이다.

첫 번째 순찰은 오후 6시 20분부터 시작되어, 40분 간격으로 밤 11시까지 계속된다. 다만 세 번째 순찰이 끝나는 오후 8시 20분 이후에는 학생이 모두 퇴교하기 때문에 연구동만 순찰하면 된다.

휴식조가 대기조의 성격을 띠는 것은 세 번째 순찰이 끝나는 오후 8시 20분까지이다. 그 후에는 담당 순찰자와 순찰본부의 주요 멤버만 남고 대기조는 퇴근해도 된다. 따라서 약속이 있거나 집에 일찍 가야 하는 경우, 순찰팀 내에서 순서를 바꾸곤 했다. 교대를 부탁한 사람은 80분 연속 순찰을 돌아야 한다.

나와 다카쿠라는 9시 40분부터 10시 20분까지의 여섯 번째 순찰조였다. 마지막인 일곱 번째 순찰은 밤 11시에 끝나니, 그보다는 나았다. 하지만 순찰 일정에는 미묘한 감정이 작용했다. 교원의 경우 어디까지나 자원봉사 차원이므로 늦게까지 일하게 하는 건 곤란하다는 의식이 직원들 사이에 작용했다. 다카쿠라는 유명인사라 더욱 그러했다.

나는 여기에 유이를 넣을 수 없을지 고민했다. 계획을 실행하기에 최고의 시간대였다. 사건이 발생한 후로 여성교원이 밤늦게까지 연구실에 머무르는 일은 없었다. 따라서 순찰팀이 연구동 여자화장실에서 누군가를 만날 가능성은 거의 없었다. 더구나 연구동은 본부가 있는 강의동의 옆 건물이라, 문제가 생겼을 때 본부에서 사람이 도착하기까지 시간이 걸린다.

그러나 한 가지 문제가 있었다. 여직원들은 비교적 빠른 순찰 시간대에 배정되었다. 실제로 교대순서를 정리한 표를 보면, 유이팀은 밤 9시 40분에 끝날 예정이었다.

여자인 유이를 뒤쪽 순찰팀에 넣는 건 역시 부자연스러울 수 있다. 멤버를 조정할 때 특별한 의도가 엿보인다면, 내 계획은 실패로 끝나고 말 것이다.

한 가지 방법이 있긴 하다. 가장 힘든 시간대와 장소는 오후 7시 40분부터 8시 20분 사이의 강의동 순찰이다. 퇴교시간을 둘러싸고 학생과 옥신각신하는 일이 생겨나기도 해, 순찰에 익숙한 사람들로 배치하곤 했다. 그런데 오늘 그 시간대에 배치된 사람이 나와 다카쿠라였다.

그동안의 참여 횟수상 학교에서는 나를 순찰에 익숙한 사람으로 볼 것이다. 그러나 학자인 다카쿠라의 경우 그런 일에 익숙할 리 없었다. 실제로 말썽이 일어나기 쉬운 시간대에 배치하면 당황할 것이 틀림없다.

따라서 다카쿠라 대신 그런 일에 익숙한 학생부 유이를 넣는다고 해도 그렇게 이상한 일이 아닐 것이다. 하지만 계획을 실행하기에는 위험한 시간대이기도 했다.

학생들은 오후 8시까지 캠퍼스 밖으로 나가야 하지만, 잘 지켜지지 않았다. 특히 다사키와 여학생이 살해된 9월 7일 이후 네 달 넘게 아무 일도 일어나지 않았다. 그로 인해 마음이 느슨해진 탓인지, 순찰이 시작된 초기보다 학내에 남아 있는 학생들이 많아졌다.

그런 점을 감안하면, 강의동의 여자화장실에서 누군가와 부딪칠 확률은 늦은 시간대의 연구동보다 훨씬 높지 않을까? 나는 망설이지 않을 수 없었다. 어떤 계획도 똑같은 크기의 장점과 단점이 있었다.

첫 번째 순찰은 다카쿠라와 같이 진행하는 수밖에 없다. 그런 다음에는 실행하느냐 마느냐를 포함해 상황에 따라 즉각적으로 판단하는 수밖에 없었다.

오후 6시 정각. 나는 교원휴게실 출입구쪽을 보다 당황하지 않을 수 없었다. 유이와 다카쿠라가 담소를 나누며 들어왔기 때문이다. 교원휴게실 앞에서 우연히 만나 같이 들어왔을지도 모른다. 하지만 두 사람의 모습에서 친밀감이 느껴졌다.

나는 다카쿠라에게 목례했다. 그도 나를 보더니 가볍게 고개를 숙였다. 유이는 내가 있다는 걸 알면서도 내 쪽을 쳐다보지 않았다.

다카쿠라는 감색 양복에 검은색 코트를 입었다. 실내는 난방이 잘 되어 따뜻했지만, 귀찮은지 코트를 벗지 않았다.

유이는 입고 있던 반코트를 벗고 다카쿠라 옆에 앉았다. 검은색 투피스 차림이다. 약간 짧은 스커트에 검정 스타킹을 신었다. 안에는 하얀색 블라우스를 입었고, 입을 다문 얼굴에서는 우울한 모습을 찾아보기 어려웠다. 예전처럼 다부진 모습으로 완벽하게 부활해 있었다.

나는 테이블에 놓인 그녀의 검은 가방을 쳐다보았다. 저 안에 50만 엔이 들어 있을까?

그때 담당학부인 교육학부 부장이 들어와 인사말을 했다. 다음으로 학생부 직원이 순찰 교대표와 대학 이름이 들어간 완장을 나누어 주었다. 그리고 무전기와 손전등이 지급되었다.

사망한 다사키를 대신해 현장의 총지휘관이 된 니노미야 총무과장이 오늘의 주의사항을 설명했다. 새로운 내용은 없었다. 사건이 발생했을 때의 신호가 104호에서 105호로 바뀌었을 뿐이다.

오후 6시 20분. 다카쿠라와 함께 연구동을 순찰하기 시작했다. 해가 빨리 지는 1월이라 창밖은 이미 칠흑의 어둠으로 뒤덮여 있었다.

긴장감 때문인지 침이 바짝 말랐다. 오늘 내 계획을 실행할 경우, 이번 순찰에 중요한 시나리오가 포함되어 있었다. 다카쿠라와 최대한 자연스럽게 대화하면서 유이와 세 번째 순찰을 바꾸도록 유도해야 한다.

가장 바람직한 상황은 다카쿠라가 먼저 순찰시간대를 바꿔달라고 요청하거나, 적어도 그런 방향으로 운을 띄우는 것이다. 나는 그런 언질을 받았을 경우에만 계획을 실행하기로 결심했다.

우리는 천천히 1층 복도를 걸었다. 내가 무전기를, 그가 손전등을 들었다. 연구동이라고 해도 1층과 2층은 회의실밖에 없었기 때문에 이 시간대에는 사람들이 거의 없었다. 우리는 사건과 관계없는 평범한 이야기를 나누었다.

"교수님까지 이런 일을 하시게 해서 정말 죄송합니다."

나는 그렇게 말하며 고개를 가볍게 숙였다. 사무직 주임으로서의 인사 같은 것이었다.

"무슨 말씀을요. 지금까지 직원분들이 고생을 많이 했으니, 우리도 가끔은 도와드려야죠. 그런데 익숙지 않은 일이어서 그런지 모르는 게 많더군요."

"예를 들면 어떤 겁니까?"

"사소한 거지만, 아까 대학 완장을 받았을 때 어느 팔에 착용해야 하는지 헷갈렸어요."

그는 가볍게 웃었다. 나도 웃으면서 대꾸했다.

"그러고 보니 저도 잘 모르겠네요. 어느 쪽에 해도 상관없지 않나요?"

나는 완장을 오른팔에 찼고 다카쿠라는 왼팔에 찼다. 분명히 어느 쪽에 차든 상관없었다. 지금은 그런 것에 신경쓸 때가 아니므로 그 이야기는 그것으로 끝냈다.

1층 남녀화장실 순찰을 끝내고 2층으로 향하는 계단을 올라가며, 순찰 일정에 대해 넌지시 말을 꺼냈다.

"이번 순찰이 끝나면 40분 동안 대기한 다음, 7시 40분부터 강의동을 순찰해야 합니다. 그 시간대가 상당히 힘들지요."

"무슨 뜻입니까?"

"강의동에 학생들이 꽤 많이 남아 있습니다. 8시까지 퇴교해야 하지만, 규칙을 잘 안 지키는 학생들이 있거든요. 뿐만 아니라 황당한 경험을 하기도 합니다. 과거 나카하시 씨와 순찰하다 여자화장실에서 섹스하던 커플을 발견한 적도 있죠."

가장 무서운 대상은 아직 비밀에 싸여 있는 살인마이다. 하지만 나는 일부러 심각한 화제를 피해 가벼운 사례를 들었다.

다카쿠라는 진지한 얼굴로 대꾸했다.

"그런 일이 있었다는 건 들었습니다."

"그래서 교수님 같은 분에게 이런 한심한 일을 맡기는 게 선뜻 내키지 않는군요."

"그런 건 상관없는데, 오늘은 제가 일이 좀 있어서요……."

그는 잠시 머뭇거리며 말을 중단했다.

나는 친절한 목소리로 되물었다.

"무슨 일이 있으세요?"

"실은 월간지에 실릴 제 에세이의 마지막 교정일이 오늘이에요. 편집자와 통화하기로 했는데, 원고 나오는 시간대가 다음 순찰시간과 겹치더군요."

나는 직감적으로 이거라고 생각했다. 그렇다면 그의 개인적인 사정 때문에 순찰 멤버를 교체한 셈이 된다.

"그럼 다른 사람과 바꾸는 게 좋지 않을까요? 참, 학생부의 야나세 씨 아시죠? 야나세 씨와 바꾸면 어떨까요? 오늘 순찰에 참여한 유일한 여직원인데, 시간대를 바꿔 빨리 귀가시키는 게 좋지 않을까요?"

나는 주머니에서 순찰 교대표를 꺼내 보여주며 설명을 덧붙였다.

"보십시오. 여기에 야나세 씨를 넣고 9시부터 시작되는 순찰팀에 교수님이 들어가면, 야나세 씨는 8시 20분에 일이 끝납니다. 교수님은 9시부터 10시 20분까지 연속 순찰해야 하지만, 7시 40분부터 9시까지는 자유롭게 사용할 수 있지요."

"그렇게 해주면 나야 고맙지요. 최종 교정원고가 8시 전후로 나올 예정이지만, 가끔 늦어지는 경우가 생기거든요. 더구나 미묘한 표현 때문에 편집자와 옥신각신하다 보면, 예상보다 시간이 늘어나 그 정도의 시간적 여유면 마음이 편할 것 같습니다. 그런데 순찰을 돌지 않는 멤버도 8시 20분까지 대기해야 하지 않나요?"

"괜찮습니다. 개인 사정으로 자리를 비우기도 하거든요. 무슨 일이 생길 경우 본부 직원들이 대응하면 되고요."

"그러면 그렇게 할까요?"

"네. 그렇게 하십시오. 대신 늦게까지 계셔야 하는데, 괜찮으시겠어요?"

"늦는 건 상관없습니다. 그런데 야나세 씨에겐 제가……."

"아니, 제가 말하겠습니다. 학생부 담당자에게도 말해야 하니까요."

나는 황급히 그의 말을 가로막았다. 그에게 상황을 전해 듣고 유이가 수상쩍게 여기면 곤란하다.

"그럼 잘 부탁합니다."

그는 가볍게 고개를 숙였다.

이제 계획을 실행할 수 있다. 심장 고동이 또다시 세차게 방망이질 치기 시작했다.


9


"야나세 씨, 사정이 이렇게 돼서 다음 순찰은 나와 같이 강의동으로 가야 합니다. 괜찮겠어요?"

7시부터 진행되는 두 번째 순찰이 시작되기 직전, 나는 다카쿠라와 본부에 있는 학생부 직원들 앞에서 당당하게 말했다.

유이는 한순간 망설이는 표정을 지었다. 그러나 즉시 다카쿠라를 향해 미소 지었다.

"괜찮아요. 저도 오히려 좋아요. 집에 일찍 갈 수 있으니까요."

이 상황에서 계획을 실행하면 위험이 크다는 건 알고 있다. 살인 피해자가 변경된 일정으로 순찰하는 셈이니, 경찰의 주목을 피할 수 없을 것이다. 여기에 특별한 의미를 부여하는 형사도 있을 것이다. 나는 잠시 구로키의 얼굴이 떠올랐다.

경찰이 나를 의심하리라는 건 미리 각오해야 한다. 하지만 다카쿠라도 나와 똑같은 상황에 처하게 된다. 순찰팀 교체의 원인 제공자이기 때문이다. 그 사실을 주지시키기 위해 나는 일부러 사람들 앞에서 순찰팀 교체를 이야기했다.

이윽고 두 번째 순찰이 시작되었다. 유이는 교육학부 직원과 순찰을 돌기 위해 자리를 떴다. 나와 다카쿠라는 교원휴게실에 남았지만, 그에게 가까이 가지 않았다. 이런저런 이야기를 나누다 말실수라도 할까 봐 두려웠기 때문이다.

나는 학생부 직원에게 다가가 잡담을 했다. 실제로 대기시간은 따분하기 짝이 없었고, 다들 주어진 시간을 주체하지 못하는 듯했다.

다카쿠라는 가방에서 원고를 꺼내 체크했다.

시간이 흘러 밖으로 나갔던 순찰팀이 돌아왔다. 드디어 세 번째 순찰이 코앞이었다. 내게는 오늘 두 번째의 순찰이다.

긴장감이 최고조에 달했다. 나는 긴장감을 누그러뜨리기 위해 유이에게 성큼성큼 다가갔다. 그리고 모두에게 들리도록 큰 소리로 말했다.

"야나세 씨, 연속이라 힘들겠지만, 나랑 이제 강의동을 순찰하러 갑시다."

유이는 무표정하게 고개를 끄덕였다. 얼굴에 노골적인 혐오감이 드러났다. 나는 절망감에 휩싸였다. 그녀의 냉정한 태도가 살의의 결정적인 추진력으로 작용하기 때문이다.

이때 유이가 다정하게 대했다면 얼마나 좋을까? 그러면 내 결심이 흐물흐물 녹아내리고 말았을 텐데.

살인이 현실로 다가오기 시작하자, 나는 그것을 말려줄 불가항력적인 힘을 무의식중에 기다렸다.

이대로 가면 정말로 그녀를 살해할 것 같다.

제발 누가 좀 말려다오. 제발 나를 좀······.

나는 그렇게 소리치고 싶은 심정이었다.

"미안하지만, 잘 부탁해요."

출입구 근처에서 출발하려 할 때, 다카쿠라가 옆으로 다가와 인사했다.

"괜찮아요. 미안해하실 필요 없어요."

유이는 나를 대할 때와 다르게 어이없을 만큼 상냥하게 대답했다.

"교수님, 이제 신경쓰지 마시고 연구실에서 일 보십시오."

나도 밝은 목소리로 말했다. 그는 고개를 끄덕인 뒤 교원휴게실 밖으로 나갔다.

"야나세 씨, 그럼 갈까요?"

연구동 순찰팀은 조금 전 출발했다.

나는 유이의 대답을 기다리지 않고 걸음을 내딛었다. 그녀는 말없이 내 뒤를 따랐다. 강의동 전체에 난방이 들어와 본부 책상에 코트를 두고온 듯했지만, 검은 가방은 들고 있었다.

순찰시 교원휴게실에 가방을 두고 가는 사람도 있고 들고 가는 사람도 있었다. 그것에 대해서는 정해진 매뉴얼이 없었다. 나도 코트는 본부에 두고, 출퇴근 때 갖고 다니는 백팩은 양복 위에 멨다.

넥타이도 착용했다. 지나치게 가볍고 움직이기 편한 복장은 일부러 피했다.

평소에는 백팩에 서류만 넣었지만, 오늘은 무서운 물건이 들어 있었다. 신문지로 싼 식칼이다. 지금 경찰관이 불심검문을 한다면 그 자리에서 잡혀갈 것이다.

칼은 일부러 살해현장에 놔둘 작정이었다. 5년 전 요리용으로 구입했는데, 지금은 어디서 샀는지 기억도 나지 않는다. 음식을 만드는 일이 거의 없어, 많은 세월이 흘렀지만 새 것 같았다.

칼에 지문만 남기지 않으면 현장에서 발견되더라도 내 칼이 란 걸 알아내기 힘들 것이다. 유이를 살해한 후, 흉기를 들키지 않고 밖으로 옮기기란 불가능에 가깝다.

갈아입을 옷은 준비하지 않았다. 유이를 살해한 뒤, 그녀를 껴 안아 내 옷에 적극적으로 피를 묻힐 생각이다. 칼로 찔렀을 때 피가 얼마나 튀느냐에 따라 다르지만, 임기응변으로 대처하는 수밖에 없었다. 가방에 옷을 준비해 갈아입을까 생각했지만, 시 간적인 제약도 그렇고 뜻밖의 문제가 발생할 수도 있었다.

1층에는 학생들이 제법 많이 남아 있었다. 복도에서 이야기 중인 무리가 있는가 하면, 강의실에서 회의하는 동아리도 있었 다. 나와 유이는 이제 곧 8시가 되어가니 학교에서 빨리 나가 라고 말했다.

유이는 학생부 직원답게 그들의 반감을 사지 않도록 친절하 면서도 단호하게 상황을 유도했다. 미모 때문인지 남학생들은 특히 그녀의 말을 잘 따랐다. 그 모습을 보니, 그녀를 죽이려는 계획이 황당무계하게 느껴지고 긴장감이 느슨해졌다.

4층 계단을 올라가고 있는데, 퇴교를 촉구하는 안내방송이 흘러나왔다. 이때부터 강의동의 학생수는 눈에 띄게 줄어, 한 층에 몇 명 정도였다.

여자화장실은 기본적으로 유이에게 맡기고, 나는 들어가지 않았다. 순찰자 두 명이 함께 들어가라는 매뉴얼에 어긋났지만, 그녀에게 쓸데없는 경계심을 갖게 하지 않으려는 의도였다.

계획을 실행할 장소는 최상층인 8층으로 정했다. 본부가 있는 2층과 가장 멀다는 게 절대적인 조건이었다. 여기까지 왔으니 이제는 돌이킬 수 없었다. 더구나 나에 대한 그녀의 태도는 냉담하기 짝이 없었다.

우연히 학생을 만나기라도 하면 너무도 친절하게 대했다. 그러나 학생이 눈앞에서 사라지는 즉시 차가운 표정으로 돌아갔다.

그녀의 극단적인 모습에 어이가 없었다. 말을 걸어도 대답하지 않았다. 그런 태도에 분노가 치밀어 올라 살의의 도화선에 불이 붙는 게 느껴졌다.

드디어 8층에 도착했다. 사방이 쥐죽은 듯 조용했다. 7층에 남녀 커플이 있었지만, 우리의 지시에 따라 집에 갈 채비를 했다. 퇴교를 촉구하는 안내방송은 이미 멈추었다.

나는 긴장감이 정점에 달했다. 이미 게임이라곤 여겨지지 않았다. 계획대로 실행한다기보다 이 긴장감에서 도망치기 위해 실행하는 듯했다. 이래서는 본말이 전도된 상황 아닌가?

8층 계단을 올라가면 바로 앞에 자동판매기 코너가 있다. 낮에는 학생들이 많지만, 이 시간에는 그림자도 보이지 않았다.

강의실을 하나씩 점검해 나갔다. 강의실 문을 열고 내가 "누구 없어요?"라고 말하면, 유이가 손전등으로 실내를 비추었다. 그런 단조로운 행동의 반복이었다.

화장실을 점검하기 전 마지막 강의실에 도착했다. 긴장감 때문에 "누구 없어요?"라고 말하는 목소리가 조금 들뜬 것처럼 느껴졌다. 내 모습과 목소리가 이상한 걸 유이가 눈치챌까 봐 두려웠다.

이윽고 남녀화장실 앞에 도착했다. 나는 떨리는 목소리로 말했다.

"화장실 점검이 끝나면 그걸 줘."

유이는 내 긴장감에 대해, 협박이라는 범죄행위를 실행하는 사람의 것으로 받아들이는 듯했다. 그녀는 뜻밖의 말을 꺼냈다.

"알았어요. 그럼 여기 남자화장실은 시마모토 씨가 확인해 주세요. 여자화장실은 나 혼자 확인할게요. 그 김에 화장도 좀 고치고요. 시간이 걸릴 테니, 잠시 밖에서 기다려주세요."

지금까지 남자화장실은 매뉴얼대로 둘이 확인하고, 여자화장실은 그녀 혼자 확인했다. 그런데 갑자기 따로따로 확인하자고 한다. 더구나 화장을 고치느라 시간이 걸릴 거라고?

이럴 때 화장을 고치는 건 부자연스럽지 않은가? 그런 말로 나를 방심하게 만들어, 돈을 건네지 않은 채 본부로 먼저 돌아가려는 것 아닐까?

그렇게는 내버려두지 않겠다고 이를 악무는 한편, 그렇게 하면 살인을 저지르지 않아도 된다는 묘한 생각에 빠져들었다. 그 순간에도 나는 여전히 망설이고 있었다.

나는 남자화장실로 들어갔다. 노크도 하지 않은 채 두 개의 개별실 문을 잇달아 열었다. 아무도 없다.

나는 백팩에서 신문지로 싼 칼을 꺼냈다. 그리고 들고 있던 무전기를 그 안에 넣었다.

마치 무성영화로 내 움직임을 보는 듯했다. 마음은 망설이는데, 몸이 멋대로 빨리 움직이는 것이다. 심장이 주체할 수 없을 만큼 쿵쾅거렸다.

신문지로 칼의 손잡이를 싸서 둥근 고무줄로 묶어놓았다. 칼날도 신문지로 쌌지만, 칼끝은 그대로 드러나 있었다.

나는 오른손으로 칼을 들고는 다시 백팩을 메고 밖으로 나왔다. 유이의 행동이 신경쓰여 남자화장실에 머무른 시간은 겨우 2, 3분 정도였다.

여자화장실 앞에서 문에 귀를 대고 상황을 살폈다. 유이가 개별실을 노크하는 소리가 들렸다. 왼손으로 문을 2, 3센티미터쯤 살며시 열고 안을 들여다보았다. 그녀의 등이 보였다. 여섯 개의 개별실 중 맨 안쪽을 노크하는 참이었다. 그녀가 점검해야 할 마지막 개별실이다.

그때 생각지도 못한 일이 벌어졌다. 유이가 갑자기 안으로 들어가 문을 잠근 것이다.

너무나 어이가 없어 입을 다물지 못했다. 무슨 생각을 하는 걸까? 내게 주기로 한 50만 엔을 확인하려는 걸까? 하지만 아무래도 상관없었다. 내가 아는 건 단 하나, 지금이 최고의 기회라는 사실이다. 지금 여자화장실로 들어가 그녀가 개별실에서 나올 때 덮치는 것이다.

나는 그렇게 마음을 정하고 살금살금 안으로 들어갔다. 아니, 눈에 보이지 않는 힘에 떠밀려 저절로 나아갔다고 할까?

그녀가 들어간 개별실 앞에서 신문지로 싼 칼의 손잡이를 움켜쥔 채 몸을 사렸다. 온몸이 바들바들 떨렸다. 다사키의 시체를 봤을 때처럼 위액이 치밀어올랐다. 아직 아무 일도 일어나지 않았음에도 말이다.

하지만 다음 순간 온몸의 긴장이 풀렸다. 개별실에서 묘한 소리가 들려왔기 때문이다. 소변 소리다. 그녀가 소변을 보고 있다.

그제야 나는 '화장을 고친다'는 말이 무슨 뜻인지 깨달았다. 여자가 '화장을 고친다'는 말은 '화장실에서 볼일을 본다'는 뜻이다. 내가 너무 깊이 생각했나 보다.

실제로 그녀는 거침없이 볼일을 보았다. 많은 여성들이 소리에 신경이 쓰여 소변을 보며 물을 내린다고 하는데, 그녀는 그렇게 하지 않았다. 여자화장실에 아무도 없다고 확신해 마음이 느슨해진 모양이다.

이윽고 물 내리는 소리와 함께 속옷을 올리는 소리가 들렸다. 그런 소리들을 듣고 성적 흥분을 느끼지 않았다면 거짓말이다. 살해하기 전 그녀를 범하면 어떨까 하고 몽상했던 기억이 떠올랐다. 그러나 그녀를 죽여야 한다는 절박한 긴장감 앞에서 성적 욕망은 산산이 흩어졌다.

나는 칼을 들고 그녀가 나오기를 기다렸다. 최초의 일격이 중요하다. 튀는 피를 최소한으로 줄이기 위해 최초의 일격으로 치명상을 입혀야 한다. 심장에서 고장난 세탁기에서 나는 듯한 불규칙한 소리가 들렸다.

잠금장치를 푸는 소리와 함께 문이 열렸다. 그녀의 얼굴이 보였다. 더 이상 긴장감을 견디지 못한 나는 몸을 부딪치듯 칼을 내밀었다. 그녀의 얼굴에 경련이 일었다. 비명은 지르지 않았다. 공포가 극에 달해 비명조차 지르지 못하는가?

허리 주변에서 피가 새어나오는 게 보였다. 그렇게 큰 출혈은 아니었다. 나는 그녀를 개별실로 밀어넣으며 다시 찌르려 했다. 하지만 그녀는 순간적으로 상황을 피하며 출구쪽으로 몸을 돌렸다. 거친 숨소리가 귀를 파고들었다. 그녀의 숨소리인지 내 숨소리인지 구별이 되지 않았다.

나는 재빨리 왼손을 크게 휘두르며 그녀의 가슴을 찔렀다. 붉은 선혈이 사방으로 튀었다. 아니, 그렇게 생각했을 뿐 실제로 피가 얼마나 튀었는지는 모른다. 역시 비명은 들리지 않았다.

유이는 출구쪽으로 머리를 향한 채 천천히 쓰러졌다. 검은 스커트가 위로 올라가면서 검정 스타킹을 신은 허벅지가 드러났고, 새하얀 속옷도 보였다. 그러나 평소와 달리 아무 느낌도 없었다. 검붉은 피가 어느새 하얀 블라우스를 물들였다.

나는 말처럼 걸터타서 그녀의 얼굴을 내려다보았다. 여전히 손에 칼을 들고 있었다.

유이의 얼굴이 새파랬다. 아니, 새하얘졌다. 눈에서 커다란 눈물방울이 흘러내렸다.

"시마모토 씨, 죄송……해요! 용서해……주세요! 돈도…… 가져왔어요! 지금까지……정말 죄송했어요."

그녀는 천천히 말했다. 중간에 숨을 헐떡이는 소리가 잡음처럼 섞였다.

"왜 사과하지?"

스스로도 놀랄 만큼 내 목소리는 명료했다. 사디스트 같은 감정이 솟구쳤다. 지금까지 그녀가 행했던 교활한 말과 행동이 주마등처럼 뇌리를 스쳤다.

"시마모토 씨를 무시한 것……."

나는 재빨리 그녀의 말을 가로막았다.

"역시 날 무시했군."

나는 히쭉 웃었다. 그리고 몸을 숙이며 칼로 그녀의 목을 찔렀다. 두꺼비를 짓밟는 듯한 무겁고 둔탁한 소리가 들려왔다. 그녀는 눈을 치켜뜬 채 움직이지 않았다. 거친 숨소리도 사라졌다. 피가 콸콸 솟구치는 소리만 잠시 이어졌을 뿐이다.

나는 비틀비틀 일어서서 세면대의 거울 앞에 섰다. 무덤에서 나온 좀비 같은 얼굴이 거울에 나타났다. 그것이 내 얼굴이라는 걸 알아차리는 데 몇 초가 걸렸다.

얼굴에 선혈이 튀고 손도 피투성이가 되었다. 나는 유이의 머리 부근에 칼을 내던진 뒤 두 손을 씻고 세수했다.

경찰이 세면대를 조사하면 혈액반응이 나오고, 범인이 피를 씻었다는 사실도 알게 될지 모른다. 하지만 그것이 불리한 증거가 되는지조차 지금은 판단할 수 없었다.

손과 얼굴의 피를 씻어낸 나는 생각만큼 피가 튀지 않았음을 깨달았다. 하얀 와이셔츠 일부와 넥타이에 혈흔이 묻었지만, 다른 부분은 육안으로 느끼지 못할 정도였다.

그때 밖에서 남녀의 목소리가 들렸다. 나는 눈이 번쩍 뜨였다. 한밤중에 가위에 눌렸다 갑자기 눈을 떴을 때와 비슷한 느낌이었다.

나는 순간적으로 바닥에 놓인 칼에서 고무줄을 빼내고 신문지를 벗겨냈다. 손재주가 있어서인지 다행히도 칼에 지문을 남기지 않았다. 그런 다음 신문지를 갈기갈기 찢어 변기에 넣고 물을 내렸다.

나는 유이 옆으로 돌아가 바깥에 귀를 기울였다.

"무서우니까 여기서 기다려."

"알았어. 빨리 나와. 나가야 하는 시간이 지났어."

젊은 여자의 목소리와 그것에 대꾸하는 남자의 목소리.

어떻게 된 거지?

여학생이 화장실로 들어오려고 한다.

그때 머릿속에 스크리치란 단어가 떠올랐다. 날카로운 소리를 내서 저들을 쫓아버릴까? 하지만 내게 그런 재주가 있을 리 만무하다. 이제 끝장이다.

하지만 내면에서 포기하지 말라는 목소리가 들렸다. 나는 유이를, 아니 유이의 시신을 껴안았다. 그리고 그녀의 부릅뜬 눈을 쳐다보며 목이 터져라 소리쳤다.

"야나세 씨, 괜찮아? 정신 차려!"

문이 열리고 젊은 여자가 들어왔다. 나는 다시 한 번 소리친 뒤, 화장실로 들어온 여자를 올려다보았다. 얇은 핑크색 코트를 입은 여자가 멍하니 서 있었다. 오른손에는 빨간 가방, 왼손에는 자동판매기에서 산 듯한 음료수를 들고 있다. 어디선가 본 얼굴이다. 그렇다. 7층에 남아 있던 커플이었다.

어떻게 된 상황인지 짐작이 되었다. 밖으로 나가려던 그들은 자동판매기를 찾아 8층으로 올라오고, 그 김에 여학생이 화장실에 다녀오겠다고 했으리라. 그런 상황은 예측 불가능하다. 우연은 내 편이 아니었다.

한 박자 늦게 비명이 울려퍼졌다. 그러자 밖에 있던 남학생이 안으로 뛰어들어왔다. 역시 그 커플이었다. 내부 상황을 보고 남학생은 아무 말도 하지 못했다.

나는 대학 이름이 적힌 완장을 보여주고 유이를 안은 채 소리쳤다.

"순찰하다 화장실에 숨어 있던 범인에게 찔렸어. 범인은 도망쳤고. 우리 학교 학생이지? 좀 도와줘. 지금 당장 2층 순찰본부로 가서 상황을 알려줘."

그러자 남학생이 갈라진 목소리로 물었다.

"2층요?"

"그래, 2층. 서둘러. 그리고 구급차도 요청해 줘."

유이는 이미 숨을 쉬지 않았다. 하지만 나는 그녀가 살아 있는 것처럼 행동했다. 두 사람은 밖으로 뛰어나갔다. 다행히 내 말을 믿는 눈치였다.

그렇다. 이제 됐다.

나는 자신감을 조금 회복했다. 이제 이대로 계속 연기하는 수밖에 없다.

백팩에서 무전기를 꺼내 바닥으로 세게 내던졌다. 범인과 격투를 벌이다 망가졌다고 말할 생각이다. 두 사람을 순찰본부로 보낼 수밖에 없었던 이유가 필요했기 때문이다.

무전기를 사용하지 않고 그들을 순찰본부로 보낸 건 시간을 벌기 위해서였다. 본부 직원들이 일찍 도착하면 곤란했다. 아직 할 일이 남아 있었다.

일단 내 몸에 묻은 혈흔이 너무 적었다. 나는 피가 더 많이 묻도록 유이의 시신을 껴안고 흔들었다. 칼에 찔린 그녀를 안다가 묻었다고 주장할 생각이다.

그런데 유이를 안자 생각지도 못한 감정이 솟구쳤다. 몸의 온기와 기분 좋은 체취 때문이었을까? 별안간 그녀가 사랑스럽게 느껴졌다.

유이의 뺨에 내 뺨을 비볐다. 아직 탄력을 잃지 않은 부드러운 피부가 나를 사로잡았다. 사실 키스하고 싶었지만 용기가 나지 않았다. 립스틱이 묻을까 봐 두려웠던 것이다.

잠시 후 사람들의 발소리와 웅성거림이 멀리서 들려왔다. 나는 각오를 정했다.

맨 처음 도착한 사람은 총무과장인 니노미야였다. 학생부 직원 세 명이 그 뒤를 따랐다.

"이럴 수가……."

니노미야는 화장실 내부의 상황을 보고 말을 잇지 못했다. 다른 세 명도 창백한 얼굴로 가만히 있었다.

"구급차는 불렀나요?"

나는 유이를 껴안은 채 소리쳤다. 스스로 생각해도 목소리가 적절한 상태로 울려퍼졌다.

"불렀어. 경찰도 부르고. 하지만 구급차는 의미가 없을 것 같군."

나는 그제야 유이를 바닥에 내려놓고 조용히 일어섰다.

"캠퍼스는 봉쇄했나요?"

범인이 도망쳤다는 걸 강조하기 위한 질문이었다.

"지금 준비 중이야. 경찰도 곧 올 거야. 어디로 도망쳤는지 아나? 이 화장실을 나간 다음이겠지만……."

"잘 모르겠습니다."

나는 즉시 대답했다. 예상했던 질문이었다.

"야나세 씨의 비명을 듣고 들어와보니 범인이 있더군요. 예전처럼 키가 크고 눈만 내놓은 모자를 쓴 남자였습니다. 몸싸움을 벌이다 무전기도 부서졌어요. 범인이 칼을 떨어뜨렸는데, 그대로 도망치더군요. 야나세 씨를 살피느라 쫓아갈 여유가 없었습니다."

"그럼 야나세 씨 혼자 화장실에 들어간 건가?"

니노미야의 말에는 왜 매뉴얼대로 하지 않았느냐는 질책이 담겨 있었다. 지금으로선 그런 비난이 오히려 고마웠다.

"죄송합니다. 야나세 씨가 혼자 들어간다고 해서요……."

나는 침울한 목소리로 대답했다. 그때 문이 열렸다. 반사적으로 그쪽을 쳐다보았다. 다카쿠라였다. 다시 대기조로 돌아와 있었던가?

나는 중얼거리듯 말했다.

"아, 다카쿠라 교수님……."

"무서운 일이 벌어졌군요."

그는 화장실을 둘러보며 말했다. 하지만 말투는 침착했다. 그때 유이의 가방이 눈에 띄었다. 유이가 들어갔던 개별실 부근에 떨어져 있었다.

나는 입을 다물지 못했다. 그런 것도 모른 채 그녀를 죽인 것이다.

"교수님, 현장은 손대지 않고 이대로 놔두는 게 좋겠지요?"

니노미야가 물었다. 너무도 당연한 질문이었다.

"그렇습니다."

다카쿠라는 여느 때와 달리 차갑게 말했다.

"그나저나 시마모토 씨, 참 운이 없네. 두 번이나 범인을 만나고, 그때마다 파트너가 살해되다니……."

니노미야는 자신의 말실수를 깨닫고 입을 다물었다. 유이의 죽음을 인정하기는 너무 일렀기 때문이다.

다카쿠라는 바닥에 놓인 칼을 뚫어지게 쳐다보았다.

내 심장은 여전히 불규칙한 쿵쾅거림을 반복하고 있었다.


10


다음날, 장시간에 걸쳐 참고인 임의 조사를 받았다. 장소는 학교가 아니라 히노 경찰서였다. 이것도 이미 예상한 일이었다.

경찰이 나를 의심하리란 건 생각하고 있었다. 내가 순찰 당번일 때 두 번이나 사건이 발생했다. 나는 조사에 대비해 이 부분을 가장 세심하게 준비했다. 이른바 이중 트랩을 설치한 것이다.

일반적으로 순찰팀 내부에 살인마가 있다고는 생각하기 어렵다. 그러나 경찰에서는 그런 점을 역이용해 살인을 저질렀다고 생각하리라. 순찰 중 발생한 두 건의 살인사건 모두 내가 당번일 때 일어났기 때문이다.

하지만 다사키와 가나를 죽인 건 내가 아니다. 그것이 나의 반론 포인트였다.

내가 그 사건의 범인이 아닌 이상, 아무리 추궁해도 결정적 증거는 얻을 수 없다. 그리고 내가 그들을 죽이지 않았다는 전제가 성립할 경우 유이 역시 죽이지 않았다고 추측할 수 있다.

나는 판단이 어려운 막다른 골목으로 경찰을 유도할 생각이었다. 권투로 말하면 늘어진 로프에 기대어 상대의 공격을 슬쩍 피하는 로프 어 도프(rope a dope) 작전이라고나 할까?

언뜻 보기에 참고인 조사는 내 계획대로 진행되는 듯했다.

히노 경찰서 2층 취조실. 오전 9시. 조사를 담당한 형사는 역시 구로키였다. 구로키가 조용하게 말한 건 처음뿐이었다. 그는 즉시 돌변했다.

"이봐, 경찰이 그렇게 만만해 보여? 생각해 봐. 당신이 순찰을 도는 동안 사건이 두 번 발생했고, 세 명이 살해됐어. 오제키 교수의 자살예고 전화도 당신이 받았지. 게다가 살해된 여학생의 속옷도 우편으로 받았어. 이게 전부 우연이야? 우연치고는 너무 절묘하다고 생각되지 않아?"

어느 면에서는 기다리던 질문이었다. 나는 그의 말을 의연하게 되받아쳤다.

"우연이라면 그렇겠죠. 하지만 이건 우연이 아닙니다."

"무슨 뜻이지?"

"형사님, 제가 순찰을 몇 번이나 돌았는지 아십니까? 학생부에 순찰기록이 남아 있으니 자세히 조사해 보십시오. 다른 사람보다 몇 배는 많습니다. 제가 사건을 두 번이나 경험한 건 필연이지 우연이 아닙니다. 통계학에서 말하는 확률의 문제 같은 거죠."

"확률의 문제?"

그는 허를 찔린 듯 험악한 표정을 지었다.

"그러면 자살예고 전화는 어떻게 설명할 거야?"

"그것도 간단합니다. 제가 자살예고 전화를 받은 건 한 번뿐입니다. 우연이란 똑같은 일이 몇 번씩 일어나는 걸 의미하잖아요. 제가 피해자의 속옷을 받은 것도 한 번뿐입니다."

"변명치곤 치졸하군."

그는 조롱하듯 말했다. 잠시 침묵이 이어졌다. 기록을 담당하는 젊은 형사의 키보드 두드리는 소리만 실내에 울려퍼졌다.

나와 구로키는 철제 책상을 사이에 두고 마주앉은 상태였다. 작은 창문이 하나 있는 음침한 방이었다. 창밖으로 어두운 하늘이 무겁게 드리워졌다.

상황은 임의 조사가 아니라 용의자 취조에 가까웠다. 말 그대로 승부의 갈림길이다. 유이의 살해를 인정하면 다른 다섯 건의 살인도 내 차지가 될 수 있다. 그렇게 되면 틀림없이 사형에 처해질 것이다.

구로키의 말투가 돌연 정중하게 바뀌었다.

"야나세 씨의 가방에 현금 50만 엔이 들어 있더군요. 왜 그런 거금을 소지했을까요?"

역시 그녀는 돈을 가져왔다.

"그래요? 저는 모르죠."

나는 모른다, 기억나지 않는다는 식으로 시치미를 떼기로 했다.

"야나세 씨와 상당히 친했다더군요."

역시 그것부터 치고 들어오는가? 가능하면 다사키와 가나의 사건부터 말하고 싶었다. 그 경우에는 사실만 말하면 된다. 그러나 유이에 관해서는 조심스러웠다.

"업무적으로 이런저런 연락을 주고받았습니다. 야나세 씨는 학생부 직원이고 저는 문학부 사무주임이라, 오제키 교수님의 성추행 의혹을 둘러싸고 조율할 부분이 있었어요. 하지만 개인적으로 친했던 건 아닙니다."

"그래요? 야나세 씨와 밖에서 식사했다는 이야기도 들리던데요."

"몇 번요. 하지만 그건 어디까지나 업무의 일환이었어요. 연쇄살인사건으로 학교에서 이야기를 나눌 상황이 아니었거든요. 연쇄살인사건과 오제키 교수님의 성추행 사건을 연결해 생각하는 사람도 있었고, 여기저기서 기자들이 안테나를 곤두세웠으니까요. 더구나 살인사건으로 평소보다 바빠진 탓에 업무시간에는 둘 다 시간을 내기가 어려웠습니다. 업무 후 밖에서 이야기할 수밖에 없었어요."

이 부분도 비교적 침착하게 설명했다. 기본적인 사실관계에서 거짓말할 필요는 없었기 때문이다. 거짓말이 있다면 심리적 측면뿐이었다.

"그런데 말이야, 당신이 야나세 씨에게 좋은 감정을 갖고 있었다는 소문도 들리던데. 물론 일방적으로 말이지."

그는 다시 비열한 말투로 이죽거렸다. 나와 유이가 어울리지 않는다는 의미가 노골적으로 담겨 있었다. 나를 흥분시켜 말실수를 유도하려는, 흔히 사용되는 취조방법이었다. 내가 넘어갈 것 같으냐!

"물론 야나세 씨는 좋은 사람이었으니, 나쁜 감정은 없었어요. 하지만 특별한 감정이 있었던 건 아닙니다. 업무 파트너로서 좋은 사람이라고 생각했을 뿐이지요."

"당신과 야나세 씨가 말다툼하는 걸 본 사람이 있어. 1월 11일 성인의 날. 그날 대학에서 수업이 있었다고 하더군. 그래서 사무직인 당신도 출근했지. 그날 아침 10시가 지났을 때쯤 당신과 야나세 씨가 체육관 벽에 기대어 얘기하는 걸 본 사람이 있다고. 야나세 씨가 곤란한 표정을 지었다던데, 혹시 교제를 요구한 것 아냐? 목격자도 그런 분위기였다고 하던데."

목격자가 누군지는 알고 있다. 다에코다. 예전의 절도사건이 떠올랐다. 그걸 눈감아 주었건만, 내게 불리한 증언을 하다니. 나는 마음속 동요를 감추며 반박했다.

"우리 이야기를 직접 들은 건 아니잖습니까? 그때 작은 목소리로 업무 관련 이야기를 나누었는데, 다른 사람에게 들렸을 리는 없습니다."

"업무에 관해 일부러 작게 이야기할 필요가 있나?"

"있고말고요. 학생상담실에 상담하러 오는 학생의 프라이버시를 고려해, 저도 그렇고 야나세 씨도 최대한 목소리를 낮추곤 했습니다. 지금처럼 학교에서 연쇄살인사건이 발생했을 때는 더욱 그렇죠."

구체적으로 무슨 이야기를 나누었는지 질문할 거라고 예상했다. 하지만 구로키는 더 이상 파고들지 않았다.

결국 나는 한 시간의 점심시간을 포함해 오후 7시까지 장시간 조사를 받았다. 도중에 경시청 수사1과의 데라우치가 취조실에 몇 번 들어왔다. 하지만 상황을 살펴볼 뿐 조사에 끼어들지는 않았다. 그것이 왠지 더 기분 나빴다.

장시간의 조사에서 구로키는 많은 질문을 했다. 나는 그가 언급하지 않은, 또는 언급하지 않으려는 점이 두 가지 있다는 걸 알아차렸다.

하나는 유이가 클럽에서 일했다는 사실이다. 수사의 손길이 아직 미치지 않았거나, 일부러 덮어두는 행동일 것이다. 왠지 후자 같은 느낌이 들었다.

또 한 가지는 사건 당일 이루어진 순찰 멤버의 교체건이다. 경찰에서 그것을 놓쳤을 리 없었다. 당연히 나와 병행해 다카쿠라도 조사했을 것이다. 그 내용을 검토한 후 다시 질문하려는 것이리라.

나는 오후 7시쯤 피곤함을 호소하며 조사를 그만 끝내자고 말했다. 이를 구로키가 순순히 받아들인 건, 아직 다카쿠라에 대한 조사가 끝나지 않았고 주변 이야기가 확인되지 않았기 때문일 것이다. 다만, 구로키는 내일도 시간을 내달라고 했다.

나는 받아들이지 않을 수 없었다. 하지만 업무가 많이 밀렸으니 저녁때 하자고 요구했다. 실제로 일이 밀리기도 했지만, 학내 상황을 알고 싶었기 때문이다. 오치아이나 노다가 나를 얼마나 의심하는지도 마음에 걸렸다.

더불어 애인을 잃은 나카하시의 상황이 궁금했다. 유이가 나카하시에게 내 이야기를 했을 수도 있다. 자신에게 불리한 부분은 빼고 내 스토커 행위만 말했는지도 모른다.

결국 다음날 오후 6시에 히노 경찰서를 다시 방문하기로 했다. 당분간은 운명의 갈림길에서 계속 방황해야 할 것 같다.


## 11


문학부 사무실로 들어서자 무섭도록 긴장된 공기가 온몸을 휘감았다. 일부러 조금 늦게 출근했더니 모두 모여 있었다.

"주임님, 오셨어요?"

맨 처음 말을 건 사람은 노조미였다. 이어서 나카하시가 평소와 달리 작은 목소리로 "오셨어요?" 하고 말했다. 다에코는 고개를 숙인 채 아무 말도 하지 않았다. 나는 "그래, 다들 출근했네" 하고 짧게 대꾸했다.

조금 떨어진 곳에서 신문을 보는 척하며 힐끔힐끔 쳐다보는 노다의 시선이 느껴졌다. 이윽고 마음을 정한 듯 그가 말했다.

"시마모토 씨, 나 좀 봐."

고개를 돌리자, 노다는 책상에 신문을 내려놓고 일어서 있었다. 나와 비밀 이야기를 할 때의 행동 패턴이다.

우리는 사무실을 나와 자동판매기쪽으로 갔다.

"어제 많이 힘들었지?"

노다의 목소리에 불안감이 배어 있었다. 나를 걱정한다기보다, 내게 혐의가 있을 경우 자신에게 책임이 미칠까 봐 우려하는 말투였다.

"네. 경찰에선 저를 의심하는 것 같습니다. 제가 순찰하는 도중에만 사건이 일어났다고요."

나는 단도직입적으로 말했다. 노다가 숨을 들이마시며 안절부절못하는 표정을 지었다.

"하지만 자네는 사건과 관계가 없잖아?"

그 모습이 우스꽝스러워 웃음이 터질 것 같았다.

"물론입니다. 제가 순찰하는 도중 사건이 일어난 건, 다른 사람보다 순찰 횟수가 많았기 때문이라고 설명했습니다. 하지만 여전히 납득하지 못하는 것 같더군요……."

나는 노다에게 조사 상황을 그대로 전했다. 그리고 그를 통해 경찰이 학내에서 어떻게 움직이고 있는지 탐색할 작정이었다.

"과장님께도 형사가 왔었지요?"

"몇 번이나 왔어. 나뿐만이 아니야. 노조미, 나카하시, 다에코에게도 번갈아 찾아와 밖으로 데려가더군. 지금 일할 정신들이 아닐 거야."

"과장님께는 뭘 묻던가요?"

나는 노다의 얼굴을 똑바로 쳐다보았다. 그는 내 시선을 피하면서도 솔직하게 이야기했다.

"자네에 관한 질문이 제일 많았어. 일단 근무태도가 어땠냐고 하더군. 물론 자네의 근무태도는 전혀 문제가 없었다고 몇 번이나 강조했어."

이런 상황에서도 생색을 내는 말투가 노다다웠다.

"그런데 마음에 걸리는 게 있어. 다카쿠라 교수에 대해서도 많이 물었거든. 학생들의 평판은 어떠냐는 등 특별한 문제는 없었냐는 등, 자네에 대한 것과 비슷한 질문을 하더군. 왜 그런 걸 묻는 거지? 경찰에서 다카쿠라 교수를 의심하고 있나?"

노다는 내 눈을 쳐다보며 오히려 의견을 구했다.

"글쎄요. 그건 잘 모르겠습니다. 그런데 이번 일을 통해 절실히 깨달았어요. 경찰은 상대가 누구든 의심부터 하고 보더군요. 따라서 누가 의심을 받아도 이상하지 않습니다."

내 말에 그는 더욱 불안한 표정을 지었다. 누가 의심받아도 이상하지 않다는 표현을, 본인이 의심받을 수도 있다고 해석한 걸까? 의심지옥의 연쇄반응이 대학 전체로 퍼져나가기 시작한 듯했다.

"또 한 가지 놀라운 일이 있어. 야나세 씨가 나카하시의 애인이었다지 뭔가? 알고 있었나?"

나는 아무렇지 않은 듯 대꾸했다.

"네. 알고 있었습니다."

"그래? 그래서 그런지 어제부터 나카하시가 침울해 있더군. 애인이 그런 일을 당했으니 당연하겠지. 만일을 위해서 하는 말이지만, 나카하시와 문제를 일으키면 곤란해."

의표를 찌르는 말이었다. 그런 일은 상상도 못했다. 그러나 냉정하게 생각하면, 노다의 말이 이해가 안 되는 것도 아니었다.

유이가 살해당한 정황상, 경찰과 마찬가지로 나카하시도 나를 의심할 수 있었다. 흥분한 그가 나에게 달려들지도 모른다는 점을 염두에 둘 필요가 있겠다.

하지만 그런 일은 일어나지 않았다. 나카하시는 안타까울 만큼 기운이 없었다. 하지만 내게 적의를 가진 것 같지는 않았다. 나는 과감하게 점심을 같이 먹자고 말했다. 그는 순순히 동의했다.

우리는 교수클럽 대신 대학 근처의 카페에서 가볍게 식사했다. 제법 사람이 많았지만 독립성이 강한 부스형 자리라, 대화가 주변에 들릴 정도는 아니었다.

"이런 때 이런 말을 해서 미안하지만 경찰에서 날 의심하는 것 같아. 예전에 다사키 씨도 그렇고 자네 애인인 야나세 씨도 그렇고, 나와 순찰하는 도중 살해됐잖아. 그래서 그런지 연쇄살인마가 죽이고 도망쳤다는 말을 거짓으로 여기는 것 같더군. 구체적으로 말하면, 나를 연쇄살인마로 생각하는 분위기야."

"말도 안 돼요!"

그는 깜짝 놀라며 말을 잇지 못했다. 그러더니 분명한 어조로 말했다.

"그럴 리가 없잖아요! 경찰에서 정말로 그렇게 생각해요? 주임님 혼자 괜히 그렇게 생각하는 게 아니고요?"

"글쎄. 형사가 직접적으로 말한 건 아니지만……."

그렇다. 나를 조사하는 동안 구로키가 대놓고 '네가 그랬지?'라고 말한 건 아니었다.

"그건 주임님의 피해망상이에요. 하긴 끔찍한 사건이 잇따라 일어나면 누구나 노이로제에 걸리겠지요. 저도 충격 때문인지 머리가 멍해 어젯밤 한숨도 못 잤습니다."

"그렇겠지. 자네가 제일 충격이 컸을 거야. 그런 식으로 애인을 잃었으니 마음이 얼마나 아프겠어?"

나는 일부러 '살해되었다'는 말을 피했다.

"지금도 악몽을 꾸는 것 같습니다. 그런데 슬프다기보다 뒷맛이 껄끄러운 느낌이에요."

"뒷맛이 껄끄럽다? 무슨 뜻이지?"

나는 되묻지 않을 수 없었다. 생각지도 못한 표현이었다.

"이런 상황에서 할 말은 아니지만, 주임님께만 이야기할게요."

그 말에 마음속으로 흠칫했다. 나와 유이의 관계를 알고 있는 것 아닐까? 하지만 그렇지는 않았다.

"실은 유이 씨와 헤어지려고 했거든요. 그 말을 어떻게 꺼낼지 고민하는 사이에 이런 일이 일어나, 마음이 좀 복잡해요. 이제 이별에 대한 고민은 안 해도 되지만, 대화를 통해 충분히 납득한 후 헤어지고 싶었거든요. 하지만 불가능한 일이 되고 말았죠. 말로 표현할 수 없을 만큼 마음이 복잡하고 꺼림칙해요."

"그랬군."

나는 그렇게 말하고 한숨을 토해냈다. 가벼운 안도감이 피부 속으로 파고들었다. 정황상 나와 유이 사이의 일을 눈치챈 것 같지는 않다. 그나저나 남녀 사이는 참 신기하다. 나는 유이와 나카하시가 잘 지낸다고 생각했다.

"개인적인 질문이라 미안한데, 왜 헤어지려고 했지?"

"글쎄요. 한 마디로 말하긴 어려워요. 원래 성격이 잘 안 맞았어요. 유이 씨는 보기와 달리 이기적인 데다 감정의 기복이 심했거든요."

"그래? 그렇게 보이지 않던데."

나는 일부러 놀란 표정을 지었다. 하지만 무슨 말인지 이해가 되었다.

"그렇다고 특별히 싸운 건 아닙니다. 제가 일방적으로 참았거든요. 어제 찾아온 형사님께도 말씀드렸지만, 싸움은 거의 없었어요. 그녀는 제가 헤어지려고 했다는 것도 몰랐을 겁니다."

"형사에게 헤어지려 했다는 걸 말했나?"

"잠시 망설였지만, 이야기하진 않았습니다."

"그런 건 말할 필요 없어. 무턱대고 의심부터 하는 곳이니까."

"그래요? 하지만 상관없어요. 유이 씨는 이미 죽었으니까요."

마지막 한 마디가 내 마음에 무겁게 울려퍼졌다.

그렇다. 유이는 이제 이 세상에 없다.


## 12


나는 저녁때 히노 경찰서로 가서 다시 조사를 받았다. 지난 번과 똑같이 구로키와 기록을 담당하는 젊은 형사가 그 일을 맡았다.

"야나세 씨는 청순해 보이는 외모와 다르게 상당히 화려한 생활을 했더군."

구로키의 첫 마디를 듣고 오늘의 취조 방향을 눈치챘다. 아마도 유이가 클럽에서 일한 사실을 가리키는 것이리라. 그렇다면 내 예상대로 전개될 것이다.

"그런가요?"

나는 일부러 얼버무렸다.

"시치미떼지 마. 당신도 알고 있잖아. 야나세 유이가 취업규칙을 어기고 클럽에서 일했다는 걸 말야. 당신은 그걸로 그 여자를 협박했지. 그녀의 가방에 있던 50만 엔은 당신에게 주려고

마련한 돈이었어."

구로키는 처음부터 단정적으로 말했다. 나는 차분하게 하나하나 반박했다.

"야나세 씨가 클럽에서 일했다는 건 알고 있었어요. 하지만 협박한 적은 없습니다. 야나세 씨 가방에 그런 돈이 들어 있는 것도 몰랐고요. 돈은 그대로 있었겠죠?"

"돈이 있는 걸 알았으면 가져가기라도 했을 거란 말인가?"

"천만에요. 돈이 그대로 있었다는 건, 내가 협박하지 않았다는 증거라고 말하는 겁니다."

구로키의 말꼬리 잡기에 넌덜머리가 났다. 하지만 그가 내 말꼬리를 잡는다는 건 조바심의 반증이었다.

"야나세가 그런 일을 한다는 건 어떻게 알았지?"

"저도 전해들은 거예요."

나는 나구모에게 들은 내용을 말하며, 그래서 마이조노에 가봤다고 덧붙였다. 이틀에 걸친 혹독한 조사를 통해 객관적인 사실을 말하는 게 얼마나 중요한지 배웠다. 최대한 정직하게 말하면서 중요한 부분만 거짓말하면 된다. 필요 없는 거짓말은 마이너스에 불과하다.

구로키의 추궁은 계속 헛돌았다. 로프 어 도프 작전이 효과를 발휘했다. 나는 다운되기 직전처럼 연기해 구로키의 결정타를 피했다.

그는 종합적으로 마무리하듯 말했다.

"어쨌든 당신이 야나세 유이의 약점을 잡고 있었던 건 분명하잖아!"

"약점을 잡고 있었다? 그 표현도 적절하지 않습니다. 야나세 씨가 그런 일을 한다는 건 이미 소문이 자자했으니까요. 그래서 호기심에 마이조노에 가봤을 뿐입니다. 조사해 보면 아실 거 아닙니까?"

그는 말없이 나를 노려보았다. 탐문수사를 통해 내 말이 거짓이 아님을 확인한 모양이었다. 실제로 유이가 클럽에서 일한다는 건 나 말고도 여럿이 알고 있었다. 따라서 그 가운데 누군가 그녀를 협박해 50만 엔을 준비시킨 것으로 추측해 볼 수 있다.

"야나세 씨가 살해당한 당일, 다카쿠라 교수와 야나세 씨가 순찰시간을 바꾼 건 당신 제안으로 이루어진 거죠?"

구로키는 다시 정중한 말투로 돌아왔다. 이것도 지난번 패턴과 동일했다. 거친 말투와 정중한 말투를 번갈아 사용해 나를 뒤흔들려는 것이다.

"그래요. 하지만 그건 저 때문이 아니라 다카쿠라 교수님께 사정이 있어서입니다."

"그런 것 같더군요. 다카쿠라 교수는 그 시간에 원고 교정문제로 잡지사 편집자와 전화통화를 했지요."

역시 그 점도 확인한 모양이다.

"그런데 야나세 씨와 순서를 바꾸는 게 좋겠다고 제안한 사람은 당신이라던데요?"

그가 아픈 곳을 찔렀다. 분명히 다카쿠라가 유이를 지목한 건 아니었다.

"그건 이런 이유 때문입니다."

나는 구로키에게 순찰 시스템을 설명한 뒤, 다카쿠라의 상황을 듣고 유이가 빨리 퇴근할 수 있게 배려한 측면이 있다고 주장했다. 그리고 이렇게 덧붙였다.

"솔직히 마이조노에서 만난 후 얼굴을 마주하기가 거북해, 저로선 그런 느낌을 만회할 좋은 기회라고 생각했어요. 처음 마이조노에서 만났을 때, 그 다음주에 동반출근을 부탁하더라고요. 거절하지 못해 그러겠다고 했는데, 그날 결국 바람을 맞았지요. 그 후론 분위기가 더 어색해졌습니다. 하지만 학내에서 끔찍한 사건이 발생한 상황이라 계속 그렇게 지낼 순 없었어요. 문학부 사무주임인 저와 학생상담실 야나세 씨는 업무적으로 의논해야 할 부분이 많았습니다. 따라서 평범한 관계로 돌아가고 싶었습니다."

위험한 말이라는 건 알고 있었다. 자칫 고의로 순찰 멤버를 바꿨다고 해석할 수도 있다. 하지만 다카쿠라와 그녀의 순서를 바꾼 이유로 이보다 자연스러운 건 없다고 판단했다. 더구나 다카쿠라에게 특별한 사정이 있었으므로, 고의였다고 해도 이차적인 고의에 불과하다.

동반출근 관련해서도 내가 먼저 말하는 게 낫다고 판단했다. 구로키는 당연히 그 사실을 확인했을 것이다. 어쩌면 내가 유이의 휴대폰에 남긴 음성메시지를 들었을지도 모른다. 유이의 휴대폰은 50만 엔과 같이 가방에 들어 있었고, 경찰에서 이미 통화기록을 조사했을 것이다.

구로키는 다시 몇 가지를 질문했다. 하지만 표현이 바뀌었을 뿐 내용은 똑같았다. 내가 허물어지지 않자, 그는 어떻게 공략해야 좋을지 난감해하는 눈치였다. 나는 자신감을 갖기 시작했다.

그러나 장시간의 조사는 고통스러웠다. 창밖으로 시선을 돌리자, 겨울 하늘은 이미 완벽한 어둠의 세계에 속해 있었다. 기록담당 형사의 키보드 치는 소리가 묘하게 거슬렸다. 이것도 어제와 똑같았다. 어제와 다른 것은 저녁식사도 없고, 차도 한 잔 안 주었다는 것이다.

시간은 계속 흘러 이미 밤 12시가 넘었다. 마치 어제 내용을 반복하듯, 유이 외의 사건에 대해서도 같은 질문이 계속되었다. 참고인 임의 조사란 말은 새빨간 거짓말이었다. 이것은 심각한 인권문제다.

하지만 유이 외의 사건에 대한 질문은 마음이 편했다. 구로키가 유이 사건만 따로 추궁할 때가 가장 위험했다.

머리가 몽롱해지고 온몸의 기운이 빠졌다. 그것은 구로키도 마찬가지 아닐까? 넥타이가 보기 흉하게 늘어지고, 말 한 마디 한 마디에 분노가 담겼다.

"마지막으로 한 가지만 묻겠는데, 오제키 교수 사건은 어떻게 생각하지?"

"어떻게 생각하냐니요? 그걸 왜 제게 묻죠? 저 같은 아마추어에게요?"

그러자 구로키가 히쭉 웃었다. 불길한 예감이 들었다.

"그건 그렇군. 한 가지 좋은 걸 가르쳐주지."

그는 불쑥 일어서더니 내게로 다가와 속삭였다.

"야나세가 애인인 나카하시에게 이렇게 말했다더군. 어떤 남자에게 협박을 받고 있다고 말이야."

온몸에 소름이 끼쳤다. 유이가 나카하시에게 내 이야기를 했을지도 모른다고는 생각했다. 하지만 구로키의 말은 내 예상을 빗나갔다.

"오제키 교수도 야나세가 클럽에서 일한다는 걸 알고 있었어. 아마 당신이 가르쳐줬겠지. 그도 당신처럼 마이조노를 찾아갔어. 그리고 그 사실이 학교에 알려지는 게 싫으면 자기 연구실로 오라고 한 것 같더군. 다카쿠라 교수에게 들었겠지만, 그때 연구실에 있던 술잔에 묻은 립스틱의 주인공은 야나세였겠지. 오제키가 억지로 위스키를 마시게 했다고 애인에게 말했다니까. 당신은 그 사실을 전부 알고 야나세를 협박했어."

그는 내 옆에서 한 걸음 뒤로 물러섰다. 하지만 자기 자리로 돌아가지 않고 조금 큰 목소리로 말하기 시작했다.

"한번 생각해 봐. 당신 말대로, 야나세가 클럽에서 일한다는 건 상당히 많은 사람이 알고 있었지. 따라서 그것만으론 그녀를 협박할 수 없어. 요즘 세상에 젊은 여자가 클럽에서 일한다고 그렇게 큰 문제가 되지는 않으니까. 그건 대학 직원이라도 마찬가지야.

하지만 살인사건과 관계가 있다면 얘기가 달라지지 않을까? 물론 오제키 교수가 자살했는지 살해됐는지는 확실하지 않아. 당신에게 그런 건 아무 상관이 없겠지. 경찰에선 오제키 교수를 타살이라고 생각한다, 그가 사망하기 직전 연구실에 있던 여자를 의심하는 것 같다고 넌지시 말하면 됐으니까. 그 여자의 신원을 아는 사람은 애인인 나카하시를 제외하면 당신뿐이었지. 그 시점에는 우리도 그 여자가 누군지 몰랐으니까.

물론 나카하시는 애인을 생각해 비밀에 붙였지만, 당신은 그걸 이용해 그녀를 협박했어. 자기 말을 들으라고 말이야. 50만 엔은 겸사겸사 받으려 했을 뿐이고, 그녀를 품고 싶은 욕구가 더 강하지 않았을까? 나카하시는 여자들에게 인기가 많겠지만, 당신은 여자와 인연이 없어 보이거든."

나를 일부러 화나게 만들려는, 속이 뻔히 들여다보이는 작전이다. 하지만 그것만이 아니었다. 눈에 보이지 않는 구로키의 칼

끝이 내 심장을 정확히 노리고 있음을 처음으로 깨달았다. 기본적으로 구로키의 말은 정확했다.

그와 동시에 나카하시가 왜 유이와 헤어지려 했는지 알게 되었다. 궁지에 몰린 유이는 절박한 심정으로 나카하시에게 고백했으리라. 클럽 문제로 오제키 교수에게 협박당하고 있다고. 아마도 나카하시는 유이가 클럽에서 일한다는 사실을 그때 처음 알게 되지 않았을까?

나는 딱딱하게 굳어진 얼굴로 입을 다물었다. 구로키가 다시 내 쪽으로 다가왔다.

"이렇게 상상할 수도 있지 않을까? 당신은 순찰을 이용해 두 가지를 손에 넣으려 했어. 돈과 야나세의 몸 말이야. 그녀가 저항할 걸 예상하고 칼까지 준비했지. 그 칼을 이용해 순찰 중인 여자화장실에서 그녀의 옷을 벗기려 했어. 아무도 없는 여자화장실이야말로 최고의 환경일 테니까. 더구나 순찰이라는 명목으로 당당히 여자화장실에 들어갈 수 있었지. 하지만 야나세가 완강히 저항하자 그만 죽이고 말았어."

나는 한숨을 쉬면서 고개를 가로저었다. 구로키가 몸을 숙이고 내 눈을 들여다보았다.

"아니라는 건가? 그럼 이런 시나리오는 어때? 이미 이야기한 두 가지 동기에 덧붙여 결정적인 동기가 하나 더 있어. 야나세는 우연히 대학에서 일어난 여대생 연쇄살인사건의 범인이 당신이라는 걸 알았어. 그래서 당신은 그녀를 범하고 돈을 빼앗은 뒤 살해할 계획을 세웠지. 범인은 엽기 연쇄살인마이지 당신이 아니라고 위장하면서 말이야. 당신이 말한, 눈만 보이는 모자를 쓴 키 큰 남자는 도망친 흔적이 없어. 연기처럼 사라졌단 말이지. 그 범인이 당신일 경우 모든 게 해결되는데, 어때?"

"헛소리 작작해요! 그만 집에 가겠어요. 지금은 임의 조사 중 아닌가요? 그런데 이런 식으로 대하다니, 이건 심각한 인권문제라고요!"

나는 주위가 떠나가라 소리치며 자리에서 일어났다. 어느 정도 연기가 섞여 있었지만, 구로키의 추궁에 내심 공포를 느낀 것도 사실이었다. 잘못하면 저지르지 않은 살인죄까지 뒤집어쓸 수 있었다. 이미 예상했지만 실제로 그런 상황에 몰리자, 내가 그렇게 단단한 사람이 아님을 새삼 깨달았다. '사형'이라는 두 글자가 뇌리에 떠올랐다.

"멍청한 녀석! 널 그냥 돌려보낼 만큼 경찰이 어리석다고 생각해? 이제 그만 털어놓으시지. 오늘은 한 가지만 자백하면 보내주겠어. 야나세 유이를 죽인 게 너라고 털어놓으란 말이야!"

갑자기 몸이 허공으로 붕 뜨는 듯했다. 구로키가 멱살을 잡은 것이다. 상상을 초월한 힘이었다. 의자가 쓰러지고 단숨에 몸이 뒤쪽으로 밀리며 벽에 부딪쳤다. 하지만 구로키는 나를 잡은 손에 더욱 힘을 주었다. 구로키에게 잡힌 넥타이 매듭이 목

젖을 눌러 숨을 쉴 수가 없었다. 소리를 지르려 했지만 목소리조차 나오지 않았다.

기록담당 형사가 깜짝 놀라며 "구로키 씨!" 하고 소리치는 모습이 망막에 스쳤다. 그리고 문 열리는 소리가 들렸다. 그제야 구로키는 손을 놓고 뒤를 돌아보았다.

데라우치였다. 어제는 조사 중에 몇 번 들어왔지만, 오늘은 처음이었다.

데라우치는 안으로 들어오자 일단 쓰러진 의자를 바로세웠다. 그리고 무표정한 얼굴로 나에게 다가왔다. 공포심은 더욱 커졌다. 데라우치도 나에게 폭력을 행사할 생각인가?

그런데 생각지도 못한 일이 벌어졌다. 데라우치가 나와 구로키를 떼어놓더니 정중하게 사과하는 것 아닌가?

"시마모토 씨, 장시간 협조해 주셔서 감사합니다. 그리고 이런 시각까지 붙잡아둬 죄송합니다. 이제 집에 가셔도 됩니다."

"데라우치 씨, 이 자식은……."

구로키가 씩씩거리며 반박하려 했지만, 데라우치는 의연했다.

"아니, 더 이상의 조사는 안 돼."

처음으로 본청 형사의 권위가 드러나는 순간이었다.

구로키는 여전히 불만스러운 표정을 지었지만, 더는 반박하지 않았다.

"어차피 내일 또 불러서, 이런 말도 안 되는 취조를 하겠죠?"

나는 뒤틀린 넥타이 매듭을 바로잡으며 괴로운 얼굴로 말했다.

"아뇨. 내일은 시마모토 씨도 피곤하시겠지요. 지금까지 자세히 들었으니, 내일은 괜찮습니다. 며칠 후 몇 가지 보충질문을 할 수는 있겠지만요……"

그 말을 듣자 맥이 쭉 빠졌다. 예상치 못한 상황에 구로키는 망연자실한 표정을 지었다.

참고인 조사는 너무도 갑작스럽게 마무리되었다. 더구나 구로키의 모습으로 볼 때, 그와 데라우치가 한통속이라곤 생각하기 어려웠다.

이유는 알 수 없었다. 그러나 피곤한 와중에도, 뭔가 중요한 사태가 발생한 건 아닐까 하는 생각이 들었다. 순간 나처럼 조사받고 있을 다카쿠라의 얼굴이 떠올랐다.


13


대학에 출근한 것은 그 다음주 화요일이었다. 토요일, 일요일은 원래 쉬는 날이지만, 월요일에도 몸이 좋지 않다는 이유로 휴가를 냈다. 혹독한 참고인 조사를 마치고 사흘 연속 출근하지 않은 것이다.

1월 19일 화요일 오전 9시, 문학부 사무실로 들어갔다. 평소보다 30분 일찍 출근했다. 되도록 사람들과 얼굴을 마주치고 싶지 않았다.

사무실에는 아무도 없었다. 10분 후 다에코가 출근했다.

그녀는 불편해 보이는 표정으로 시선을 떨구었다. 그러나 도벽 현장을 들킨 후로 항상 그런 모습이었다. 따라서 경찰에 나와 유이가 같이 있는 모습을 봤다고 말한 것 때문인지는 알 수 없었다.

나도 그녀를 외면한 채 조금 전 켜놓은 컴퓨터 화면을 바라보았다.

"주임님, 나오셨어요?"

바로 옆에서 들려오는 소리에 고개를 돌렸다. 다에코였다. 자리에 앉지 않고 곧장 내 쪽으로 온 모양이다.

나는 나른한 목소리로 대꾸했다.

"아아, 안녕하세요."

특별히 퉁명스럽게 대하려던 건 아니었다. 하지만 지금 상황에서는 기분 좋게 행동하기가 어려웠다. 나는 여전히 커다란 수수께끼 속에 놓여 있었다.

혐의가 완전히 풀렸다며 안이하게 생각하지는 않았다. 갑작스러운 참고인 조사 중단이 내게 유리한지 불리한지조차 알 수 없었다. 그로 인한 불안감이 가슴을 쥐어뜯는 듯했다.

다에코가 조심스럽게 입을 열었다.

"지난주에는 많이 힘드셨죠?"

옆으로 다가온 걸 보면 내게 할 말이 있는 것 같았다. 하지만 그렇게 다정한 태도는 의외였다.

"그래요. 너무나 어이가 없어서 말문이 막힐 지경입니다. 완전히 범인취급을 하더군요……."

"죄송해요."

그녀는 느닷없이 사과했다. 나는 일부러 의외라는 표정을 지었다.

"죄송하다니, 다에코 씨가 왜 사과하는 거죠?"

"실은 형사가 꼬치꼬치 캐물어 제가 이상한 말을 했어요. 주임님과 야나세 씨가 체육관 앞에서 이야기하는 걸 봤다고 하니, 그때 두 사람이 말다툼하는 것 같지 않았냐고 묻더군요. 그래서 그렇다고 했어요. 두 분이 무슨 얘기를 했는지 못 들었지만, 형사의 말투가 너무 강압적이라 그만……."

"아아, 그거요? 별일 아니니 신경쓰지 마세요."

"솔직히 말씀드리면, 주임님께 부끄러운 모습을 들킨 뒤 머리에서 그 일이 떠나지 않았어요. 그래서 주임님이 경찰에 잡혀가 영원히 돌아오지 않았으면 좋겠다고 생각했죠. 주임님은 너그럽게 저를 용서해 주셨는데……. 제가 왜 그랬는지 모르겠어요. 그때는 제정신이 아니었나 봐요. 물론 어떤 변명을 해도 용서받을 수 없다는 건 알고 있지만요……."

"그 일은 그만 잊으세요. 사람은 누구나 자기도 모르게 이상한 행동을 할 때가 있어요. 그리고 내 혐의는 다에코 씨 증언과 아무런 관계가 없습니다."

왠지 그녀에게 따뜻한 마음이 들었다. 그녀는 눈물이 그렁그렁한 채 고개를 끄덕였다. 그때 다른 학부 직원이 출근했다. 나는 이제 그만 자리로 돌아가라고 눈짓했다.

문학부뿐만 아니라 다른 학부 사무실까지 묘한 긴장감이 감돌았다. 원인은 물론 나다.

내가 경찰에서 혹독한 조사를 받았다는 사실은 문학부뿐만 아니라 다른 학부 직원들까지 알고 있다. 매스컴은 류호쿠 대학에서 다시 여직원이 살해되었다고 대대적으로 보도했다. 따라서 어느 누구도 사건에 대해 쉽게 입을 열 수 있는 분위기가 아니었다.

특히 문학부 업무부의 분위기는 마치 장례식장 같았다. 오늘은 노다 과장과 나 외에 노조미와 다에코가 근무했다. 아르바이트 대학원생 두 명은 원래 일이 없는 날이고, 나카하시는 우울증이 심한지 어제와 오늘 연속으로 휴가를 냈다고 한다. 무리도 아니다.

노조미는 줄곧 애인을 잃은 나카하시를 걱정했다. 하지만 내게도 신경을 쓴다는 것이 충분히 느껴졌다. 노조미만이 아니다.

노다도 여느 때와 달리 긴장된 얼굴로 나를 힐끔힐끔 쳐다보았다. 그렇지만 말을 걸지는 않았다. 나는 마치 바늘방석에 앉아 있는 듯했다.

그런 상태에서 오전이 지나고 점심시간이 되었다. 나는 사무실 밖으로 나왔다.

정문 근처에 도착했을 때, 앞에서 걸어가던 두 여직원의 대화가 들렸다.

"들었어? 지난주 금요일 밤 동아리 건물의 여자화장실에서 경비원이 젊은 남자를 붙잡았대. 이번엔 도촬이래."

"진짜? 그래도 살인보단 도촬이 낫잖아."

"그건 그래. 그런데 이번 보너스가 위험할지도 모른다고 하던데? 살인사건이 계속 발생하는 바람에 올해 입시지원자가 급감할 거라고……."

"그건 안 돼! 카드 값은 어떡해? 나 큰일난단 말이야."

나는 쓴웃음을 지었다. 대학 내에서 도촬범이 잡히는 건 그렇게 드문 일이 아니다. 반면에 연쇄살인사건이 일어나는 대학은 일본의 어디에서도 찾아볼 수 없었다. 하지만 나는 두 사람의 대화를 남의 이야기처럼 흘려보냈다.

자주 가던 커피숍에서 커피를 마시고 다시 사무실로 돌아왔다. 손목시계를 보자 12시 40분. 10분 지각이다. 평소라면 그 정도 늦는 것에는 신경쓰지 않는다. 하지만 오늘은 달랐다.

사무실로 들어가자, 노다가 큰소리로 내 이름을 불렀다.

"시마모토 씨, 어디 갔다 이제 와? 아까부터 찾았잖아."

항상 손짓으로 나를 부르던 노다가 황급히 옆으로 다가왔다. 사무실의 모든 사람이 주목하는 가운데, 그는 내 어깨를 껴안으며 밖으로 데리고 나갔다.

"학부장님께서 아까부터 찾았어. 엄청난 일이 일어났대! 연쇄살인범이 체포됐나 봐. 자백도 했다지 뭐야?"

사무실 밖으로 나가자마자, 노다는 작은 목소리로 빠르게 말했다. 심장이 떨어질 뻔했다. 연쇄살인범이 체포되다니, 너무도 갑작스럽지 않은가?

"정말이세요? 우리 학교 관계자인가요?"

"그건 아직 몰라. 조금 전 학부장님과 통화했는데 구체적인 말씀은 안 하시더군. 어쨌든 자네와 함께 학부장실로 오라고 하셨어. 자세한 이야기는 그때 하신다면서."

그 말을 끝으로 우리는 입을 다물었다. 머릿속에서 수많은 생각이 떠돌아다녔다. 범인은 과연 누구인가?

나는 확신했다. 이번 일은 분명히 지난주 갑작스럽게 중단된 참고인 조사와 관계가 있다. 그날 밤 느지막이 범인이 체포되었을 것이다. 아니, 더 일찍 체포됐을지도 모른다. 하지만 내가 풀려난 시각에 결정적인 내용을 자백한 것 아닐까? 그래서 더 이상 나를 취조하지 않게 된 것이다.

다카쿠라일까? 오제키가 세상을 떠난 지금, 다카쿠라 말고는 생각할 수 없었다. 그렇지 않으면 왜 그가 가는 곳마다 살인사건이 일어나겠는가?

나와 노다는 연구동 8층의 학부장실로 가서 오치아이와 마주앉았다. 오치아이는 긴장한 표정을 감추지 않았다. 하지만 결론은 미룬 채 천천히 입을 열었다.

"실은 지난주 금요일 밤 동아리 건물의 여자화장실에서 경비원이 치한을 붙잡았네. 개별실에 숨어서 다른 개별실에 있던 여학생을 스마트폰으로 촬영한 모양이야. 총무과 말로는 가끔 그런 일이 있는데, 대부분 외부인이었다고 하더군."

조금 전 들은 두 여직원의 대화가 어렴풋이 떠올랐다. 그것과 연쇄살인사건의 범인 사이에 무슨 관련이 있을까?

"그런데 이번엔 달랐네. 범인이 우리 학교 사람이었어. 더구나 가방을 조사했더니 식칼과 갈아입을 옷, 그리고 눈만 보이는 모자가 나왔다더군."

오치아이는 잠시 말을 끊고 길게 한숨을 쉬었다. 노다도 나도 침묵했다. 기이한 긴장감이 공간을 지배했다.

"경찰의 추궁에 결국 우리 대학에서 일어난 모든 살인사건을 자신이 저질렀다고 자백했다네. 야나세 씨 사건을 포함해서 말이야."

그렇게 말하며 오치아이는 나를 힐끔 쳐다보았다. 이제 내 혐의가 풀렸다는 의미일 것이다. 그러나 나는 분명히 알고 있다. 유이를 살해한 사람이 나라는 걸.

"도대체 범인이 누구입니까?"

노다가 더 이상 참지 못하고 물었다. 오치아이는 억양 없는 목소리로 그 사람 이름을 말했다.

형용할 수 없는 기이한 침묵이 실내를 가득 메웠다. 다카쿠라가 아니었다. 내가 잘 아는 사람이 범인이었다. 하지만 나는 오치아이의 말이 기억나지 않을 만큼 혼란스러웠다.

"그런 말도 안 되는⋯⋯."

노다는 차마 말을 끝맺지 못했다.

"그래. 상상도 못한 일이지. 어쨌든 교수나 학생은 아니지만, 직원이 범인으로 밝혀지다니 엄청난 일임에 틀림없네. 경찰 수사가 진행되면 자세한 내막이 밝혀지겠지. 하지만 그런 다음 대처방법을 생각하면 너무 늦어. 그래서 오늘 두 사람을 부른 거야⋯⋯."

오치아이는 계속 말을 이었다. 하지만 전혀 의미 있게 들리지 않았다. 그의 목소리가 점점 아득하게 느껴졌다.

나는 마음속으로 노다와 똑같은 말을 중얼거렸다. 그런 말도 안 되는⋯⋯. 어떻게 그 사람이 범인인가? 더구나 유이 또한 자신이 죽였다고?

그렇다면 내가 죽인 사람은 누구인가?

결론이 나지 않는 생각들이 머릿속에서 끊임없이 이어졌다.


14


나카하시가 체포된 지 한 달이 지나고 2월로 접어들었다. 그동안 류호쿠 대학에서 일어난 연쇄살인사건을 모든 매스컴에서 대대적으로 보도했다. 유이까지 포함하면 학교 직원이 일곱 명이나 살해한 셈이었다. 따라서 매스컴이 난리를 피우는 것도 당연했다.

살해된 네 여학생은 모두 나카하시와 사귄 사이라고 한다. 그는 잘생긴 외모를 내세워 잇따라 피해자들과 관계를 맺었다.

미소노의 경우, 학점 때문에 사무실로 의논하러 온 것이 계기가 되어 사귀기 시작했다고 한다. 그러나 문학부 직원은 누구도 그런 사실을 눈치채지 못했다. 심지어 나카하시만 바라보던 노조미조차.

나카하시는 네 여학생과 번갈아 사귀면서 3년 동안 유이와 관계를 유지했다. 그에게 진짜 애인은 유이였을 것이다. 도주를 위해 어쩔 수 없이 살해한 다사키를 제외하면, 네 여학생에 대한 살해동기는 명확히 밝혀지지 않았다.

하지만 살해경위는 구체적으로 진술했다고 한다. 네 명 모두 여자화장실에서의 섹스를 제안해 유인한 후 개별실에서 살해했다. "긴장과 스릴을 맛보자"는 그의 말에 처음에는 반대했지만, 결국 모두가 순순히 응했다고 한다.

미소노의 경우 일을 치르고 속옷을 가져간 건, 가해자와 피해자 사이에 아무런 접점이 없는 엽기살인으로 위장하기 위해서였다. 그러나 다른 세 사람은 섹스도 하지 않은 채 무작정 살해했다. 어쩌면 서양의 동화 『푸른 수염』(프랑스의 동화작가 샤를 페로의 작품)에 나오는 푸른 수염처럼, 쾌락살인마로서 살인 자체를 목적으로 삼았다는 의견도 있었다.

실제로 네 여학생과 사귄 기간은 일주일에서 이주일 정도로 매우 짧았다. 따라서 처음부터 살해 목적으로 접근했다고 볼 수도 있다. 사귄 기간이 짧았던 것은 주변에 관계가 알려지는 걸 막기 위해서였다.

피해자 중에는 트위터에 나카하시의 존재를 슬쩍 내비친 사람도 있었다. 하지만 '키가 크고 멋진 남친'이라고만 썼을 뿐, 실명은 언급하지 않았다.

그는 도주경로에 대해서도 진술했다. 여학생을 살해한 후 미리 준비한 눈만 나오는 모자를 뒤집어쓰고는 강의동 뒤쪽의 삼나무숲으로 도망쳤다. 그리고 가방에 있던 옷으로 갈아입었다. 삼나무숲의 나지막한 담을 넘으면 큰 길로 이어지는 간이도로가 있었다. 그곳을 이용해 밖으로 나갔다고 한다. 경찰은 현장

검증을 통해 그 사실을 확인했다.

나카하시는 스크리치에 대해서도 순순히 진술했다. 처음에는 밖에서 누군가 다가오는 것을 막기 위해 순간적으로 기괴한 소리를 냈다고 한다. 그런데 도주에 도움이 되자, 살인을 저지를 때마다 계속 그렇게 소리를 냈다. 그러자 엽기성이 강조되며 범인이 '묻지마 살인'을 저지르는 정신이상자라는 소문이 퍼져나갔다. 그는 이제 사건의 방향을 그쪽으로 몰아가기 위해 일부러 스크리치를 사용했다.

나카하시는 오제키를 살해하고 사무실에 있던 내게 위장전화한 사실도 자백했다. 오제키가 유이를 협박했다는 말은 들었지만, 그것이 결정적 동기는 아니라고 한다. 최종목적은 일련의 여대생 연쇄살인사건을 오제키 소행으로 몰아 수사를 중단시키는 것이었다.

그는 순찰 대기시간을 이용해 화장실에 가는 척하고 오제키의 연구실로 향했다. 업무상 이유를 핑계로 들어간 후, 오제키가 착용 중이던 넥타이로 목 졸라 살해했다. 유이는 어렵지만, 체력이 뛰어난 나카하시라면 충분히 가능했으리라.

유이를 살해한 이유는, 애인인 그녀가 클럽에서 일한 사실을 도저히 용서할 수 없었기 때문이라고 진술했다.

말이 안 된다. 동기는 그럴싸하지만, 애초 유이를 살해한 것 자체가 사실이 아니다. 내가 나카하시의 손발이 되어 살인을 저질렀다는 말인가? 그가 왜 거짓말을 하는지 짐작이 가지 않았다.

유이 사건과 관련해서는 자세하게 진술하지 않은 듯했다. 직접 저지르지 않은 만큼, 섣불리 말하다 허점이 드러날까 봐 염려했기 때문일 것이다.

대학입시가 시작되었다. 그런데 여기서도 예상치 못한 상황이 전개되었다. 수험생이 격감하리라 예측했는데, 작년보다 30퍼센트나 늘어났다. 다른 해 같으면 지원하기 어려운 성적 나쁜 학생들이 몰려들었기 때문이다. 입시학원에서 류호쿠 대학의 커트라인이 많이 내려갈 것으로 전망한 데 원인이 있었다.

학부장인 오치아이는 쓴웃음을 지으며 "이거 웃어야 할지 울어야 할지 모르겠군. 올해는 머리 나쁜 학생들을 가르쳐야겠어"라고 말했다. 어쨌든 재정 파탄은 피했기 때문에 기분이 괜찮아 보였다.

나카하시가 체포된 후, 구로키와 데라우치 외 여러 형사들이 문학부 사무실로 찾아와 보충질문을 했다. 하지만 나카하시의 진술을 보완하는 수준이었다. 그 후 히노 경찰서에서 호출하는 일은 없었다.

하지만 나의 의심지옥은 사라지지 않았다. 경찰이 나를 방심하도록 유도하고 있는지도 모른다. 다카쿠라를 만나고 싶다……. 그런 마음을 억제하기 어려웠다. 그를 만나면 경찰이 무슨 생각을 하고 어떻게 움직이는지 알 수 있을 것 같았다. 그 또한 유이와 왜 순찰 순서를 바꾸었는지 집요하게 조사받았을 것이다.

그를 만날 구실은 있었다. 경찰이 나를 유이 살해범으로 의심했다는 건 많은 사람들이 알고 있는 사실이다. 따라서 지금까지 여러모로 신경쓰게 해 죄송하다는 인사와 함께, 나카하시가 체포됨으로써 나에 대한 혐의가 풀렸음을 이야기하는 건 크게 부자연스럽지 않았다.

하지만 대학입시가 시작되면서 눈코 뜰 새 없이 바빴다. 그동안 쌓인 업무에 입시업무까지 더해진 탓이다. 더구나 지금은 나카하시도 없다.

학교측에서는 임시직원 두 명을 급히 채용했지만, 일을 잘 모르므로 내가 일일이 가르쳐줘야 했다. 두 사람이라고 해도 능력 면에서는 한 사람 몫도 되지 않았다.

다카쿠라를 만나고 싶어도 시간을 내기가 쉽지 않았다. 하지만 급한 마음에 전화를 걸어, 밤에 찾아봬도 되느냐고 물었다. 내가 처한 상황을 설명하고 저녁에만 시간이 가능하다고 덧붙였다. 그는 순순히 받아들였다. 내게 아무런 의심도 품지 않은 것처럼 보였다.

2월 17일 수요일. 불멸(佛滅. 모든 게 흉하다고 하는 날)의 날이었다.

JR 나카노역에서 다카쿠라의 집까지 걸어가며 멍하니 유이를 떠올렸다. 그동안 정신없이 바쁜 게 오히려 다행이었다. 적어도 낮시간에는 일에 빠져 유이를 죽였다는 걸 의식하지 않을 수 있었다.

하지만 오늘도 무서운 밤의 장막이 내려앉으려 하고 있다. 지옥 같은 번뇌가 나를 괴롭혔다. 유이의 단말마 표정이 소리 없는 영상이 되어 망막 안쪽에서 끊임없이 되살아났다. 그녀를 살해한 순간에는 그 표정이 무섭다고 느끼지 못했다. 그런데 시간이 흐를수록 마치 보이지 않는 끈으로 내 목을 조르는 듯했다.

나는 고통에서 벗어나려고 죽을힘을 다했다. 술을 진탕 마시고 잠자리에 들기도 했다. 그럼에도 취하지 않아, 결국 뜬눈으로 밤을 지새우곤 했다.

하지만 다카쿠라에게 가는 도중 내 머리에 떠오른 건 그런 불안과 공포가 아니었다. 나는 절반쯤 그리운 마음으로 유이를 떠올렸다. 아무리 증오하던 사람도 저세상 사람이 되면 용서가 된다더니, 유이가 그러했다. 그녀를 증오하는 마음은 이미 사라지고 없었다.

나카하시가 체포되면서 나는 정상적인 마음을 되찾았다. 이는 곧 유이에 대한 속죄의 감정이 강하게 솟구치는 일이기도 했다.

신구에서 올라온 유이의 어머니가 대학에 인사차 왔다는 이
야기를 노다에게 들었다. 경찰에서 시신을 확인하고 고향으로
내려가는 길이라고 했다.

노다의 이야기를 통해, 그녀가 홀어머니 밑에서 외동딸로 자
랐음을 알게 되었다. 환경이 나와 같다니, 의외였다. 장학금을
받고 아르바이트를 하며 게이오 대학을 졸업할 때까지 어머니
의 경제적 지원은 전혀 받지 않았다고 한다. 어머니도 파트타임
으로 근근이 생계를 꾸려나가는 모양이었다. 이런 이야기는 내
마음을 한층 우울하게 만들었다.

내가 자란 환경을 유이에게 말했지만, 그녀는 자신의 이야기
를 하지 않았다. 나와 달리 학력 엘리트라는 자부심이 있었기
때문일까?

요지경 속 미인의 그림처럼 유이의 얼굴이 뇌리를 떠다녔다.
갑자기 귓가에서 그녀의 마지막 애원이 되살아났다.

"시마모토 씨, 죄송……해요! 용서해……주세요! 돈도……가
져왔어요! 지금까지……정말 죄송했어요."

그녀는 울면서 사죄했다. 물론 살고 싶어서 마음에 없는 말
을 했을 수도 있다. 하지만 수치심도 부끄러움도 없이 울며 애
원했다. 왜 용서해 주지 않았을까? 나도 모르는 사이 뺨으로 눈
물이 흘러내렸다.

## 15

다카쿠라의 아파트가 보이는 순간, 나는 끝까지 도망치려는 범죄자의 심리로 되돌아갔다. 내가 무슨 죄를 저질렀는지는 너무나 잘 알고 있다. 그럼에도, 평생 동안 유이의 명복을 빌며 살겠노라는 뻔뻔한 생각을 하기 시작했다.

"밤늦게 찾아와서 죄송합니다."

나는 현관문을 열어주는 다카쿠라의 아내에게 사과했다.

"아니에요. 괜찮아요."

그녀는 지난번과 마찬가지로 우아하면서도 따뜻한 미소로 나를 맞이했다. 연한 핑크색 블라우스에 하얀 카디건과 감색 바지 차림이었다. 겨울치고는 옷이 좀 얇아 보였지만, 난방이 잘 되어 그 정도면 충분했다.

다카쿠라는 거실에서 나를 맞이했다. 검은색 바지에 파란색 줄무늬가 들어간 와이셔츠를 입고 있었다.

안으로 들어가 코트를 벗자 야스코가 그것을 옷걸이에 걸었다. 나는 상하 검은색 양복에 연지색 넥타이의 단정한 차림으로 다카쿠라와 야스코 앞에 앉았다.

야스코가 물었다.

"저녁은 드셨어요?"

"네. 먹고 왔습니다."

거짓말이었다. 사실은 저녁을 먹을 시간조차 없었다.

"음……, 그게 어떨까?"

야스코는 중얼거리듯 말하며 주방으로 갔다. 그녀가 돌아올 때까지 10여 분쯤 우리는 입시지원자가 줄어들지 않은 것에 대해 이야기를 나누었다. 실력이나 수준은 좀 떨어지더라도 지원자가 크게 늘어난 건 좋은 일이라는 데 의견이 일치했다.

이윽고 야스코가 세 잔의 차와 쇼트케이크를 내왔다. 그녀는 쇼트케이크와 차 한 잔을 내 앞에 내려놓으며 말했다.

"혹시 달콤한 것, 싫어하세요? 달콤한 걸 먹으면 심각한 얘기를 할 때도 마음이 차분해지고 따뜻해진대요."

그녀는 나머지 찻잔 두 개를 나란히 앉은 다카쿠라와 자신의 앞에 내려놓았다. 나는 그 말에서 묘한 느낌을 받았다. 하지만 그녀의 따뜻한 미소에 매료되어 반사적으로 대꾸했다.

"고맙습니다."

홍차를 한 모금 마신 뒤, 옆에 있던 작은 포크로 쇼트케이크를 한 입 먹었다. 달콤한 크림이 입안에 퍼지며, 그녀의 말처럼 마음이 차분해지는 듯했다.

그때 다카쿠라가 진지한 표정으로 뜻밖의 말을 꺼냈다.

"한 가지 부탁할 게 있는데요. 오늘 이야기를 나눌 때 아내도 옆에 있으면 안 될까요? 나도 시마모토 씨처럼 조사 대상이었기 때문에 아내가 몹시 걱정하고 있습니다. 그래서 모든 걸 아내에게 말하고 있어요. 오늘 시마모토 씨와 대화할 때 아내도 동석했으면 합니다만……."

나는 즉시 대답했다.

"물론 상관없습니다."

그녀가 고맙다는 듯 생긋 웃으며 살짝 고개를 숙였다.

직감적으로 뭔가 있다고 느껴졌다. '대화'라는 표현이 마음에 걸렸다.

물론 그런 말은 입 밖에 내지 않았다. 다만 이야기의 주도권을 쥐고 싶어 내가 먼저 질문했다.

"교수님께서도 참고인 조사를 받으셨나요?"

"네. 그렇습니다."

"히노 경찰서에서요?"

"아뇨. 집에서요."

역시 그는 특별대우를 받았다. 애초 그게 정말로 참고인 조사였는지조차 의심스러웠다. 자택에서 한 걸 보면 조사라기보다 의견을 들으려는 성격이 강하지 않았을까?

"구로키 형사가 왔습니까?"

떠올리고 싶지 않은 이름이었지만, 나는 구태여 구로키의 이름을 입에 담았다.

"아니요. 다른 형사였습니다."

한순간 그가 내 얼굴을 물끄러미 쳐다보는 듯했다. 왠지 그 형사의 존재를 언급하고 싶지 않다는 거부의 표정 같았다. 그가 경시청 수사1과에 아는 형사가 있다고 말했던 것이 떠올랐다.

"어떤 걸 묻던가요?"

"야나세 씨와 순찰 순서를 바꾼 경위에 대해 자세히 묻더군요. 하긴 경찰이 그 부분을 주목하는 건 당연합니다. 제 사정으로 바꿨다고 솔직히 대답했어요. 그로 인해 나를 의심의 눈길로 쳐다봐도 상관없습니다. 실제로 일 때문에 통화해야 한다는 평계를 대고 연구실로 돌아간 다음, 강의동 순찰시간에 맞춰 8층 여자화장실에 숨어 있을 수 있었으니까요. 나도 일정표가 있어 순찰팀이 대충 언제 그곳에 도착할지 알 수 있었거든요. 물론 현실적으로 슈퍼맨처럼 재빨리 변신하는 데는 어려움이 있지만, 논리상으론 가능합니다. 따라서 이론적으로는 내가 유력한 용의자였겠지요."

"하지만 실제로 의심을 받은 사람은 접니다. 저는 교수님의 교대 때문에 경찰서에서 혹독하게 추궁받았어요. 교수님 사정으로 교대했지만, 교대할 사람으로 야나세 씨를 추천한 게 저니까요. 경찰에선 제가 일부러 야나세 씨를 그 시간대의 순찰팀에 배치한 것 아니냐고 의심하더군요."

"그러셨군요."

다카쿠라의 표정이 어두워졌다. 야스코의 얼굴에서도 다정한 미소가 사라졌다.

"교수님, 이제 사건이 완전히 해결되었다고 봐도 되나요?"

나는 단도직입적으로 물었다. 그는 걱정스런 표정으로 나를 쳐다보았다.

"아니요. 그렇지는 않을 겁니다. 물론 나카하시 씨가 많은 사람을 죽인 건 사실일 겁니다. 동기는 밝혀지지 않았지만, 정신적인 문제일 테니 그건 일단 차치하겠습니다. 사건이 해결되지 않았다고 말한 부분은 구체적인 사실관계에 대한 겁니다."

충격이 내 몸을 엄습했다. 그의 말은 생각보다 매우 단호했다. 그가 무엇을 말하는지 충분히 알 수 있었다.

"구체적으로 어떤 것이죠?"

나는 마음속 불안을 억제하며 가까스로 물었다.

"처음 야나세 씨의 사건현장을 봤을 때, 묘한 위화감에 휩싸였어요. 상황이 그때까지 일어난 사건과 달랐기 때문입니다. 예를 들면, 다른 사건과 달리 흉기가 남아 있었지요. 또한 나중에 안 사실이지만, 현장에 있던 야나세 씨의 가방에서 휴대폰도 발견되었습니다. 그 전의 사건들에서는 휴대폰이 모두 사라졌는데 말이지요. 더구나 가방에 50만 엔이라는 거금이 들어 있었습니다."

그는 잠시 말을 중단하고 나를 빤히 쳐다보았다. 나는 시선을 떨구었다. 한순간 침묵이 이어졌다. 그러나 거기까지는 예상하고 있었다. 나는 이를 악물고 마음을 진정시켰다.

그가 다시 입을 열었다. 말투는 여전히 조용했다.

"그런데 가장 위화감을 느낀 건 시신의 모습이었습니다. 여대생 연쇄살인사건의 시신과 다사키 씨의 시신에는 한 가지 공통점이 있었어요. 칼에 찔린 상처가 몸의 왼쪽에 집중되어 있었다는 겁니다. 신문에서도 그렇게 보도했고, 형사에게 부탁해 감식사진을 받아 다시 한 번 확인했지요.

그걸 보고 알았습니다. 범인이 오른손잡이란 걸요. 오른손잡이가 사람을 찌르면 흉기는 필연적으로 상대의 왼쪽에 박히지요. 일부러 반대쪽을 노리지 않는 한 그렇게 됩니다. 물론 상대가 어떻게든 도망치려 할 테니 오른쪽에도 상처가 있을 수 있지만, 그건 얼마 되지 않습니다. 실제로 다사키 씨의 경우 오른쪽에 상처가 있었는데, 다른 피해자들보다 격렬하게 몸을 방어한 증거일 겁니다. 어쨌든 상처는 왼쪽에 더 많았습니다. 더구나 목의 일부분이 잘려 있었는데, 이것 역시 왼쪽이었지요.

그런데 야나세 씨의 상처는 몸의 오른쪽에 집중되어 있었습니다. 감식사진을 본 건 사건이 일어난 후지만 야나세 씨의 경우 현장을 직접 목격했기 때문에, 감식사진을 보기 전부터 범인이 왼손잡이란 걸 알았지요."

그는 말을 멈추고 나를 다시 뚫어지게 쳐다보았다. 나는 묘한 느낌에 사로잡혔다. 지금 결정적인 일이 벌어지는 중이다. 하지만 내 머리는 그것을 제대로 인식하지 못한 채 정체를 알 수 없는 느낌에 사로잡혀 있었다.

그는 담담하게 말을 이었다.

"시마모토 씨와 같이 순찰을 돌 때, 내가 완장에 대해 했던 말을 기억하시나요? 그때 대학 이름이 적힌 완장을 나는 무의식중에 왼팔에 찼어요. 그러다 어느 팔에 차는 게 맞나 주변을 둘러봤는데, 대부분 왼팔에 차고 있어 안심했던 기억이 납니다. 하지만 시마모토 씨는 오른팔에 차고 있더군요.

이건 어느 게 맞느냐의 문제가 아닙니다. 장례식 때의 상장(喪章)은 불교적인 이유로 왼팔에 차는 게 맞다고 해요. 그런데 그걸 아는 사람은 얼마 되지 않죠. 대부분 무의식중에 어느 한쪽 팔에 찹니다. 그때 시마모토 씨를 제외한 모든 사람이 왼팔에 완장을 찬 건, 그것이 맞아서가 아니라 본인이 자주 사용하는 오른팔을 이용했기 때문입니다. 왼손잡이에 비해 오른손잡이가 많으므로 완장을 왼팔에 착용하는 사람이 당연히 많았던 거죠. 따라서 당시 순찰팀 가운데 왼손잡이는 시마모토 씨가 유일하지 않았을까요?

실제로 시마모토 씨는 무전기도 왼손으로 들었어요. 하지만 그때는 사건이 발생하기 전이었으므로 그런 사실에 주목하지 않았습니다. 그저 시간을 때우기 위해 얘기를 나누었을 뿐, 훗날 중요한 의미를 가지리라곤 상상도 못했지요."

그가 무슨 말을 하는지 나는 충분히 이해했다.

어떻게 이런 일이.

그는 완장의 위치를 보고 내가 왼손잡이라는 걸 간파했다. 따라서 "나는 왼손잡이입니다"라고 선언한 뒤 범행을 저지른 셈이었다.

나는 스스로의 무능함을 저주했다. 살해된 여학생들이나 다사키의 상처가 몸 왼쪽에 집중되었다는 건 신문을 통해 알고 있었다.

범인의 손에서 번쩍 빛을 뿌리던 흉기의 끝과 범인이 왼손으로 휘두르던 검은 가방이 떠올랐다. 그때 어렴풋하게 범인이 오른손잡이라는 걸 의식했다. 그러나 긴장의 소용돌이 속에서 선명하게 깨닫지 못했다.

역시 행운의 여신은 내 편이 아니었다. 내가 오른손잡이였다면 사태는 달라졌을 것이다. 그의 말처럼 세상에는 오른손잡이가 압도적으로 많다. 그런데 불행하게도 나는 왼손잡이다.

"야나세 씨의 몸 오른쪽에 상처가 집중된 것, 그리고 흉기인 칼이 현장에 떨어져 있었던 것이 내 머릿속에서 하나로 이어졌어요. 몸싸움 도중 범인이 칼을 떨어뜨렸다고 했지만, 그런 것치고 시마모토 씨는 거의 다치지 않은 것도 이상했습니다. 범인이 칼을 떨어뜨린 게 아니라 일부러 놔둔 게 아닐까 하는 생각이 들더군요. 자세한 이유는 모르겠지만, 섣불리 흉기를 처리하다 발목 잡히기보다 남겨두는 편이 안전하다고 판단한 것 아닐까요?"

그가 덧붙인 말은 사족이나 다름없었다. 나는 여전히 침묵을 유지했다. 시간이 한참 지난 것처럼 느껴졌다.

무거운 공기를 깨고 야스코가 불쑥 입을 열었다.

"시마모토 씨, 홍차 좀 드세요. 식겠어요."

그녀의 얼굴에는 원래의 우아한 미소가 돌아와 있었다.

"고맙습니다."

목소리가 가늘게 떨렸다. 나는 왼손으로 찻잔의 손잡이를 잡았다. 일부러 왼손을 사용한 것이다. 다카쿠라는 아직 '당신이 범인이지요?'라고 말하지는 않았다. 그러나 지금 왼손을 사용하는 건 항복을 의미하는 것이나 마찬가지였다.

야스코가 다시 입을 열었다.

"남편에게 들었는데, 야나세 씨가 시마모토 씨에 대해 이렇게 말했대요. '저와 가정환경이 비슷해서 그런지 같이 있으면 마음이 편해요.' 그녀와 직접 만난 적은 없어요. 홀어머니 밑에서 힘들게 자란 탓에 남들이 보기에 부도덕적인 일도 했겠지만, 시마모토 씨와 함께 있을 때 마음이 편한 건 사실이었을 거예요."

그 말이 비수가 되어 내 가슴에 깊숙이 박혔다.

"교수님, 부탁이 있는데요……."

목소리 끝이 갈라졌다. 다카쿠라는 침착한 얼굴로 나를 쳐다보았다.

"지금 경찰에 전화해, 저를 체포하라고 전해 주시겠습니까?"

"그러면 자수로 인정받지 못해요. 시마모토 씨가 직접 경찰에 출두해야 합니다."

단호한 말투였다. 그가 오늘 나의 방문을 허락하고 아내인 야스코와 같이 이야기를 듣겠다고 한 목적이 바로 이것이리라. 자수를 하면 분명히 형량에 유리할 것이다. 형량이 가벼워지기를 바라지 않지만, 두 사람의 호의를 물거품으로 만들 수는 없었다.

"알겠습니다. 지금 히노 경찰서로 가겠습니다."

나는 바로 자리에서 일어섰다.

"잠깐! 아직 케이크가 남았잖아!"

야스코가 마치 동생에게 대하듯 편하게 말했다. 그녀의 얼굴에 밝은 미소가 감돌았다.

"케이크는 한 입이 좋습니다. 달콤한 맛이 언제까지나 마음에 남으니까요."

나름대로의 감사 표현이었다. 나는 미소를 지으며 말했지만, 두 사람에게 내 얼굴이 어떻게 보였는지는 모른다.

야스코는 진지한 표정으로 크게 고개를 끄덕였다.

# 에필로그

"역시 내가 두려워하던 일이 일어났군요."

다카쿠라는 연구실로 찾아온 경시청 수사1과의 데라우치를 향해 한숨을 쉬었다. 데라우치는 과거에 발생한 사건을 통해 아는 사이였다. 그러나 이번에 데라우치에게 연락한 건 야나세 유이가 살해당한 후였다. 따라서 다카쿠라가 시마모토에게 거짓말한 건 아니었다.

후나바시 교외에 있는 나카하시의 집에서 그의 어머니와 어머니 애인으로 보이는 남성의 백골 시신이 발견되었다. 어머니는 예리한 칼에 찔려 사망했고, 남성은 목이 졸려 살해되었다. 남성이 행방불명된 시기로 볼 때, 두 사람이 사망한 건 미소노 유리나가 살해된 날인 7월 23일 이전으로 보인다. 그들도 나카하시가 살해했다면, 어머니와 어머니 애인의 살해가 연쇄살인의 방아쇠 역할이었을 가능성이 있다.

그러나 이 건에 대해 나카하시는 묵비권을 행사했다. 어머니는 이미 50대에 접어들었지만 동네에서 소문난 미인이었다. 그가 태어나자마자 남편과 이혼하고 혼자 힘으로 아들을 키웠다. 이혼 후 사법서사 시험에 합격해 오랫동안 법률사무소에서 근무했는데, 5월 말 그만두고 특별한 직장을 갖지 않았다.

더불어 발견된 남성은 같은 법률사무소에 근무하던 유부남 변호사였다. 하지만 위장을 잘했는지 두 사람 관계를 알아차린 사람은 없었다. 때문에 갑자기 그가 사라져 가족들이 실종신고를 했음에도, 두 달 전 퇴직한 여성 사법서사와 연결해 생각한 사람은 아무도 없었다.

나카하시의 어머니가 직장을 그만둔 건 애인인 변호사가 결혼을 전제로 경제적 보장을 약속했기 때문이며, 그로 인해 나카하시와 다툼이 있었던 것 아니냐고 말하는 형사들도 있었다. 하지만 나카하시가 묵비권을 행사하는 이상 어디까지나 추측에 불과했다.

"여대생 연쇄살인사건은 술술 자백하면서, 어머니와 애인에 대해서는 살해동기는 물론이고 살인 자체에 입을 다물고 있습니다. 두 사람을 죽이기로 결심한 구체적인 사건이 있었을까요?"

데라우치의 질문에 다카쿠라는 당혹스런 표정을 지었다. 경찰관이 구체적인 동기를 알고 싶어하는 건 당연하다. 그러나 가족간 살인사건의 경우, 동기가 잠재의식 속에 숨어 영원히 드러나지 않기도 했다.

"계기는 있었겠지요. 하지만 그건 어디까지나 계기에 불과하고, 동기는 마음 깊은 곳에 잠들어 있던 불륜에 대한 증오였을지 모릅니다. 상대가 처자식이 있는 유부남이었으니, 나카하시 씨 입장에서 보면 불륜을 저지른 어머니를 용서할 수 없었겠지요.

시신이 오래되어 누가 먼저 사망했는지 추측하긴 어렵지만, 아마 어머니가 먼저 아니었을까요? 상대를 죽인 건 의외로 현실적인 이유였을지 모릅니다. 어머니가 사라진 이유를 변호사에게 설명할 도리가 없었다거나, 갑자기 집으로 찾아와 죽일 수밖에 없었다거나. 아무 준비도 안 된 상태에서 순간적으로 체구가 작은 변호사를 팔로 껴안듯 목을 조른 게 아닐까 싶습니다."

"그나저나 왜 야나세 유이까지 죽였다고 자백했을까요? 아무리 생각해도 이유를 모르겠어요. 담당검사에 의하면, 시마모토 재판에도 큰 걸림돌이 된다고 하더군요."

"글쎄요. 분명히 이상한 일이긴 하죠. 하지만 심리적으로 이해가 안 되는 건 아닙니다. 나카하시 씨가 왜 잇달아 여학생을 죽였는가 하는 의문과도 이어지지요. 그는 어머니의 음탕한 피를 증오했습니다. 피해자들 모습에서 어머니를 발견하고 그 환영을 죽인 거지요. 피해자들에게 여자화장실에서 섹스하자고 유혹한 건, 상대가 얼마나 음탕한지를 보려고 했던 것 아닐까요? 그렇게 생각하면 왜 야나세 씨를 죽였다고 했는지 이해가 됩니다.

그는 클럽에서 일한 것이 소문나 오제키 교수에게 협박당하고 있다는 사실을 야나세 씨에게 들었습니다. 따라서 오제키 교수를 죽인 건 연쇄살인죄를 뒤집어씌우려는 의도와 함께, 야나세 씨를 협박한 행위를 용서할 수 없었기 때문일 겁니다. 동시에, 애인이 있으면서 클럽에서 일한 야나세 씨의 행동이 어머니의 음탕함을 연상시켰겠지요. 그래서 야나세 씨도 죽이고 싶었을 겁니다. 그런데 뜻하지 않게 다른 사람 손에 살해되었어요. 그가 야나세 씨를 살해했다고 주장한 건 그런 마음을 고백하고 싶었기 때문인지도 모릅니다.

프로이트 학파의 꿈 분석에 따르면, 그런 경우 '마치 살해한 듯한' 꿈은 꿀 수 없고 '실제로 살해했다'는 꿈을 꾼다고 합니다. 나카하시 씨에게도 그와 똑같은 말을 할 수 있지 않을까요?"

"본인도 애인이 있으면서 여러 여성과 관계를 맺었잖아요. 너무 이기적인 변명 아닌가요?"

데라우치가 거칠게 말했다. 다카쿠라는 마음속으로 고개를 가로저었다. 그렇지 않다. 나카하시는 환자다. '이기적'이란 말은 건강한 사람에게나 적용되는 말이다. 하지만 입에 담지는 않았다.

"어쨌든 시마모토 체포에 귀중한 조언을 주셔서 감사합니다. 나카하시가 자백했을 때는 모든 범행이 그의 짓이라고 생각했어요. 다른 사건이 한 건 끼어 있다는 건 눈치채지 못했습니다. 그게 시마모토의 목적이었는데, 그 함정에 어이없이 빠진 거죠. 완장을 착용한 위치로 시마모토가 왼손잡이라는 걸 간파하고 자백하게 만들다니, 교수님 실력에 경의를 표합니다."

"우연히 알게 되었을 뿐 대단한 일은 아닙니다. 그리고 나 때문에 자백한 게 아니라, 우리집에 왔을 때 이미 자백할 계획이었을 겁니다."

"그런가요?"

"네. 옆에 있던 아내도 나와 같은 인상을 받았다더군요."

데라우치는 다카쿠라의 말에 고개를 끄덕이지 않았다. 재판을 앞둔 경찰관으로서 다카쿠라의 말에 수긍할 수 없었으리라. 피고인의 죄가 가벼워지는 말은 최대한 삼가는 습성이 몸에 배어 있었다.

그때 노크 소리가 들렸다.

"손님이 온 것 같군요."

데라우치는 소파에서 일어났다. 다카쿠라가 문을 열자 노조미가 서 있었다. 노조미는 데라우치를 발견하고 고개를 숙였다.

"전 이만 실례하겠습니다. 앞으로의 재판에서도 잘 부탁드립니다."

데라우치는 깊숙이 고개를 숙인 뒤 밖으로 나갔다. 다카쿠라는 노조미를 안으로 맞아들였다.

그녀는 즉시 용건을 꺼냈다.

"교수님, 내일 도쿄 구치소에 가려고 해요."

"나카하시 씨를 만나려고요?"

"아뇨. 시마모토 씨예요. 나카하시 씨도 만나고 싶지만, 모든 면회를 거부한다고 하더군요. 변호사님 말씀으론, 시마모토 씨의 경우 특별히 마음의 동요를 유발하는 상대가 아니면 면회 성사 가능성이 높다고 해서요."

"그거 다행이군요. 그런데 무슨 일로……."

"시마모토 씨에게 하실 말씀이 있으면 대신 전해드릴까 해서요."

"시마모토 씨에게 할 말이라……."

다카쿠라는 잠시 말을 멈추고 먼 곳을 바라보았다.

"진부한 말이긴 하지만, 나와 아내 모두 재기를 바라고 있다고 전해주십시오."

"알겠어요. 꼭 전할게요."

잠시 침묵이 이어졌다. 마음이 불편한 침묵은 아니었다.

노조미가 혼잣말처럼 중얼거렸다.

"교수님, 나카하시 씨는 결국 사형을 선고받을까요?"

다카쿠라는 한동안 대답하지 못했다. 심신상실이나 정신박약이 인정되지 않는 한, 사형 판결을 받으리란 건 틀림없는 사실이다. 애초 나카하시 자신이 다른 판결을 바라는 것 같지 않았다.

"네. 지금으로선 그렇게 될 가능성이 높습니다. 판사에게 부담을 주는 긴 재판이 될 것 같아요."

거짓말을 할 수는 없었다. 노조미의 눈이 파르르 떨리며 눈물이 고였다.

"그래도 전 나카하시 씨가 불쌍해요. 물론 굉장히 나쁜 짓을 저지르긴 했지만요……."

다카쿠라는 자기도 모르게 고개를 끄덕일 뻔했다. 범죄심리학자의 눈에 불쌍하지 않은 범죄자는 없다. 나카하시도, 시마모토도. 하지만 한편으로는, 그렇게 안이하게 생각하기 때문에 흉악사건이 끊이지 않는다는 것도 잘 알고 있다.

그는 노조미가 연구실에서 나간 뒤 퇴근했다.

3월 중순. 오후 4시가 지났다. 따뜻한 봄기운이 느껴지고 서쪽 하늘은 아직 환하다. 뒷산에서 새들의 노랫소리가 들려왔다. 학교 주변은 교외의 목가적인 분위기가 가득했다. 지난 1년 사이에 일어난 기이한 살인사건이 꿈처럼 느껴질 만큼 캠퍼스 풍경은 평화로웠다.

정문을 통과했을 때 휴대폰이 울렸다. 아내였다.

"여보, 지금 오기쿠보에 있거든. 친구를 만나고 막 헤어졌는데, 오늘 오기쿠보에서 저녁 먹지 않을래? 이탈리아 요리가 먹고 싶어. 항상 가던 그 레스토랑 어때?"

오기쿠보는 다카쿠라 부부가 예전에 살았던 곳으로, 아내의 친구 몇 명이 지금도 거주 중이었다.

"그거 좋지. 나도 오늘은 맛있는 거 먹고 느긋하게 보내고 싶어. 그 집 새우 도리아가 일품이잖아."

"도리아가 아니라 코스 요리를 먹고 싶어."

"뭐든 상관없어. 5시쯤 오기쿠보역 개찰구에 도착할 거야."

"그래? 그럼 내가 레스토랑을 예약해 둘게."

전화를 끊은 뒤, 그는 행복한 감정이 솟구치는 걸 느꼈다. 여기에는 무엇과도 바꿀 수 없는 평화로운 일상이 있다. 하지만 그 일상을 파괴하며 흉악한 범죄가 고개를 내밀곤 한다. 그는 그러한 범죄를 증오했다.

불현듯 시마모토의 말이 떠올랐다.

"케이크는 한 입이 좋습니다. 달콤한 맛이 언제까지나 마음에 남으니까요."

그는 시마모토의 참회하는 마음을 믿는다. 하지만 마음속에서 또 다른 속삭임이 신음처럼 들려왔다.

'왜 사람을 죽였지? 죽은 사람은 두 번 다시 돌아오지 않아!'

정문 앞에서 히노역으로 가는 버스가 출발하려 했다. 그는 정신을 차리고 서둘러 승강장으로 뛰어갔다.

# 인간은 누구나
# 잠재적 범죄자일 수 있다

『크리피 스크리치』는 일본미스터리문학대상 신인상 수상작인 『크리피』가 영화로 만들어지면서 속편으로 기획된 장편소설이다. 제7회 일본미스터리문학대상 신인상의 최종후보작이었던 『원한살인』의 아이디어를 기본으로 삼았다. 속편이라고 하지만, 등장인물 일부가 공통된다는 점 외에는 독립적인 성격을 띠므로 전편을 읽지 않아도 이 책을 읽는 데 아무 지장이 없을 것이다.

이 책의 주인공 겸 화자는 류호쿠 대학의 사무직원 시마모토 다쓰야. 7월의 어느 날, 학생부 직원인 야나세 유이가 그에게 상담을 청해온다. 미소노 유리나라는 여학생이 문학부 오제키 교수에게 성희롱을 당하고 있으니 다카쿠라 교수의 토론수업으로 수강과목을 바꿀 수 있게 도와달라는 내용이었다. 오제키는 성희롱과 힘희롱으로 유명하며, 오만하고 권위적이었다.

그로부터 얼마 후, 캠퍼스 내의 여자화장실에서 미소노가 참혹하게 살해당한 채 발견된다. 그리고 그곳에서 짐승이 울부짖는 듯한 날카로운 소리를 들었다는 제보가 들어온다. 시간이 흐르며 사건은 연쇄살인의 형태로 발전하는데……

대학은 학문을 연구하는 곳이다. 하지만 결코 성역은 아니다. 오히려 시기와 질투, 야망과 음모, 사랑과 증오, 좌절과 분노, 열등감과 패배감 등 인간이 가진 온갖 욕망들이 소용돌이치는 곳이다. 그리하여 학교 안에서는 크고 작은 사건과 사고가 끊이지 않는다.

더구나 그곳에는 세 개의 사회가 존재한다. 학생 사회와 교수 사회, 그리고 학교에 근무하는 직원 사회다. 이 세 개의 사회가 수직과 수평으로 이어지면서 때로는 서로 손을 잡고, 때로는 서로 등을 돌리곤 한다.

『크리피 스크리치』에서는 세 개의 사회가 기묘하게 얽혀 있다. 교수와 학생, 학생과 직원, 교수와 직원……. 열등감과 패배감은 가장 확실한 살인동기가 될 수 있지 않을까?

작가인 마에카와 유타카는 1951년생으로, 현재 호세이대학(法政大学) 국제문화학부 교수로 재직하고 있다. 히토쓰바시 대학 법학과를 졸업하고 도쿄 대학 대학원에서 비교문학을 전공했다. 2011년 발표한 『크리피』로 제15회 일본미스터리문학대상 신인상을 수상하면서 본격적으로 데뷔했는데, 한국 독자에게 는 『크리피』와 『시체가 켜켜이 쌓인 밤』에 이어 『크리피 스크리 치』가 세 번째로 소개되는 작품이다.

이 작품에서 범인과 치열하게 심리 게임을 펼치는 사람은 『크 리피』에서 맹활약을 펼쳤던 다카쿠라다. 범죄심리학 교수인 그 는 냉철하게 사건을 바라보면서도, 범인에 대한 따뜻한 시선을 시종일관 잃지 않는다.

저자는 이 책의 소재로 '요크 레이섬 사건'을 사용했다. 조지 요크와 제임스 레이섬은 1961년 강도짓을 하기 위해 남녀 일곱 명을 잇달아 살해했다. 당시 미국 사회를 떠들썩하게 만든 이 사건이 유명해진 데는 다른 이유가 있었다. 두 사람 다 키가 크 고 반듯하게 생긴 미남이었던 것이다. 젊은 여성들이 그들을 보 기 위해 미국 전역에서 몰려들었다고 한다.

『크리피 스크리치』에서 범죄를 저지르는 사람 역시 두 명의 남 자이다. 한 명은 눈이 휘둥그레질 만큼 잘생기고 성격이 좋다. 다 른 한 명은 평범하고 성실하며 주변의 신망이 두터운 인물이다. 현대인의 고독과 단절, 소외와 외로움에 주목해 글을 쓰는 저자 의 의도가 잘 드러나는 캐릭터라고 할 수 있겠다.

    제목에 사용된 '스크리치(screech)'라는 단어는 우리에게 익숙하지 않다. 이는 짐승이 울부짖는 듯한 날카로운 소리를 의미한다. 살인이 일어날 때마다 그처럼 기이한 소리가 들리는데, 이는 상황과 어우러져 공포심을 배가시킨다.

    이 작품 속에 떠다니는 '크리피(creepy. 공포로 인해 온몸의 털이 곤두설 만큼 오싹한, 섬뜩할 정도로 기이한)'는 광기나 살의가 우리와 매우 가까운 곳에 잠재해 있고, 그것이 결코 남의 이야기가 아니라는 점에서 우리를 전율하게 만든다. 이 책에 등장하는 인물뿐만 아니라, 이 책을 읽는 우리의 삶 또한 사실은 살얼음 같은 현실에 기반하고 있기 때문일 것이다.

    2017년 5월
    이선희

# 크리피
## 스크리치

지은이  마에카와 유타카
옮긴이  이선희

펴낸곳  도서출판 창해
펴낸이  전형배

출판등록  제9-281호(1993년 11월 17일)
1판 1쇄 인쇄  2017년 6월 13일
1판 1쇄 발행  2017년 6월 20일

주소  서울시 마포구 토정로 222(신수동 448-6) 한국출판콘텐츠센터 316호
전화  02-333-5678
팩스  02-707-0903
E-mail  chpco@chol.com

ISBN 978-89-7919-012-0 03830
© CHANGHAE, 2017, Printed in Korea.